明人とその文学

松村昂 編著

汲古書院

はじめに

松村　昂

私は半世紀に近い中国文学研究のうち、そのかなりの部分を明代文学の研究に費やしてきた。その対象は、ほとんどが、『明史』文苑伝中の人物にかぎられる。

私は、定年退職後の二〇〇四年春から、若い人たちに誘われて、明人の自伝文を読むことになった。最初は太祖朱元璋の「紀夢」と「皇陵碑」とであった。それから四年余、読んだのは二十二家の文章（僅かながら詩も含む）二十七篇であった。時間的にいえば、明代二百七十七年（あるいは明人として勘定される約三〇〇年）のうち、その前半にも達していない。このうち文学家として自伝文を残しているのは、楊維楨「鐵笛道人自傳」、宋濂「白牛生傳」、楊士奇「東里老人自志」、楊循吉「自撰生壙碑」の四家四篇にすぎない。

自伝文を読みすすめるうちに、私は二つのことに興味をもちはじめた。その一つは、ここには文学としては必ずしも精錬されていないものの、自分を記録せずにはおれない文章がある、ということである。「明人は、いかなる時に、いかなる自伝を記すか」、これは将来、おもしろいテーマになりうるだろう。

その多くは、成功者の記録である。

項忠「自敍」　其の立身の顚末を述べ、以て訓を後に垂れざるを得ず（不得不述其立身之顚末、以垂訓于後焉）。

このほか、張洪「自爲生誌」、楊士奇「東里老人自志」、王直「自撰墓誌」、王恕「石渠老人履歴略」など。死後に、自分の履歴が粉飾されるのを嫌って、とするのは、成功者にも、逆に無位無官に終わった人物にも見られる。前者でいえば、

劉大夏「壽藏記」　万一に後人、其の親しむ所を私し、謬言して以て名筆を誤まらしむれば、縦《たと》い人を欺く可きも、独り自ら地下に愧じざらんや（萬一後人私所其親、謬言以誤名筆、縱可欺人、獨不自愧於地下也邪）。

後者でいえば、

孫艾「西川居士自爲生誌」　吾の生の若《ごと》きや、人に聞こゆる無く、世を補すること無し。生平の行履は、自ら知るの審らかと為すに若《し》かず。故に墓石に於て之れを他筆に仮《か》らず、而して用いるに自述を以てす（若吾之生也無聞於人、無補於世。生平行履、不若自知之爲審。故於墓石不假之他筆、而用以自述焉）。

あるいは、そもそも自分に関する記録が残らないことを懼れる、とするばあいもある。

楊循吉「自撰生壙碑」　一旦朝露に先んじ、人の記述する無きを恐れ、乃ち自ら文を為し、石を琢《みが》きて之れを鐫《きざ》む（恐一旦先朝露、無人記述、乃自爲文、琢石而鐫之）。

いっぽう、永楽帝により解縉一派とみなされて投獄、非業の死を遂げた人物は、文の最後で天に助けを求める。

王偁「自述誄」　因りて其の（族）系を述べ、而して之れを極むるに天を呼ぶの辞を以てし、用って自ら誄す（因述其系、而極之以呼天之辭、用自誄）。

僧人のばあいは、自伝文を記すことが、仏統の連綿を証明するものとする。

釈景隆「自製塔銘」　蓋し仏法の流芳し、霊蹤の断えず、幻に即きて真を明らかにするを表わし、仏祖の命脈、源は遠く流れは長きを致せり（蓋表佛法流芳、靈蹤不斷、即幻明眞、致佛祖命脈、源遠流長矣）。

自伝文を読みながら私が興味をもった二つめは、文章が出来あがる過程についてである。「口頭語（あるいは念頭語）は、いかにして文章となるか」、これも材料が揃えばおもしろいテーマになるだろう。

まず、自伝文の作者が官僚として皇帝に接したことを記す時は、皇帝の口頭語をそのままの形で記録し、みずからの手による文言への書きかえはおこなわない。おそらくそれを許さないとする、暗黙の（？）了解があったものと思われる。それが許されるのは史官のみ、ということであろうか。例えば憲宗の決裁文の引用は、次のように記される。

王恕「石渠老人履歴略」　上批云「馬顒准致仕。尚書王恕革了太子少保、也着致仕去」（上批して云えらく「馬顒は致仕を准《ゆる》す。尚書王恕は太子少保を革《あらた》め了《お》え、也《ま》た致仕して去ら着《し》めよ」と）。

これを、明の諸生にして遺民の談遷は、史官を自任してのことであろうか、その『國榷』の成化二十二年九月癸卯朔の項で次のように文言化している。

上附批曰「……可革太子少保、亦令致仕」。

この自伝文から『國榷』に至る間の公文書、例えば『明實錄』などを系統だてて跡づけていけば、このような表記についての書きかえを、より詳細に見ることができるだろう。孝宗についての次のような例もある。

韓文「韓忠定公自傳」　聖旨「……恁戸部便通査舊例及前項弊端、明白計議、停當來說」（聖旨に「……恁《か》の戸部は便《すなわ》ち旧例及び前項の弊端を通査し、明白に計議し、停当して（きちんと）来たり説け」と）。

これが『名臣經濟錄』巻二十三・戸部によると、次のように記される（廣澤裕介君の指摘による）。

上曰「……（「恁」字を欠く）戸部便通査舊制例及今各項弊端、明白計議、停當來說」。

また自伝文の地の文にも、一ヶ所ではあるが、口頭語的な表現が見られる。

王恕「石渠老人履歴略」　以為若禁得住、天下國家無有不治（以為《おも》えらく若《も》し禁じ住《おお》せ得なば、天下国家は治まらざること有る無からん、と)。

これは文言化への精錬が不足したまま、口頭語が残ってしまった例である。

さて、「明人の自伝文を読む会」では、メンバーそれぞれがかかえているテーマを論文集にまとめようということになった。対象は、「明」以外には何の制限も設けないことにした。書名を「明人とその文学」とした。「明人」を前に出し「文学」を後にしたのには、次のような二つの意図がこめられている。

その一つは、『明史』文苑伝の枠をとりはらって、より広い範囲で、明代に生きた人々を発掘する必要があると考えたからである。これには自伝文を読んだ経験が影響している。また一つは、小説や戯曲などの白話文学を制作し、あるいは改編した人々を想定してのことである。彼らは往々にしてその正体を明らかにせず、あるいは他人に仮託されることが多いとはいえ、明人としての指定席を用意しておくことに異存はあるまい。要は本論文集が、伝統的な詩文を担った人々と、非伝統的な白話文学を担った人々とが、一堂に会する場となることを願っている。

ひるがえって、『明史』文苑伝中の人物については研究が進んでいるかといえば、けっしてそうではない。手前味噌で恐縮だが、袁宏道についても然りである。彼の文学の出発点ともいうべき「答李子髯」詩についてさえ、正しい解釈がなされていなかったではないか。かくいう私も、以前から成算があったわけではない。何かの機会に、「爾雅」が王世貞の室名であることだけは念頭にあった。今回、王世貞の文章の中に「爾雅（樓）」を探しているうちに、袁宏道の用語が次々と現われた、というのが実情である。考えてみればおかしなことではある。袁宏道が古文辞に反撥していた事実が周知であるのなら、王世貞らの発言を一つひとつ検討してみるというのは、初歩的な調査ではなかったか。私をも含め、国の内外を問わず、そのような基礎的な検討すらなおざりにされてきた、ということになる。

明人とその文学については、未開拓の部分が数多く残されている。それを埋めるべく、本論文集が、僅かでも刺激となれば幸いである。

最後に、二人の客人にお礼を申しあげる。

一人は、巻頭にかかげた南京大学・曹虹教授である。氏は、二〇〇七年十月二十八日、「奈良女子大学中国文学公開研究会――明代古文と女性――」の席で、「明代女性古文家的登場」と題して研究発表された。この発表が終わるやいなや、私は、文章化したものを本論文集に寄稿していただきたいと願い出、その場で快諾を得た。中文原稿の翻訳に当たってくださったのは、南京大学留学中に曹先生の指導を受けた大平幸代さんである。あわせてお礼申しあげる。

今一人の客人は、巻末のトリを勤めていただいた京都府立大学・小松謙教授である。氏は、私の元の同僚であり、その受業生が「読む会」に参加していることもあって、本論文集への寄稿を快諾してくださった。お礼を申しあげるとともに、原稿を長いあいだ寝かせてしまったことを、お詫びしたい。

二〇〇八年十一月

明人とその文学　目　次

明人とその文学

明代女性古文家の登場

曹　虹
大平幸代訳

一　問題提起――一般的なイメージに対して

明代女性の古文への造詣の深さは、中国古典文章史の角度からも、女性文学史の角度からも、回顧し研究するに価する。杜甫の詩の「凌雲の健筆　意　縦横たり（凌雲健筆意縦横）」（「戯為六絶句」其一＝訳者注、以下同じ）という句を借りれば、女性の手になる古文はさしずめ「柔翰の健筆」といったところだろう。では、明代の女性古文家は、はたしてどのように文学の舞台に脚を踏み入れたのであろうか。

この問題を提起するのは、女性の古文が韻文などの成果の陰に隠れ、研究対象として見過ごされがちなためである。一九三〇年代初めの譚正璧『中国女性的文学生活』は、「漢晋詩賦」「六朝楽府」「隋唐五代詩人」「両宋詞人」「明清曲家」「通俗小説与弾詞」といった章を立てて女性の文学を論じている。[1]このように、時代ごとにその時代を代表する文体が選ばれているのは、恐らく当時の文学史において「一代に一代の勝有り（一代有一代之勝）」という考えが強調される傾向があったことと関っているのだろう。こうした枠組みの下で、漢晋時代の重要なジャンルは詩賦であり、六朝は楽府、隋唐五代は詩歌、両宋は詞であると見なされ、明清以降については、いわゆる曲、小説、弾詞といった通俗文学が重視されたのである。このような見方にそって女性の文学生活を理解しようとするならば、譚氏の著作は誠に参考に価する書だといえよう。しかし、女性の文章を、とりわけ明清時代の散文創作において女性がどのような成果をあげたかを見ようとする場合、いささか物足りなさを感じざるを得ない。女性が文章を著すか否かは、習慣的に考慮の内に入れられてこなかったのである。では、前近代の中国の女性が得意としたジャンルは何か。一般的に女性の作といえば、韻文、とりわけ詩、詞、弾詞が重視されており、これらのジャンルにおける女性の成果はますます学界で注目をあつめ評価を得るようになっている。さらには、このようなイメージによって、女性が全体的な戦略として古文から手を引いたのではないかと想定されることさえある。[2] ただ、このようなイメージができあがってしまったのも、文献的に見て致し方ない面がある。というのは、女性の文章が収集整理され流布することはそう簡単ではなかったからである。六十数年前に出版された王秀琴編集、胡文楷選訂の『歴代名媛文苑簡編』[3]は女性の文章のアンソロジーとして優れたものである。二十年の時をかけて編纂されたのだが、その凡例に「閨秀の著述は、詩詞を多しと為す、閨文を選輯するは、実に易事に非ず（閨秀著述、詩詞為多、選輯閨文、實非易事）」と述べている。女性は、全般的にいって詩詞をつくることが多いとはいえ、文章についてもまったく成果がないわけではない。

女性の散文創作は、もちろん明代に始まったわけではない。ここでは王初桐『奩史』に集成されたものによって見ていこう。『奩史』は女性に関する百科全書のような書物で、王初桐は「文墨門」の中に学術、詩、文、書などの項目を設けており、この「文」の項に挙げられたものの中から、代表的な事例を見出すことができる。

例一、柳下恵の死するや、門人将《まさ》に之に誄《るい》せんとす。妻曰く「将に夫子の徳を述べんとするや。二三子は妾《われ》の之を知るに若《し》かず」と。乃ち誄を為《つく》りて曰く「夫子の信は、誠に人の与《ため》に害する無し……」（柳下惠死、門人將誄之。妻曰「將述夫子德耶。二三子不若妾之知之。」乃爲誄曰「夫子之信、誠與人無害兮……」）

例二、班昭博学高才にして、漢帝数しば召して宮に入らしむ。異物を貢献する有る毎に、詔して賦・頌を作らしむ。（班昭博學高才、漢帝數召入宮、毎有貢獻異物、詔作賦頌。）

例三、左芬善《よ》く文を属《つづ》り、晋の武帝、其の辞藻を重んず。（左芬善屬文、晉武帝重其辭藻。）

例四、（薛）濤「四友賛」を作り、（元）微之［元稹］驚服す。（（薛）濤作「四友贊」、（元）微之驚服。）

例五、李清照の母は、王状元拱辰の女《むすめ》にして、亦た文章に工なり。（李清照母、王狀元拱辰女、亦工文章。）

例六、田田・銭銭は、辛棄疾の二妾なり、皆な筆札を善くし、常に棄疾に代わりて尺牘に答う。（田田・錢錢、辛棄疾二妾也、皆善筆札、常代棄疾答尺牘。）

例一にいうのは、先秦時代の著名な人物、柳下恵の妻である。この話は、劉向の『列女伝』に基づくもので、深く理解しあった夫婦であったことから彼女が誄を作ったところ、柳下恵の門人は一字も改めることができなかったという。『列女伝』には「君子謂わく、柳下恵の妻は能く其の夫を光《おお》いにす（君子謂柳下惠妻能光其夫矣）[4]」と、彼女の文章が柳下恵の済世の仁徳をみごとに顕彰していると述べる。だがこの言葉は、実のところ、この文章が後世に伝える価値のあるものだと言っているにほかならない。

漢・晋の時代には、さらに輝かしい成果をおさめた大文筆家が現れた。班昭と左芬はともに詔を受けて賦を作っている。彼女たちは実に博学で、班昭は「博学高才なり。兄の固『漢書』を著すも、八表、「天文志」未だ竟《おわ》らずして卒す。和帝、昭に詔して踵《つ》ぎて之を成さしむ。（博學高才、兄固著『漢書』、八表、「天文志」未竟而卒。和帝詔昭踵成之）[5]」という。彼女の文章は、賦、頌、銘、誄、問、注、哀辞、書、論、上疏、遺令などのジャンルにわたっている。明代の商景蘭の「閨塾師黄媛介に贈る（贈閨塾師黄媛介）」詩には「才華は班姫の後を直接し、風雅は左氏の余を平欺す（才華直接班姫後、風雅平欺左氏餘）[6]」の句があり、班昭や左芬の博学多才ぶりが後世の女性にとって大きな励みとなっていたことが分かる。

宋の李清照は女流の文豪であるが、それは実のところ家学の一端を示すもので、彼女の母親も文章をよくした。李清照の詩詞はすでに文学史に大きく取り上げられているが、彼女の文章の才も強調してしかるべきであろう。李清照は「四六に長じ（長於四六）[7]」ており、散体の文章もきわめて高尚優雅である。彼女は夫の趙明誠とともに金石の収蔵にいそしみ、趙明誠の名で著された『金石録』三十巻の中にも、彼女が「其の間に筆削し[8]」た部分があるという。李清照の博学多才ぶりからすれば、すぐれた題跋を著すだけの力は十分備えており、実際、彼女の「金石録後序」は歴代きわめて高い評価をえている。

もちろん宋元以前のすぐれた文章家はここにあげた数人にとどまらないが、明代になると、すぐれた文章を書いた女性の数や現存する文献の数はそれ以前に比べて遙かに多くなる。明代にはまた、女性がさまざまなジャンルで多彩多様な才能を発揮している。

二　明代の女性がすぐれた文章を著した原因

まず共通するのは学問である。班昭のような「博学」ぶりは誰でもが到達できるものではないが、優れた文章を綴れる者は必ずや一定の学問的素養を備えているものである。これは明代の女性たちの家がそなえていた条件、すなわち、彼女たちがどのような読書環境にあったかということと関連している。

明代には、次のような状況がしばしば見受けられる。桐城の方氏姉妹はともに秀でた文章の書き手だが、姉の方孟式による「維儀妹が清芬閣集の序（維儀妹清芬閣集序）」に、妹を賞賛して「其の学を窺うに、女博士祭酒たるに減じず、古今を下上し、亹亹として［たゆまず］章を成す（窺其學不滅女博士祭酒、下上古今、亹亹成章）(9)と述べる。これは桐城の方家の状況を示しているといえよう。次に、紹興の商景蘭の場合を見てみよう。史伝には、彼女の父が明の吏部尚書であり、彼女が「豊采美《うるわ》し（美豊采）」き祁彪佳に嫁ぐと、「時に金童玉女の目《もく》有り（時有金童玉女之目）」と記されている。さらに注目すべきは、この祁氏が「先世より蔵書多し（自先世多藏書）」という家であり、商夫人はこうした環境のもと、「簡冊に従事（従事簡冊）」していたという点である。(10)これは実質的に文献研究を行っていたに等しい。祁彪佳自身は天啓二年の進士であり、明末の忠義に厚い烈士でもあった。清軍が杭州を攻略したとき、悲憤のあまり入水して命を絶った。彼の父の祁承㸁は著名な蔵書家で、『澹生堂蔵書目』を残しており、この書目には九千余種の書が収められている。さて、ここで、明人の文学について記した重要な著作、朱彝尊の『静志居詩話』を見てみよう。朱彝尊の評価は次のようなものである。

祁・商作配、郷里有金童玉女之目、伉儷相重、未嘗有妾媵也。公懷沙日、夫人年僅四十有二、教其二子理孫・班孫、三女徳淵・徳瓊・徳茝、及子婦張徳蕙・朱徳蓉、葡萄之樹、芍藥之花、題詠幾遍、經梅市者、望若十二瑤臺焉。(11)

祁・商 配を作すに、郷里 金童玉女の目有り、伉儷［夫婦］相重んじ、未だ嘗て妾媵有らざるなり。公 懐沙［忠義に殉じ入水自殺した］の日、夫人 年僅か四十有二、其の二子理孫・班孫、三女徳淵・徳瓊・徳茝、及び子の婦張徳蕙・朱徳蓉を教え、葡萄の樹、芍薬の花、題詠すること幾遍、梅市［地名。今の浙江省紹興市内］を経る者、望むこと十二瑤台の若《ごと》し。

商夫人の素養と祁氏一族の文学的に恵まれた環境のもと、彼女の指導によって、一族の女性や子供たちはみな文才を開花させた。祁氏の『東書堂合稿』は、この一族の合集である。当時の人にとって、商夫人をはじめとする一族の女性たちが集って題詠するさまはひときわ目を引くものであったらしく、「梅市を経る者、望むこと十二瑤台の若し」という。瑤台とは霊仙の気のたちこめる場所を形容する語だが、通常、李白の「清平調詞」に「会《かなら》ず瑤台月下に向《お》いて逢わん（會向瑤臺月下逢）」とあるように、まるで神仙の居のように感じられることをいう。このような当時の輿論は祁氏一族の修養と才気を反映したものだといえよう。

次に、顧若璞についてみていこう。彼女は顧夫人とも呼ばれ、周亮工編『尺牘新鈔』には彼女の書信が収められている。顧夫人が弟に宛てた書には、自身が「四子経伝より以て『古史鑑』『皇明通紀』『大政記』の属に及ぶまで（自四子經傳以及『古史鑑』『皇明通紀』『大政記』之屬）」の書物を読んだことにも触れている。『尺牘新鈔』はここに批語を加え、「女子の能く此等の書を読むは、豈に異人に非ざらんや（女子能讀此等書、豈非異人）」と述べる。顧夫人もまた自分の修養は「聖賢の経伝もて、徳を育て心を洗う、旁ら騒雅詞賦に及び、焉《ここ》に游び焉に息う（聖賢經傳、育徳洗心、旁及騷雅詞賦、游焉息焉）」ものだと言っており、周亮工はここに力強く「女中の大儒なり（女中大儒）」という批語を加えている。(12) これはまさしく顧若璞の学問的修養に対する的を射た評価である。彼女自身の作品は『臥月軒稿』によって伝わっており、弟の顧若群が巻首の序言と題詞に「吾が姉は尤も史を読むを好み、上は班馬より以て国朝の典故に迄ぶまで、能く陳説し、或いは其の大旨を論著す（吾姉尤好讀史、上自班馬、以迄國朝典故、能陳說、或論著其大旨）」「力を詩・古文に肆《つと》む（肆力於詩古文）」と述べている。また彼女が著述に心血を注ぐさまは驚くほどで、「夜分になる毎に、巻を執りて諷詠すること良《まこと》に苦しむ（毎夜分、執卷諷詠良苦）」という。『臥月軒稿』の巻末には包鴻泰による伝が附載されているが、その伝によれば、彼女の父は顧友白といい、そこからさらに遡ること「四世皆な文名有り（四世皆有文名）」という。彼女は黄汝亨の長子である茂梧に嫁いだが、黄汝亨も風雅な文人であり、実家にも婚家にも文学的気風があった。ゆえに、伝の筆者は彼女には家学があったという。弟の題詞の中にも、顧夫人には生前「吾をして壱意に読書するを得しむれば、即《たと》い班の十志を補う能わずとも、或いは雪を謝の庭に詠う〔『世説新語』言語篇にみえる逸話〕べし（使吾得壹意讀書、卽不能補班十志、或可詠雪謝庭）[13]」という自負があったという。ここに見えるのは、班昭や謝道蘊のように豊かな学識と文才を持ちうるという自信である。

もうひとつ、王端淑の例をあげよう。彼女も同じく家学に恵まれていた。父は明代の文学史上著名な王思任で、夫の丁聖肇が彼女の『吟紅集』によせた序には「内子 性 書史〔経書、史書などの典籍〕を嗜み、筆墨に工にして、女紅〔紡織、刺繍などの仕事〕を事とするを屑《いさぎよ》しとせず、黛余灯隙、吟詠して絶えず……（内子性嗜書史、工筆墨、不屑事女紅、黛餘燈隙、吟詠不絶……）」といい、行間に彼女への十分な理解と寛容な態度がみち溢れている。またつづけて、夫人が生活のなかのさまざまな感慨を文章で表現することに長けていると称賛する。「予自らは言わず（予不自言）」と、自分のほうが筆先から何も生み出していないことを恥じながらも、彼は「吾が内子を得て是に於いて良友を獲たるは、亦た誌すに足るなり（得吾内子而於是獲良友、亦足誌也）[14]」と、このように文筆を好む夫人を伴侶としたことに対し、とても満足し、喜びを感じて、わが一生は記念すべきものだと述べているのである。

第二に、一族の文学的環境のほかに、もう一つ注目すべきこととして、社会の気風が女性にどのような積極的な作用をもたらしたか、という点があげられる。顧若璞の場合をみてみよう。彼女は「張夫人寿序」を著しており、これ自体すぐれた文章でもある。いわゆる寿序とは、友人や年長者の長寿を祝うものであるが、彼女は「人生不幸にして女婦と為《な》れば、織紝烹飪より外は皆な与《あずか》る所に非ず、更に何ぞ敢えて文を言わんや（人生不幸爲女婦、自織紝烹飪外皆非所與、更何敢言文）」と書いている。周知のように、中国の伝統社会では女性に対する制限が多く、「女子の才無きは便ち是れ徳なり」などと言われていたのだから、「文は更に何ぞ敢えて功と言わんや（文更何敢言功）」であったわけである。こういった習慣や伝統はあったが、彼女の文章には「頃者《ちかごろ》風雅浸《ようや》く興り、士大夫往往にして詩書を以て閨訓と為し、箴管〔針仕事〕の余、筆墨を廃さず（頃者風雅浸興、士大夫往往以詩書爲閨訓、箴管之餘、不廢筆墨）」とも述べられている。ここから、当時の社会において、士大夫階層が女子の教養に対していくぶん開明的な考えを持っていたことがわかる。女性は、一般に、かまどから離れられず、針と糸から離れられなかった。しかし、顧若璞は、近頃では女性が文学に触れる機会も増えてきたと感じている。こういった感慨は注目に値しよう。このような背景があったからこそ、顧若璞は『臥月軒稿』の自序に「文章を著す（著文章）」ことは決して女性の「分外の事（分外事）」ではないと言い切ることができたのではないだろうか。

明代には、女性の文章が賞賛される場合、時にそれが文壇の風潮と一定の関わりをもっていることがあった。例えば、毛晋は、李清照の詞集によせた跋文に、彼女の「金石録後序」を特に賛美し、「止《た》だに一代の才媛に雄たるに非ず（非止雄於一代才媛）」と評している。才女の中において当代きっての文豪であるにとどまらず、さらに「直《た》だちに南渡後の諸儒の腐気を洗い、上《かみ》つかた魏晋に返る（直洗南渡後諸儒腐氣、上返魏晉矣）[15]」とまでいうのである。毛晋は南宋以降の理学家の影響をうけた文風を好まなかったのだが、ここには明代文壇に現れた新しい傾向が示されている。このような時代の潮流のもと、才媛李清照の文章は「諸儒の腐気」の対極にあるものとして評価され、「上《かみ》つかた魏晋に返る」、すなわち魏晋の清朗の風を受け継ぐものと認められたのである。明代、とりわけ中晩期の明代文壇の魏晋の精神に対する共感意識はかなり自覚的なもので、「金石録後序」のような女性の文章が毛晋に賞賛されたのも、文壇の風潮と無関係ではないのである。

女性の文学生活の社会的気風を推し量るには、さらに女性の結社という面からもいささかの説明を加えることができる。謝国楨氏の名著『明清之際党社運動考』には、多くの一次資料によって、「結社というのは、明末にその風気ができあがっており、文には文社、詩には詩社があった。……当時、読書人たちが結社を作ろうとしただけでなく、一般の男女でさえ詩社・酒社・文社を作り、風雅を提唱し、吟詠にいそしもうとした[16]」という結論が導きだされている。また、アメリカの学者高彦頤［Dorothy Ko］の『閨塾師』［*Teachers of the Inner Chambers: Women and Culture in Seventeenth-Century China*］によれば、明代、江南の才女の結社には一族内（domestic）のものだけでなく、社交的（social）なものもあったという。後者は家族内部からしだいに拡大されていったものである[17]。このような聯吟や結社による社交の場の拡大は、多少なりとも女性の文章が世間の潮流に順応していく機会を増やすことにもなった。

第三に、明代女性は文章を作ることに熱心で、多数の名作を残しているが、このことと彼女たちが文学的評価を受けるようになった道のりとの間にも関連がある。これも女性の文章創作にとっての、特殊な社会環境の一つとみなすことができよう。先に引用したように、方孟式は妹の『清芬閣集』に序をよせているが、彼女はこの序を書くにあたって自分が評価の義務を負っていることを意識している。方孟式は、歴史的に見て、序を寄せることが名士や高官の行う風雅な行為であることを十分に認識していた。たとえば、左思「三都賦」が「洛陽の紙価を貴からしめ」たのは、皇甫謐が序を書いたためだといわれるが、このいわゆる「皇甫玄晏［玄晏は皇甫謐の号］、隻語千金」に対し、彼女は自嘲気味に「我が輩は深閨に嚅唲《じゅげい》［つくり笑い］して、終日行は咫尺を離れず、何ぞ弁簡の贄に当る［巻頭に序文を献じる］に足らんや（我輩嚅唲深閨、終日行不離咫尺、何足當弁簡之贄）」と述べている。しかし、深閨にくらす女性には序を書く資格などないと本気で考えていたわけではない。したがって、「然りと雖も、吾が姉弟の間の子墨［文章］の倡和、得て僕を更えて数《かぞ》うべき［一つ一つ数えあげることができる］なり（雖然、吾姉弟間子墨倡和、可得而更僕數也）」という。彼女は妹の作品のよさを紹介することによって、その価値が実証されるだろうとも感じていた。よって、「其の近篇を載せ、用《も》って寤寐に覲《み》んとす、其れ名公鉅卿の、彤管［女性の文章］を流攬する者有らば、当に必ず琳瑯の一枝を択び、湘閣の斑涙を存すべきのみ（載其近篇、用覲寤寐、其有名公鉅卿、流攬彤管者、當必擇琳瑯之一枝、存湘閣之斑涙云爾）」という。ここから、当時の女性は生活範囲がかなり狭かったとはいえ、依然として自信を失わず、自分たちの作品は「当《まさ》に必ず」主流社会の評価を受ける機会を得るにちがいない、と考えていたことが推測できよう。

直接的な文学的評価は、往々にして当時の選本の流通によって定まる。明代の鄭文昂が編纂した『名媛彙詩』に対し、『四庫全書総目』の提要は「閨秀の著作、明人喜びて編輯を為す（閨秀著作、明人喜爲編輯）」という。(18)明代の人は女性の作品の選本を編むことにとりわけ熱心であった。こういった出版界の新たな現象は注目すべきもので、ここからも社会に「閨秀の著作」を読みたいという欲求が存在していたことがわかる。男性が女性の作品集編纂を好んだ（書籍商が仮託した場合を含む）だけでなく、女性自身が女性の作品集を編むこともあった。例えば、沈宜修が『伊人思』を編んだ際の自序をみてみよう。彼女は「世に名媛の詩文を選ぶもの多し（世選名媛詩文多矣）」といいつつ、ただ、そうであっても、やはり「大都《おおよ》そ沿古に習い、未だ広く今を羅《つら》ねず（大都習於沿古、未廣羅今）」と考えたのだった。(19)沈宜修は「今を羅ぬる」ことを非常に重視しており、当世の女性の才学と名声を丁重に紹介し、人々の記憶に留めようとしている。これも女性の文学に対する使命感が掻きたてられていることの現われである。方維儀は『宮閨詩史』ならびに『宮閨文史』を編纂しており、詩と文の両面に目配りをしている。また、女性の文芸に強い関心を持っていた清初の王士祿の『宮閨氏籍芸文考略』に、王端淑について「詩賦に工にして、間《ま》ま古文を為《つく》る（工詩賦、間爲古文）」、「明代以来の詩文を選びて『名媛詩緯』、『文緯』二書を為る（選明代以來詩文爲『名媛詩緯』、『文緯』二書）」(20)と述べていることから、王端淑にもまた詩と文それぞれの選本があったことがわかる。『宮閨文史』や『名媛文緯』という選本の形態は、とりわけ明代女性の文章史意識の覚醒を反映しているといえよう。

三　明代女性による古文の文体とその成就

ここでは伝統的な分類に則って、各文体の概略を述べてみよう。

一つめは、論辨類である。これは古文家が学問的素養や叡智を示すのに適した重要な文体であり、韓愈や柳宗元ら唐宋の大家の名作が多数残されている。明代の女性はこの文体で誇るべき成果を残しており、その代表として朱静庵と徐徳英をあげることができる。朱静庵は、明の顧起綸の『国雅』に「閨品の豪者」と称されている。(21) 彼女は「博く群書を極め（博極群書）」ていたともいわれ〔『歴代婦女著作考』引『宮閨氏籍芸文考略』〕、古今に渡る広い学問を備えていたので、厖大な『雑文史論』五巻を著しえたのも不思議ではない。徐徳英は立論にすぐれており、王秀琴編集『歴代名媛文苑簡編』の論辨類は、ほぼすべてが彼女の作品で占められている。徐徳英の生き生きとした論辨の才も博学に基づくもので、先人は彼女の二十一史に対する学識について次のように指摘している。「丹黄〔点校を加えること〕浩汗たり、女子にして乃ち此の心眼を具え、其の綜博を語るは、固より巾幗〔女性〕中の呉兢、劉知幾なり。（丹黄浩汗、女子乃具此心眼、語其綜博、固巾幗中之呉兢、劉知幾矣）(22)」と。劉知幾は『史通』を著しており、呉兢は『貞観政要』の編纂に加わっている。この唐代の著名な史論家二人になぞらえられていることからも、徐氏の史書に対する見識の高さが知れよう。

論辨の文の一例として、徐徳英の「梁元帝論」をあげよう。梁の元帝は敵軍に取り囲まれた際、みずから十四万巻の蔵書を焼き払った。その理由は、「読書万巻にして、猶お今日有り、故に之を焚く（讀書萬卷、猶有今日、故焚之）」というものである。この驚くべき事件について、徐徳英は史論の形式を借りてこう述べる。「君子曰く、帝の国を亡ぼすや、皆な学ばざるの故なり、何ぞ書に於いて有らんや（君子曰、帝之亡國、皆不學之故也、何有於書哉）」と。彼女は梁の元帝自身の「不学」に着目して議論を展開しており、その文章は誠に意趣にとみ気勢をそなえている。また、文中には「夫れ学精にして後、義 守るべし。義明らかにして後、本 正すべし。元帝をして当時の所謂る仁を曰い義を曰う者に於いて、之を習いて熟し之を行いて篤からしむれば、必ずや三綱淪《しず》み五常廃するに至らざるなり。又た何ぞ国を亡ぼし身を喪ぼすこと之有らんや（夫學精而後義可守、義明而後本可正、使元帝於當時所謂曰仁曰義者、習之熟而行之篤、必不至於三綱淪而五常廢矣。又何亡國喪身之有哉）」と述べ、その後また二つの仮定をもうけることによって、梁の元帝が自分の行為に恥じ入らざるをえない展開にする。一つ目の仮定は、「仮使《もし》時人 焚書の故を問い、帝之に答えて「此れ我が国家の典籍なり、吾は人の得る所と為るを恐る、故に之を焚くのみ」と曰わば、亦た国の為の志に庶幾《ちか》からん（假使時人問焚書之故、而帝答之曰「此我國家典籍、吾恐爲人所得、故焚之耳」亦庶幾乎爲國之志）」というもので、国家の秘籍が流出することを望まなかったのだとすれば、いささかなりとも国家のために考えた故の行為だという意味あいが含まれるとする。そして二つ目に、「設《も》し或《あ》る人 経史の義を挙げ、以て其の亡国の由を詰《なじ》れば、知らず、帝の将《は》た何を以て之に応ずるかを（設或人擧經史之義、以詰其亡國之由、不知帝將何以應之）」とする。つまり、誰かが経史の義を挙げて亡国の原因を詰問してきたとすれば、梁の元帝はどのようにその質問に向き合うつもりか、というのである。儒家の経史の学の要義は「仁政」であるが、梁の元帝はまるで無学の輩に等しく、「惟《た》だ己の過を知らざるのみに非ず、抑そも且つ経史を知らざるなり（非惟不知己之過、抑且不知經史矣）」という状態であった。よって彼女は、「吾故に曰く、帝の敗亡するは、皆な乃ち学ばざるの故にして、書に於いては則ち帝に負く無きなり（吾故曰帝之敗亡、皆乃不學之故、而於書則無負於帝也）」という結論を下すのである。さて、この文章が優れているというのは何故か。ここでは、他の作品と比較することによって、この点を明らかにしてみたい。なぜなら、女性の文章はふつう文学史のなかで述べられることがあまりないからである。では、現代の文学史に登場する文章とはどのようなものか。例えば現在もっとも優れた散文史といえる郭預衡『中国散文史』では、王夫之の文学的成果について述べた箇所で、彼の『読通鑑論』の中から梁の元帝が古今の図書を焚いたことを論じた部分を載せている。[23] 王夫之の議論の展開の仕方は徐徳英とは違って、「帝の自ら滅亡を取るは、読書の故に非ず、而して抑そも未だ嘗て読書の故に非ずんばあらず（帝之自取滅亡、非讀書之故、而抑未嘗非讀書之故也）」という。つまり、梁の元帝がこのように家をつぶし国を滅ぼす羽目になったのは、学んだ内容が悪かったためであるとする。そして、ここから経世致用の読書観を展開しており、清初の大儒の啓蒙意識を体現した文章となっている。ただ、文章の気勢のもつ感化の力の強さからいえば、徐徳英の文章も王夫之に比べて全く遜色がないといえよう。

　次に、序跋類を見てみよう。徐皇后が夢に『観音感夢経』を得て自ら作った序文にはじまり、多くの才女が自らの詩文や親類・友人ら女性の詩文集に寄せた序文に至るまで、厖大な数の文章があり、人の心をうつ抒情性をそなえるとともに、女性の生活や観念に密着した内容をもっている。例えば、沈大栄（号は一行道人）が従妹の沈宜修のために書いた「葉夫人遺集序」には、作者の沈宜修について「人生の衆美を具え、宇宙の奇哀を極む（具人生衆美、極宇宙奇哀）」と述べている。沈宜修および彼女の三人の娘である葉紈紈・葉小紈・葉小鸞はみな並外れた天分をもっていたが、彼女は立て続けに娘を失うという悲運に見舞われた。そこで序には「其の挽女の詩を読むに、『首を回らせば　従前　都《すべ》て是《こ》れ夢、劬労《くろう》　恩念　等閑に銷《き》ゆ』有り、又た云う『亦た知る　幻化　原より相に非ず、未だ悟らず　真空　只だ悲しみ有るを』の句を。定めて是れ果位［仏道修行によって得られた悟り］の中より女人の身を現わし、説法を以て世人を儆醒するならん。痴憨の態を作さざれば、則ち情極まりて性空し（讀其挽女詩、有『回首從前都是夢、劬勞恩念等閒銷』、又云『亦知幻化原非相、未悟眞空只有悲』之句、定是從果位中現女人身、以說法儆醒世人、不作癡憨之態、則情極而性空也）」という。この序文には深い同情と慰めの気持ちが表れている。彼女が伝えようとしているのは、それほど多くの苦しみを味わったとしても、悲しみの頂点から悟りが生まれうるということである。文中の「情極まりて性空し」という精錬された表現はとりわけ卓抜であり、仏教的素養と文学的感性の融合した意境が体現されている。また、さらに注目すべきは、黄淑素が明代に新たに興った戯曲に書いた「牡丹記評」などの評跋に、女性の鑑識眼の鋭敏さが体現されていることで、「手眼別出」という評価に恥じないものだといえよう(24)。

書信類は人々の日常生活に最も身近な文体であり、おびただしい数の佳作がある。多くの作品は史料としてはもとより、文学作品としても忘れてはならないものである。例えば、周知のとおり、清初の遺民であり大儒である顧炎武は、啓蒙思想史上非常に重要な人物で、彼の専政体制に対する反省はその当時にあって最も深いものであった。その顧炎武の継母の王氏が彼にあてた「弥留書」には、民族の危急存亡に筆を及ぼし「国事此に至り、死すら且つ遅きを嫌う、死するも又た何ぞ惜しまん（國事至此、死且嫌遲、死又何惜）」と記している。彼女は非常に義を重んじる愛国の女性であり、死に臨んで息子に説いたのが、「惟だ余の爾《なんじ》に眷眷たるは、言に在らずして行に在り、学に在らずして品に在り、爾は固より明の遺民なり（惟余眷眷於爾者、不在言而在行、不在學而在品、爾固明之遺民也）」という言葉だった。信念を貫こうとする意志がきわめて堅いことがわかろう。伝統的な慈母として、子女を善導する役割をになう彼女は、「且《か》つ余観るに爾《なんじ》の友の中、亦た惟だ黎洲のみ品誼敦篤たり（且余觀爾友中、亦惟黎洲品誼敦篤）」とも書いている。黎洲の黄宗義も清初の三大儒学者の一人であるが、彼女の交友に対する観察眼はきわめて鋭く、「爾之《これ》に師事すと雖も可なり（爾雖師事之可也）」とも言いつけている。さらに感動的なのは、その後に彼女が「惟《こ》れ爾の子若《も》しくは孫、其の耕読中の人為《た》るを嘱し、科名中の人為らしむる勿かれ（惟爾之子若孫、囑其爲耕讀中人、勿爲科名中人）(25)」と説いている点である。黄宗義や顧炎武らの中国の封建制度に対する反省はそれ以前にはなかったほどの高みに達しているが、その背後にはこのような母の教えがあったのであり、このことによって我々は彼らの思想世界をより深く理解することができる。もう一つ例をあげれば、顧若璞の「諸児に示す（示諸兒）」などの書信は、周亮工の『尺牘新鈔』に収められているが、そこには「行文は竟《つい》に是れ大家なり（行文竟是大家）」「真の卓識、真の鴻文たり（眞卓識、眞鴻文）」という批語が加えられ、後世に伝えるべき価値のある作品だという心よりの賞賛が示されている。

書信のあて先が女性である場合、往復の通信のなかに多くの情報が含まれていることもある。例えば、徐徳英については、さきに彼女が史論の著述に長けていたことにふれたが、彼女は品行よろしくない夫との間が上手くいっていなかったらしく、数々の不満を抱えていた。彼女の「嬸に与うるの書（與嬸書）」には女性の心のひだが描かれており、生活の味わいに富んで意義深い。また、女性が役所にあてた書信には、時に制度史の面で価値をもつものもある。例えば、楊継盛という詩人がいるが、彼の妻が夫の冤罪を晴らそうとして「冤を辨ずるの疏（辨冤疏）」を書いている。この文章は、その感情にも言葉づかいにも誠意がこもっており、冤罪の夫に代わって死罪を受けることさえ願いでている。その結果、死を免れたばかりか、彼女が旌表を受けることにまでなった。これは明代の旌表制度をめぐる状況の一端を示すものともいえよう。

賛戒類にも明人の特色があらわれている。明人は家範や女訓などの教訓的な文章を書くのが上手い。この方面で著名な女性作家の作品は、先人の模倣から抜け切れないというきらいはあるものの、品目の多さでは前代を凌いでいる。一般的な賛や頌の文は過去の傑出した女性について書くものが多いが、まれに友人の寿を祝う頌もある。例えば、蘇州の才女である徐媛の「趙夫人寿頌」には「石壁に春融《と》け、玄池は流濡す。瑤草 龍耕し、精桃 呪実る。散を服す仙姝、真を訪う霊匹。地は鴻濛［日の出る処］に接し、壇は太乙［天帝のいる処］に通づ。大椿［伝説上の大木］は景《かげ》斉しく、小有の天［仙宮］は密なり。瓊録［仙籍］名鐫《ほ》られ、胡麻［仙草］芽茁《い》づ。玉暦［仙命］三千、今日より頒《わか》たる（石壁春融、玄池流湍。瑤草龍耕、精桃呪實。服散仙姝、訪眞靈匹。地接鴻濛、壇通太乙。大椿景齊、小有天密。瓊錄名鐫、胡麻芽茁。玉曆三千、頒從今日)」と長寿を言祝ぐ。(26) これは、四言句を用いた十分熟達した文章であり、女性の社交の形として、長寿のお祝いに文章を贈る風習があったことも伝えている。

伝状類でもっとも目を引くのは、自伝をふくめ、女性が女性のために書いた伝である。沈宜修「季女瓊章伝」「表妹張倩倩伝」、徐媛「林母徐孺人伝」などの文は、一族の女性のことを記しており、深い情趣をそなえている。例えば、張倩倩の美しさは、次のように、非常に生き生きと描き出されている。「是《こ》の年、倩倩已《すで》に十八、余一見するに光艶目を驚かし、娟冶人に映ゆ、亭亭たること海棠の初めて綻ぶが若く、濯濯たること楊柳の乍ち糸となるが如し、……昔人云う所の美にして艶なる者は、殆ど必ず此くの若からん。時に初夏八日、斜月は牕に半ばにして、金壺漸く滴る。二三の女伴と、灯を挑げて旧を話せば、庭戸寥寥、欄花灼灼として、東方の白むを知らざるなり。未だ幾《いくば》くならずして、即ち別れ、別れし後又た相睽闋さる〔隔てられた〕、……余の父、冠を掛けて〔官を辞して〕棲隠し、余復《ま》た数しば帰りて相聚《あつ》まるを得たり。爾《こ》の時、倩倩は脂凝玉膩、微豊有肌にして、姉妹妯娌〔兄弟の妻〕間ま戯れに呼びて「華清宮人」と為す。偶たま当日午夢の余、雲鬟彷彿たり、余曰く、此れ真に沈香亭上に宿酲〔二日酔い〕未だ解けざるのみ、と(是年倩倩已十八、余一見光豔驚目、娟冶映人、亭亭若海棠初綻、濯濯如楊柳乍絲、……昔人所云美而豔者、殆必若此。時初夏八日、斜月半牕、金壺漸滴、與二三女伴、挑燈話舊、庭戸寥寥、欄花灼灼、不知東方之白也。未幾、即別、別後又相睽闋、……余父掛冠棲隱、余復得數歸相聚、爾時倩倩脂凝玉膩、微豊有肌、姉妹妯娌間戲呼爲「華清宮人」、偶當日午夢餘、雲鬟彷彿、余曰、此眞沈香亭上宿酲未解耳)」。この文は、意境をかもし出し人物を描き出してゆくうえで、うまく典故が使いこなされており、不自然なところがない。『世説新語』容止篇に名士の王恭の風采の立派さを称える際に「濯濯たること春月の柳の如し(濯濯如春月柳)」という言葉を用いているが、ここの「濯濯たること楊柳の乍ち糸となるが如し」も豊かな表現力を備えている。文中、女ともだちと一緒に遊ぶさまを述べる際にも、蘇東坡「前赤壁賦」の中で夢中になって遊ぶさまをのべた「東方の既に白むを知らず（不知東方之既白）」という表現を用いて、生き生きと描き出している。「沈香亭」は李白「清平調詞」の「名花傾国 両つながら相歓び、長えに得たり君王の笑いを帯びて看るを。春風無限の恨みを解釈して、沈香亭北 闌干に倚る（名花傾國兩相歡、長得君王帶笑看、解釋春風無限恨、沈香亭北倚闌干）」を典拠としている。彼女たちは日常生活のなかで自分たちの才色の美を大っぴらに誇り楽しんでいる。そして今、伝記に書き込まれることによって、彼女のあでやかな美しさは永久に記念されているのである。またこの外にも、瀟洒な風韻を描きだしたものに、王端淑の「酒癖散人伝」があり、陶淵明の「五柳先生伝」の趣を備えている。

次に墓祭類をみてみよう。墓志銘はあまり多くないが、張貞素が弟のために作った「張存墓志」や徐媛の「屠母黄孺人墓志銘」という作品があることから、男性を対象とするものも女性を対象とするものもあったことがわかる。祭誄の文は女性の散文の中で最も数が多い。追悼の対象は身近な親族である場合が多く、悲痛な思いを述べるのに適した文体で、伝誦されたものも少なくない。たとえば、銭謙益『列朝詩集』には、陸卿子について「祖母の卞太夫人の為に誄を作る。典雅誦すべし（爲祖母卞太夫人作誄、典雅可誦）」と述べている。(27)

騒賦類は深い学問的素養や豊かな文才が求められるジャンルだが、女性の中にも学ぶものが少なくなかった。動植物や情志をテーマにすることが多く、沈宜修の「酔芙蓉賦」「傷心賦」、徐徳英の「悼志賦」、梁孟昭の「遐愁賦」、朱静庵の「双鶴賦」、陸卿子の「紫蛺蝶華賦」、虞浄芳の「促織賦」、徐媛の「続春思賦」、黄媛介の「傷心賦」などがある。同時代の作家の間や歴代の作品との対応という点からいえば、往々にして同題の作品の創作や模擬が見られる。例えば、沈宜修とその娘の葉小鸞にはともに「擬連珠」があり、徐徳英の「悼志賦」の源流は漢代の班婕妤の「自悼賦」に遡ることができる。徐淑英の「帰田賦」は漢代の張衡の同題の賦の再創作であり、隠士の伝統に対する女性の関心の強さがうかがえる。徐媛は自作の「続春思賦」について、斉梁の江淹の才知にも劣らないとみなしている。連珠体は漢晋時期に成熟し、つとに揚雄や陸機に佳作があって、文学言語に対する要求の高いジャンルだが、沈宜修とその娘もまた果敢に挑戦している。また、黄媛介の賦の才能の高さについては、商景蘭が「千言 賦を作りて相如に擬す（千言作賦擬相如）(28)」と司馬相如になぞらえて褒め称えている。

文体をさらに細かく分類するならば、明代の徐師曾の『文体明辨』に百種類以上が列挙されており、本稿では主要なものを挙げたに過ぎない。実際の創作状況からいえば、先にあげた以外にも記、檄文、寿序などに女性の作品がある。王微はみずから「草衣道人」と号し、万里の路を旅したことを自負して、数百巻の名山記を著している。王鳳嫻は日記体の『東帰記事』に旅路の所感を記しているが、彼女の視野も誠に広い。沈宜修の末娘葉小鸞が故郷の山水に注目して書いた「汾湖石記」も、とりわけ鑑賞に価する。その中にはこういう。「汾湖石なる者は、蓋し之を汾湖に得るなり。其れ時に水落ちて岸高く、流れ涸れて厓出づ、人有りて曰く、湖の湄に石有り、累累然として多し、と。遂に舟を命じて之を致せば、其の大小円缺袤尺一ならず、其の色は則ち蒼然たり、其の形は則ち嶔然たり［尖っている］、皆な愛すべきなり（汾湖石者、蓋得之於汾湖也。其時水落而岸高、流涸而厓出、有人曰、湖之湄有石焉、纍纍然而多。遂命舟致之、其大小圓缺袤尺不一、其色則蒼然、其形則嶔然、皆可愛也）」。彼女は十三、四歳で古文の創作法を会得し、駢文まで学んだという。この文には「意頗《すこぶ》る欧に仿う（意頗仿歐）(29)」という評価があり、欧陽脩のような古文の妙手に倣っていると認められている。彼女は石の「形は則ち嶔然」たるさまを描写しているが、「嶔然」の二字は『楚辞』によるもので、劉向の「九嘆」に「嶔石に触る（觸嶔石兮）」とある。ここからも、古文を書くには「英を含み華を咀《くら》う」［韓愈「進学解」］必要のあることがわかろう。

檄文の佳作には「宋の文丞相の江淮諸郡に移《まわ》す檄に擬す（擬宋文丞相移江淮諸郡檄）」がある。作者の徐徳英はもともとと史論に長じており、二十一史のすべてに習熟していたので、その立場に身を於いて、正邪の判断をし、古の作に擬えてその文才を発揮することができた。顧若璞は嫁の実家の母のために書いた「張夫人寿序」に、張夫人すなわち張姒音にも檄文の作があると述べている。「夫人の『李賊を討つ檄』を得て之を読むに、地に擲てば玉を振わせ、天に掞《の》ぶれば雲を凌ぐ。孔璋は其の英蕤を譲り、賓王は其の峻烈を失う。而して忠義の気勃発し、真に以て金石を開きて風霄を動かすに足る。吾乃ち此を持って以て世の鬚眉の男子を愧づかしめんと欲するなり（得夫人『討李賊檄』而讀之、擲地振玉、掞天凌雲、孔璋讓其英蕤、賓王失其峻烈、而忠義之氣勃發、眞足以開金石而動風霄、吾乃欲持此以愧世之鬚眉男子也）」。ここに示されているように、歴史上、とりわけ有名な檄文が二つある。一つは陳琳が曹操を罵倒した「袁紹の為に豫州に檄す（爲袁紹檄豫州）」である。陳琳は字を孔璋といい、『文心雕龍』には「陳琳の豫州に檄するは、壮にして骨鯁有り（陳琳之檄豫州、壯有骨鯁）」と称揚されている。もう一つは、駱賓王が武則天を誹った「徐敬業の為に武后を討つ檄（爲徐敬業討武后檄）」である。檄文を作った陳琳と駱賓王はその後ともに文才の高さをもって、罵倒された本人の曹操や武則天から賞賛されている。顧若璞の記述によれば、張姒音の文才も遜色がなく、文章に忠義の気がみちているがゆえに、人々に憤りを感じさせる力をもっているという。

明代には寿序がよく書かれており、実のところ男性による寿序はさらに多い。寿序が社交辞令的な側面をもつことは否めないが、往々にして重要な社会史的史料を含んでいることもある。男性が女性に寿序を書くこと、たとえば自分の母や親戚・友人の母の七十歳の祝いに寿序を書くといったことは、一つの共同体社会の中における、男性からの女性に対する感情表現の一種である。日本の野村鮎子氏は、こういった時とともに移り変わってゆくようなジャンルの文献を用いて、士大夫がどのように一族の中の女性を描写したかを考察している。[30] こういった研究視点は、新たな発想のヒントを与えてくれるもので高い価値をもつ。男性が女性のために書いた寿序に比べると、女性が女性のために書いた寿序は数こそ多くないものの、その中に名作がないわけではない。例えば『神釈堂脞語』には、顧若璞の「張夫人四十、徐夫人五十寿序の両篇、尤も奇作為り（張夫人四十、徐夫人五十壽序兩篇、尤爲奇作）」と、特に賞賛をあたえている。同書によれば、これは作者の顧若璞が「学問・節義・経術・世故、皆な胸中に粲然たり、筆底に灑然たり（學問節義經術世故、皆粲然於胸中、灑然於筆底）」であることによる。[31]

つまるところ、明代女性の豊かな文才によって創りあげられた空間は、歴史的な復元がなされるべきであろう。彼女たちは、すでに研究が進んでいる詩詞曲といったジャンルに長けている以外に、実際には文章についても、自身の秀でた才能を存分に発揮しているのであり、これを埋もれさせてはならないだろう。

（二〇〇七年十月初稿、二〇〇八年八月改稿）

注

（1）光明書局一九三一年版。
（2）胡明「関於中国古代的婦女文学」（『文学評論』一九九五年第三期）に、「中国古代の女性文学は韻文、とりわけ詩詞と弾詞に偏っている。このことが実質的に女性が全体的な戦略上、古文に恐れをいだき放棄することを決定づけた」という。
（3）商務印書館一九四六年版。本稿に引用する明代女性の文章のうち、特に出所を示さないものは、すべてこの書による。
（4）『列女伝』巻二、遼寧教育出版社一九九八年版。
（5）班昭の学問的成果は范曄『後漢書』本伝に基づく。なお、ここでは『奩史』「文墨門」の学術の項の引用による。『奩史』巻四十三、『続修四庫全書』本参照。
（6）『祁彪佳集』附商景蘭『錦囊集』二七四頁、中華書局一九六〇年版。
（7）浦江清の語。郭預衡「李清照的文風、詩風和詞風」（『柳泉』一九八五年第一期）に見える。

（8）『四庫全書総目』巻八十六（中華書局一九六五年版）に「『金石録』三十巻、宋趙明誠撰。明誠、字は徳父、密州諸城の人なり、知湖州軍州事を歴官す。是の書 蔵する所の三代の彝器及び漢唐以来の石刻を以て、欧陽修『集古録』の例に仿い、編排して帙を成す。紹興中、其の妻李清照 表して朝に上《たてまつ》る。張端義『貴耳集』謂えらく、清照亦た其の間に筆削すと。理として或いは然らん（『金石錄』三十巻、宋趙明誠撰。明誠、字徳父、密州諸城人、歴官知湖州軍州事。是書以所藏三代彝器及漢唐以來石刻、仿歐陽修『集古錄』例、編排成帙。紹興中、其妻李清照表上於朝、張端義『貴耳集』謂清照亦筆削其間、理或然也）」とある。

（9）沈宜修輯『伊人思』、葉紹袁編『午夢堂集』本、中華書局一九九八年版。

（10）孫静庵『明遺民録』、謝正光・范金民編『明遺民録彙輯』本一二五三頁、南京大学出版社一九九五年。

（11）巻二十三。姚祖恩編、人民文学出版社一九九〇年版。

（12）巻十。『四庫禁燬書叢刊』本。

（13）『叢書集成続編』本。

（14）胡文楷は鈔本を見ており、『歴代婦女著作考』二四九頁に録されている。上海古籍出版社一九八五年版。

（15）汲古閣本『漱玉詞』跋語。

（16）『明清之際党社運動考』七頁。中華書局一九八二年版。

（17）『閨塾師――明末清初江南的才女文化』第五・六章、李志生訳、江蘇人民出版社二〇〇五年版。

（18）巻百九十三。

（19）注（9）に同じ。案ずるに、同巻には沈宜修撰『唐宋遺事十五則』其六にこういう。「『許彦周詩話』に云う、『「中秋夜月」詩は「尖」字を押し、一婦人云う「蚌胎 光 殻を透り、犀角 暈 尖に盈つ」』と。彦周止だ二語を記すのみにして、全篇を録さず、亦た此の婦の何人なるかを言わず、甚だ鹵莽為り（『許彦周詩話』云、「中秋夜月」詩押「尖」字、一婦人云「蚌胎光透殻、犀角暈盈尖」。彦周止記二語、不錄全篇、亦不言此婦何人、甚爲鹵莽）」。ここからも女性の文名を重んじようとする願いがうかがわれる。

(20)『歴代婦女著作考』二五〇頁に引く『宮閨氏籍芸文考略』。
(21)『国雅』巻首「国雅品」、『四庫存目叢書補編』本。
(22)『歴代名媛文苑簡編』巻首小伝に引く『玉鏡陽秋』の語。
(23)下冊三六三頁。上海古籍出版社一九九九年版。
(24)『歴代名媛文苑簡編』黄淑素小伝に「其評跋諸傳奇、手眼別出、想路特異」という。
(25)『歴代名媛書簡』巻二、商務印書館一九四九年版。
(26)『絡緯吟』巻十一、『四庫未収書輯刊』本。
(27)閨集巻四、中華書局二〇〇七年版。
(28)「贈閨塾師黄媛介」。注（6）に同じ。
(29)『歴代名媛文苑簡編』葉小鸞小伝に引く『玉鏡陽秋』の語。
(30)「士大夫が語る家の中の女たち」（関西中国女性史研究会編『ジェンダーからみた中国の家と女』一五五〜一七九頁、東方書店二〇〇四年）参照。中国語訳「士大夫如何書写家中女性」が台湾の『当代』第二一四期にある（涂翠花訳）。
(31)『歴代名媛文苑簡編』顧若璞小伝引。

明代における非古の文体と女性

野村鮎子

はじめに――「非古」文研究の意義

本論文でいう非古の文体とは、行状と寿序を指す。ともに明から清にかけて流行した文体である。とりわけ、女性の行状や女性の長寿者に贈られた寿序が多く作られたことは、この時期の、この文体の特徴ともいえる。しかし、伝統的な古文の道統からいえば、行状や寿序は変体であり、一部からは「非古」あるいは「不古」と批判され、これまで研究の対象とされてこなかった。

行状は行略、行実、事略、事状、あるいは単に状、述ということもある(1)が、本来は官僚の死後、謚号を検討する際の参考資料であり、将来の史書編纂に備えて故人の生前の政治的業績を記載して史館に報告するためのものであった。後世、遺族や故人に近い者が墓誌銘の執筆を依頼する際にこれを添えるようになったことから行状の性格は大きく変化した。行状は一つの文体として独立し、それが詩人の文集にも収録されるようになったのである。

女性行状の始まりは、士大夫が自らの亡母について書した先妣行状である。しかし、公の場に出ない女性にはそもそも書すべき政績がなく、叙述は私の領域すなわち家の中のことに限定される。これは行状の本来の趣旨から大きく逸脱するものだった。そのため、女性のことを書すのに行状という文体を用いることを躊躇する向きもあり、宋代の文集に女性の行状が収録されることは極めて稀であった。ところが、女性行状は明代、特に万暦年間になると、主に亡母を追悼し、亡母の女徳を顕彰する文体として士大夫の間で大いに盛行する。行状はもはや男性のためだけの文体ではなくなるのである。

行状が死者に捧げられる文であるのに対して、寿序は生者のための文である。

寿序は明清時代の民間習俗である「寿誕」とともに流行した文体である。「寿誕」は五十歳以降、六十、七十、八十、九十と十年ごとに長寿を祝う行事をいう。明はとりわけ孝の儒教規範が強調された時代であり、それとともに母親の地位が高まった。士大夫たちは母の長寿を頌禱し、己の孝心を発揚するために友人知人に寿序を乞うた。しかし、これも古文としては新興の文体であることから、「非古」あるいは「変古」とみなされた。それどころか阿諛に満ちた応酬の作に過ぎないとして、古文の道統を重んずる人たちから軽視されてきたといっても過言ではない。

しかし論者は、これらの行状や寿序は散文発展史の角度から見ても、極めて意義のある文体と考える。なぜならば、「内言は梱を出でず」（『礼記』「曲礼」上）として家の中や女性の生活について語ることが憚られた中国古典文学において、これほど自由に女性家族を描くことのできる文体はかつて無かったからである。

本論は、具体的な作品を紹介しつつ、明代において女性を語るのに「非古」の文体が用いられた背景について考察を加えるものである。

一　女性行状の始まり

女性の行状が出現したのは、宋代である。それは士大夫が亡母について記した行状から始まった。文献上、最も早い女性の行状は、北宋の胡宿の「李太夫人行状」である。この時期には陳師道の「先夫人行状」、陸佃の「辺氏夫人行状」があり、南宋では汪藻「夫人陳氏行状」、楼鑰「亡妣安康郡太夫人行状」、陳宓「魏国太夫人聶氏行述」、王炎午「先父槐坡居士・先母劉氏孺人事状」、許月卿「李太安人行状」などの作品が残っている。このほか、現在の黄庭堅の文集には収録されていないが、元の楊弘道に「題黄魯直書其母安康太君行状墨跡後」という作品があることから、黄庭堅にもまた先妣行状があったことがわかる。

ところが、南宋の兪文豹は(2)『吹剣録外集』の中で、母を語るのに行状という文体を用いることについて、次のように言っている。

……然れども古今　婦人を志《しる》す者は、止だ碑と曰い、誌と曰い、未だ嘗て行状と称せず。近ごろ郷人に其の母を志す有りて、行状と曰う。何の拠る所かを知らず。

兪文豹は、女性の行状自体に否定的な立場をとり、同時期の士大夫に亡母のために行状を書すものがいることを批判する。

そもそも士大夫が亡母を哀悼するための文体は、魏晉南北朝時代には誄または母伝に限られていた。(3)唐では、士大夫が亡母を語る文体は、先妣祭文あるいは先妣墓誌銘の二種類であった。墓誌銘についていえば、これは故人の業績や出自を顕彰するために、遺族が名文家や著名人に執筆を依頼するのが一般的であった。公の場にない士大夫階級の女性が被葬者である場合、叙述内容の中心は実家や婚家の家系や男性親族の歴任した官名などに置かれ、故人の生前の生活や性格についての情報は乏しい。ただし、稀にではあるが、士大夫自身が亡母のために筆をとった墓誌銘、たとえば、穆員の「秘書監穆公夫人裴氏玄堂誌」や柳宗元「先太夫人河東県太君帰祔誌」のような例もあり、それらは家の内情や母親の苦労を描き、人の心をうつものとなっている。

宋代になると、亡母のために子が墓誌銘の筆を執ることは珍しいものではなくなるが、これに加えて行状という新しい文体が登場することになった。しかし、兪文豹の批判からもわかるように、亡母を語るためにこの文体を用いることは、最初から好意的に受け入れられた訳では決してない。北宋の程頤（一〇三三～一一〇七）の「先妣上谷郡君家伝」のように、母を語るのにあえて家伝という文体を採る者もいて、そこには女性のことは公にすべきではないという意識が働いていたと考えられるのである。(4)

次は、南宋の儒者王柏（一一九七～一二七四）が恩師劉炎（撝堂）の子劉朔（復之）にあてた書簡「答劉復之求行状」(5)である。内容は、劉復之から復之の母すなわち劉炎夫人の行状の執筆依頼を受けた王柏が、これを辞退するというものである。

某 嘗て謂う、行状の作は、非古なりと。又た嘗て之を考するに、衛公叔文子卒し、其の子 戍 諡を君に請いて曰く、「日月時有り、将に葬らんとす、以て其の名を易えんとする所の者を請う」と。諡を請うの詞は、意者《おもえらく》 今世の行状の始めなり。……唐自り以来、官の応に諡すべからざるに、亦た行状を為る者有り。其の説は、以て将に名世の士に求めて之が誌銘を為らしめんと為す。而して行状の本意 始めて失す。夫れ 昌黎・廬陵・東坡の三集を観るに、人の墓に銘すること最も多し。而るに行状は共に五篇に過ぎずして、而かも婦人は為《つく》らざるなり。又た婦人の行状を為らざるの意 亦た明らかなるを知る。若し 行状を以てして銘を求むれば、猶お説有り。今 先夫人 已に墓銘有りて、乃ち撝堂の門人 其の師の語を述ぶ。……又た行状を為るが若きは、亦た贅ならずや。

王柏が行状を「非古」だとするのは、子が父の諡を請うための辞として生まれた行状が、後世、著名人に墓誌銘を依頼するためのものとなったことを理由としている。さらに彼は、それゆえに韓愈、欧陽脩、蘇東坡らは行状という文体をあまり書かなかったのであり、まして女性の行状は皆無だというのである。今、韓愈、欧陽脩、蘇東坡の文集を見るに、女性の行状は一篇も収録されていない。(6) 王柏は、すでに墓誌銘が書かれているにもかかわらず、さらに行状を作成するのは理屈に合わないというのである。

儒者として古文の道統を重んじた王柏は、墓誌銘のための行状作成ならばともかく、単に亡母の生前の事跡を顕彰するために行状を執筆することには断固反対の立場をとっている。

ところが王柏や俞文豹の批判にも関わらず、女性の行状は明代に入って隆盛期を迎えることになる。

二　明における先妣行状の隆盛

明代の女性行状で、質量ともに特に注目に値するのは、士大夫が自ら亡母について語った先妣行状である。以前、論者は歴代の文人の別集に現存する先妣行状と先妣墓誌銘を調査したことがあり、(7) それによれば、宋元のものとして残る先妣行状は十篇、先妣墓誌銘は二十五篇であるのに対し、明では先妣行状が二百篇、先妣墓誌銘は九十三篇であった（次表）。宋元よりも明代の篇数が多いのは当然のこととしても、行状と墓誌銘の数が逆転していることは注目に値しよう。

これは、明の文人が亡母を語るのに墓誌銘ではなく、行状という文体を用いるのを好んだことを意味する。この傾向は文の復古を強調していたはずの所謂古文辞派の文人についても当てはまることである。明の文人には宋人のように女性の行状を憚るような感覚はなく、むしろ積極的に先妣行状を書いた。中には先妣墓誌銘と先妣行状の両方を執筆した例もある。

墓誌銘は石に刻して土中に埋めるものであることから、叙述には一定の型が要求され、また字数の制限もある。限られた字数の中に、生卒年や享年、出自、銘文などの必要事項を書きこまねばならず、被葬者の生前の行いやエピソードを書すスペースは極めて限られる。それに対して、行状は基本的に字数の制限がない。先妣行状は墓誌銘の執筆を第三者に委嘱するための参考資料としての役割から、母親の伝記としての性質を帯びていったといえる。

	行状	碑誌
宋元	10篇 ＜	25篇
明	200篇 ＞	93篇

ただ、墓誌銘の参考資料として始まっただけに、先妣行状には多くの場合、一定の叙述パターンがあることが指摘される。まず、先妣の生年、卒年、享年、先妣の出自や家世、先祖や子孫の官歴、娘の嫁ぎ先などの記録は必ず書されるべき項目である。その上で母の女徳に関する記述と、母を喪った子供たちの慟哭が描かれる。特に女徳については、舅姑への孝行、子孫たちへの家教、側室や夫の一族との睦まじさ、奴婢への応対などが具体的なエピソードをもって描写される。

そして、このエピソードこそ、書き手の筆力と特徴が如実に現れる部分でもある。

たとえば、明の林俊（一四五二～一五二七）の「吾母安人黄氏事行」(8)は、一三八〇字に及ぶ長編であり、五世同堂の家の嫁として目上の女性に仕えた母の苦労を語って余すところがない。その一端を見てみよう。

林俊は、まず、亡母が曾祖の妻である方孺人の世話と介護に明け暮れたことを語る。

……この時、家を取り仕切っていたのは（曾祖の妻の）方孺人である。わたくし俊もその人を識っている。私の祖父は外で官に就いており、祖母や趙妣（父の元配を指すか）は亡くなっていたので、おばば様の世話は、孫の嫁たちの仕事だった。

方孺人は夜も明けやらぬ時刻に皆をベッドの前に並ばせ、ご機嫌伺いをさせるのが日課だった。受け答えに礼を失したり扉の開閉に音を立てたりすれば、叱り飛ばされた。明け方には髪を整えて堂上に座り、孫の嫁たちを並ばせて仕事の指示を行うが、髻がきちんと結えてなかったり、遅れて慌ててやってきたり、立ち居振る舞いがふらふらしていれば、また叱り飛ばされた。毎日、勉強や耕作や炊事や紡績の仕事を点検し、一つでも悪いところがあればまた叱りとばされ、誰も免れることはなかった。ただ、母上だけはおめがねにかなった。

方孺人は食が細くてよくお腹が空いたので、母上は日に六七回食事を差し上げ、粥の味付けは、黙っていてもその意にかなった。寒暑の調節も上手く、季節の変わり目で気が滞り勝ちになると、さすったり温めたりして快適にしてさしあげ、悪夢にうなされれば熟睡するまで見守り、添い寝して、手が胸の上にこないようにし（胸の上に手がのるとうなされるといわれるため─論者注）、寝入ればそっとベッドを出た。

麻織りをしながら、わたくしたち兄弟に書の練習をさせ、私たちが横になろうとすると、「この麻が終わるまでがんばって」といい、時には果物をくださって、やる気を起こさせた。しばらくするとまた、方孺人の世話に行き、うなされるとそっと呼びかけたり、あるいは足をつねったりして息をさせ、気がつけば話などをし、眠りについたところで母上はようやくお休みになる。が、方孺人が目覚めるときにはすでに傍にいて、ご機嫌を伺う。こんなふうに一晩に五六回は起きだし、二十年間というもの帯を解いてゆっくり寝たことがなかった。いよいよ悪くなってからは明け方まで一睡もしないということが数ヶ月続いた。

……方孺人には姚という姓のおいがおり、我が家で養育していたのだが、母上は心を砕いて面倒をみて、方孺人を喜ばせた。方孺人はいつも「この嫁がいなかったら、十年前に死んでいただろうね」と言っていた。さらに、「お前にはきっといい報いがあるよ」とも、またさらに、「お前の息子の俊が嫁を娶ったら、私は死ねるよ」とも言っていた。方孺人は八十六歳で亡くなった。

このほか、介護のため夫の傍に仕えることができず、夫の世話を妾に任せざるを得なかったこと、病気がちだった妾のために、おいしいものを手ずから準備したこと、嫡庶の別なく子どもたちを可愛がったことも語られる。また、格段裕福でもないのに、求めがあれば何でも与えてしまい、ある時など娘の婚礼用の布団を作っていて、戯れに布を分けてほしいといった親類に切り与えてしまって、布団ができあがらず、人に笑われたというエピソードも語られる。また、平素から人前で喜怒哀楽を軽々しく表さなかったことも母の慎み深さとして語られる。

ちょうど女の客と座っているとき、報せの者がきて「おぼっちゃま二人が郷試に合格なさいました」といった。弟の侃と僖のことを言っているのだった。母上が返事をしないので、もう一度言うと、頷いただけで表情を変えなかった。

沐浴や食事、それから客が来て茶や酒を出すときでも、侍婢を呼びつけるということはなかった。私たちでも声をはりあげたりするのを聞いたことがない。返事に時間がかかるということなら、それは意にかなわないということなのだった。わたしたち兄弟が他人を動物にたとえて罵ると、「村の下品な輩と同じではありませんか」というので、わたしたちは人を罵らなくなった。せかせか歩いていると、「急ぐものではありません」といった。

……呉氏に嫁いだ妹がなくなり、これを仮埋葬したとき、妹婿は嫁入り道具の返還を要求されるのだと思い、箪笥や衣装箱をすべて出してきたが、母上は簪一つを取っただけで「これは誰それから借りたものだからね。あとは新しく嫁いで来られる方にとっておきなさい」といった。

宋氏に嫁いだ妹がわたしに自分の夫を引き立ててほしいと父に頼んできたとき、父は「お母さんに頼みなさい」と言ったことがある。母上は日に何度もわたしの書斎にやってきてはすぐに帰っていく。これまで無かったことなので、失くし物でも探しているのかと思ってそのままにしておいたが、ずいぶん経ってから母上はなかなか言い出せなかったのだと知った。わたしの妻は性急なたちで、これを解決するように乞うた。父上は「お前のかあさんがこれをやってのけたのかい」とおっしゃった。わたしの子どもが勉強をさぼり、これを叱るように頼んだ時でも、ただ「勉強しないと」と言ったきりだった。

老いてからの母の姿も語られる。

もともと母上はあまり病気をされなかったが、一度寝付かれたことがあって、父上は嗚咽しながら、わたしにこうおっしゃった。「わたしが彼女より後に死ぬのなら、私の余命は妻の祀りをする間の三年で十分だ。お前の母親のすばらしさは他の人がかなうものではない」と。わたしは「それはわたくし子どもたちの科白ではありませんか」と聞いたものだ。思うに母上は四十歳ですでに老成し、徳を具えておられたのだ。

年をとっても糸紡ぎの手を休めることはなく、夜は大体二鼓に及んだ。わたくし僕がお疲れになってはと心配し、笑いながらこれを取りあげるのだが、しばらくするとまたおもむろに始める。わたしはまたこれを奪う。母上は微笑みながら、「じゃましないで」と言うのだった。女部屋を出ることはなく、孫や甥達たちに会うことも稀で、会ったとしても言葉を交わすことはなかった。ある人は、「家の中が平安だというのは、それは一つの変事だね」と言っていた。

この後、林俊は、君命により召しだされ、老いた母を残して行かねばならない状況になる。林俊は在任中何度も引退を申し出たが聞き届けられなかった。そして、ついに離職して帰郷するその道すがら母の訃報を聞いたのである。享年七十六であった。

林俊は、最後にこのように結んでいる。

俊 嘗て吾が母の事行を伝して以て家訓と為さんと欲するも、因循して今の凶疚荒迷有り。纘述《さんじゅつ》 次ならず、一を挙げて百漏らす。不孝 何ぞ焉に加えん。惟だ大君子 評騭し、以て手を藉《か》して言を史氏に求むれば、殞越に勝えず、願幸の至りなり。

林俊には別にこの母のために自ら筆を執った墓誌銘「先妣黄氏壙志」もあり、右の行状が墓誌銘の資料として書かれたものでないことは明白である。先妣行状は、それ自体が母への追悼文として書かれているのである。

明代の女性の伝記としては、節婦伝や烈女伝が有名であるが、これらは壮絶な死と引き換えに貞節を守った女性を顕彰するためのものであり、士大夫がふつうの家庭で通常の死をむかえた母のために、節婦伝や烈女伝を作成するのは規《のり》をこえる行為である。しかし、死に様はどうであれ、息子にとって母親は唯一無二の存在である。行状は、母の苦労を直接見聞した息子が母の生涯を記し、哀悼の意を示すものとして、恰好の文体であったといえよう。明代に多く執筆された女性の行状は、女性生活史の空白を埋めるものでもある。わたしたちは、彼ら息子の眼を通してではあるが、大歴史の裏側に隠れてしまっている当時の士大夫の家の女たちの日常や暮らしぶりを知ることができるのである。

三　亡妻行状

さて、論者は第一章で先妣行状は宋代に出現したと述べたが、実は士大夫が自ら亡妻の事跡をつづった亡妻行状もこの時期に登場している。ただし、宋元の作品は極めて少ない。管見のおよぶところ、宋代の亡妻行状としては韓琦の「録夫人崔氏事迹与崔殿丞請為行状」、許景衡の「陳孺人述」の二篇があるにすぎず、元代では袁桷の「亡妻鄭氏事状」一篇のみしか確認できない。

そもそも妻を哀悼する文学としては、つとに悼亡詩が知られており、中唐の元稹、韋応物、戴叔倫等を経て、宋代では士大夫の間でこれが流行し(9)、明でも悼亡詩はよく作られた。これ以外、散文では自分の妻のために士大夫が書いた亡妻墓誌銘や祭亡妻文があり、これは中唐晩唐から増加し(10)、宋代では、欧陽脩、曾鞏、蘇洵、蘇軾など古文家を中心に多くの作品が残されている(11)。宋代文学についていえば、妻の死は重要な文学テーマの一つとなっていた。

明になると、妻に先立たれた士大夫は必ずといっていいほど亡妻墓誌銘や祭亡妻文を自ら執筆するようになり、その作品は膨大な数になる。そして、明の中葉には先妣行状にやや後れる形で、徐々にではあるが亡妻行状の執筆例が増えてくるのである。

前章でも述べたように、女性の行状は本来の古文の文体ではないのだが、明の古文辞派の文人は妻の伝記を行状として書すことに抵抗感は薄かったように思われる。次は、古文辞後七子の一人、李攀龍が糟糠の妻徐氏のために書した「亡妻徐恭人行状」(12)である。

亡妻恭人は徐公宣の次女である。徐公の家はもともと王侯づきの将校であったが、衰微していた。嘉靖九年（一五三〇）に私のところへ嫁いできたときには婚礼衣装もなかった。翌年、私は郡の諸生に補せられた。公舎の一つ家に母上が遷ってこられ、他所にもっていた土地を切り売りして口に糊することがしばしばだった。尽きると、器や瓶やこまごました金具などを市で鬻ぎ、朝に売れれば朝食に、夕べに売れれば夕食にという生活で、いつもお腹いっぱいというわけにはいかなかった。妻は母上のお針の賃仕事をたすけて水汲みや米搗きなどをこなし、妻の務めに励んでいた。がらんとして何もない家で、夏は一つの壁に暑さを避け、冬は一つの竈に身を寄せ合うようにして月日を送ること数年、嫌な顔一つしなかった。

嘉靖十六年、私は廩生になったのだが、妻はなおもかつかつの暮らしであるかのようにいつもそれに安住できなかった。教えている弟子たちが授業料をもってくると、妻は母上に渡し、母上から下げ渡されてもそれをきちんと記帳して母上に見せていた。わたしと盧州の別駕の郭君とは、郡の諸生であったころの同学である。わたしの家に来られた折、かれを引き留めて食事を出したことがあった。妻は家の簾を焚物にしてご飯を炊いてお出しした。郭君はこのことを知り、一抱えの薪を送ってくださった。

嘉靖十九年、私は郷試に合格し、翌年、妾を置いた。二十三年、進士に及第すると、妻は母上につき随って都の屋敷に来た。翌年、私が病気になり、いとまごいをすると、母上につき随って済南に帰った。二十五年、再び任官されると、また母上に侍って都にきた。二十六年、刑部主事を授かり、三年して妻は安人に封ぜられた。ついで私は員外郎に引きあげられ、翌年、郎中となった。その次の年、再び母上に侍って済南に帰った。三十二年、私が中央を出て順徳府の知府として赴任すると、妻は済南から母上につき随って順徳府に来た。私は三十五年に政績書をたてまつり、妻は恭人に封ぜられた。ついで私は陝西按察司提学副使となったが、三十七年、再び病気になり、辞職して済南に帰ると、妻も新しく置いた妾を連れて母上に侍って帰郷した。田間に在ること十年、隆慶へと改元になると、聖天子は在野の人材の登用をお考えになり、諫言の臣が上章して推薦し、海内の二十二名がこれにあずかった。しかし、私は按察司であったときの自らの不佞を思い、妻とともに隠遁の約束を果たそうとしていたところへ、七月二十四日に家にて亡くなった。

ああ、長々と書き連ねるまい。妻は五十四歳、ただ朴訥な人だった。母上は謹厳な態度でこれに接していたが、すでに齢七十二である。妻は母上の意をそこなうのではとつつしみおそれ、縮こまって自分を責め、これを避けようとしていたつもりが却ってこういうことになってしまったのは、運命なのだろうか。子どもを溺愛するたちで、必ず自分の眼で子供たちが食事をするのをみて、子供たちが食べてから食事をするのだ。食事の際はいつも艾家に嫁入った娘がちゃんと食事ができますようにと祈っていた。

「行状」は、抑制された筆致の中に、李攀龍の官界での浮沈や、気苦労が絶えなかった妻の一生を浮き彫りにする。妻は若い時は貧苦の中にあり、夫が官についてからは、官僚の家の婦人の定めとはいえ異動のたびに任地と故郷の間を家族をつれて頻繁に往来しなければならなかった。嘉靖十九年から妻が亡くなるまでの間の李攀龍の異動と家族の引越しの記録は、一見冗長な繰り返しのように見えるが、その中に抑制された思いが込められている。思い入れたっぷりに綴られることが多い亡妻行状のなかで、この作品は一味違った趣きをもつのである。李攀龍は、亡妻の墓誌銘についてはこれを友人の殷士儋に依頼している。(13) そして自らは、しゅうとめに仕え、しゅうとめよりも若死にしてしまった妻を描くのに、行状という文体を選んだのである。

亡妻行状は、明末には増加の一途をたどり、清朝には士大夫の間に広く行われるようになる。清代の有名な作品としては宋犖「亡室葉淑人行略」、王士禎「亡室張孺人行述」、孫星衍「亡妻王氏事状」、銭大昕「亡妻王恭人行述」(14) などがよく知られている。

四　亡女行状

さて、これまで先妣行状、亡妻行状と見てきたが、明代にはもう一種類、亡女行状というべきものが存在する。極めて稀で、論者は次に挙げる一例しか確認できていないが、女性行状という文体の意義を考えるうえで重要と思われるので、ここで紹介しておく。

とりあげるのは明の駱問礼（嘉靖四十四年、一五六五の進士）が章家に嫁いだ娘のために書いた「章門駱氏行状」(15) である。娘は駱復といい、浙江会稽の章其美に嫁いだが、婚家で夫の暴力に遭い、狂乱した夫の手によって殺され、首を切られるという悲惨な最期を遂げた。

万暦八年十二月四日夜、紹興府会稽県道墟の章門の駱氏、及び小僕の阿二、使女の小女、倶に殺さる。

「章門駱氏行状」は右の衝撃的な一文から始まっている。「章門駱氏行状」によれば事件のあらましはこうである。駱復は章其美に嫁いで十年余り、夫との間に三男一女がいる。嫁いで一、二年の間は、夫に変わったところは無かったが、長兄の其蘊ばかりが父親にえこひいきされていると思い込んだ夫は兄の殺害を計画。幸い駱復が姑の王氏に知らせて事なきを得たが、このころから妻に暴力を振るうようになった。万暦八年十二月二日、妾の陳氏と弟の其善の仲を疑った章其美が、刃物をもって陳氏を追いかけるという騒動が起こった。そして陳氏を逃がした駱復に対して、弟と密通しているから陳氏を庇うのだろうといい、棍棒や鉄尺で妻の身体を殴った。死を覚悟した駱復は息子三才を呼んであれこれ言い聞かせるが、三才は泣くばかり。桂花と小女という二人の召使いは、逃げるようにとすすめる。しかし、駱復はいつもの発作だから一、二日したらもとに戻ると言って、これにとりあわなかった。そして十二月四日、惨劇が起こる。それは妻に姦通という罪を着せて殺害するという計画殺人であった。

（十二月）四日、傷が悪化した娘は、あの凶人に「私が死んだら、私の父はあなたを許さないわ」といったところ、あいつは「お前にだけ父親がいると思うな」と罵った。そして一族の章亮五のところへ行き、「明日朝早く、地代を取り立てに行こう。うちの家に泊まったら、一緒に出発できる」と言った。思いを晴らそうというわけだ。亮五は承知したものの、結局行かなかった。夜になって、今度は其善の所の傭人の丁四という者を呼んだが、丁四は普段から彼を畏れていたので、隠れて応じようとしなかった。家に戻って、晩飯が終り、阿二が柄杓で米を量り朝飯の準備をしていたところ、あいつは「もうやめろ。明日早朝、私は別の用事ができた。お前は廚房で寝て、戸口にカギをかけるな。私が朝起きたらすぐ火を取ることができるように」といった。そして娘とは寝ずに、三姐を母のベッドに寝させた。三姐というのはあいつの九歳の娘である。そして自分はその傍らに床をとった。二更になったころ、あいつは起き上がって厨房に行き、突然阿二を呼んだ。阿二は「服を着ます」と返事したが、あいつは「すぐすむことだ。服なんぞ着なくともよい」と叱った。阿二があわてて起きると、あいつはその髪をつかんで部屋に引き入れ、そのまま刀で刺した。阿二は「無実だ……」といいながら死んだ。寝床にいた娘は驚いて、「あなた、何をしたの」というと、あいつは「何をしたかって？　お前の間男を殺したのさ、これからお前を殺すのさ」と罵る。そして寝床に入って髪をつかんで刀でメッタ刺しにしたのだ。娘は、「三才助けて」と叫び、また「お天道さま、助けて」と叫んで死んだのである。この時、娘は赤ん坊を抱いて哺乳したままだった。三姐はびっくりして目が醒め、母の脚にとりすがった。まだ母が死んだことがわからなかったのだ。三才は驚いて地に倒れ、これを視ることもできなかった。あいつは捕まるのではとこわくなり、小女に偽証を迫った。小女が「殺せばいいわ、偽証なんてできない」というと、刀で小女を刺し殺した。さらに刀を桂花の頸に突きつけて、さっきのように迫った。この時、桂花は灯りを吹き消して、わざと「ご主人様のおっしゃるとおりです」と言い、やっと解放されたのだ。それから祖母の沈氏や叔父の章如錦のところに奔って行き、阿二を殺しましたとだけ告げた。如錦に其善を呼び起こすように仕向け、鬱憤ばらしをしてスカッとするつもりだったが、其善は起きようとしない。再び家にとって返し、別の薄手のナイフで二人の首を切り、町に入ってお上に姦通だと訴え出た。

駱問礼「章門駱氏行状」は、駱復が殺されるまでの経緯を微に入り細を穿って描写しており、とりわけ殺人の場面は、血の匂いが漂ってくるかのような凄惨さである。

この後には、当地の県令である劉公が部下とともに密かに調査を開始し、真相を見抜く話が語られる。駱復にかけられた姦通の疑いは、劉公のおかげで無事に晴れる。

しかし、父の気持ちは晴れない。

娘の父はいう。嗚呼、痛ましいことよ。自分の妻を愛さずして殺してしまう者がどこにいよう。自分の娘を愛さずに、悪所に嫁がせ、ついには娘を殺されてしまう者がどこにいよう。……私は最も愛しているものを差し出してしまったのだ。つまり私の娘を殺したのはあの凶人ではない、私なのだ。罪は免れたとしても、この痛みはどうして堪えられようか。思うに、人が死すべきところでない所で死ぬのには、必ず死ぬべき道理があってはじめて凶事に出くわすのである。それなのにわが娘は死道すらない。もし私の不善の報いだというのなら、近くはわが身が被るべきで、遠くは或いは子孫に及ぶこともあろうが、なんと嫁いだ娘に降りかかるとは。章氏は父子兄弟たくさんおり、その積み重なった罪に対して罰が下ったのだとしても、はじめにそれが娘に及ぶとは。天よ、いったいこれはどういうことか。

父は娘を死地に追いやった原因は、このような婚を選んだ自分にあるという。姦通の汚名は雪がれたとはいえ、娘は首まで切り落とされたのだ。これが自らの不善の報い、あるいは章家の積悪への罰だとしたら、なぜまっさきに娘が犠牲になるのかと天に問いかけるのである。

駱問礼は「行状」の最後に、この文を執筆するに至った思いを次のように吐露している。

而して女は既に其の死を得ず、子は且つ幼く、舅は任に在りて遠し、誰か能く爾《なんじ》の喪を挙げんや。而して後に百年有りて、誰か能く爾の死の其の所に非ざるを知らんや。即《たと》い之を知るも、又た誰か能く爾の賢にして且つ才あるを知らんや。今を失して爾の行を述べて以て爾の子に授けずんば、即ち名公有りて名筆を辱《かた》じけのうせんと欲するも、将た何かに拠らんや。乃ち涙を含みて之が状を為る。子は三、長は三才、次は阿七、阿八、女は三姐、此れ我が外孫なるか、仇の子なるか。愚は弁ずる能わず。統べて知道を知る君子 之を教うるを俟《ま》たん。

この事件では駱復の姦通についての無実が証明され、名誉は回復された。しかし、一旦は決着がついたこの事件も、しばらく経てば、章家一族によって覆い隠され、娘には姦婦の汚名だけが残るかも知れない。駱問礼の「章門駱氏行状」は、娘の死を哀悼するとともに、この虐殺を告発し、後世に至るまで娘の名誉を守ろうとする意図のもとに書かれた。

嫁いだ娘を哀悼する文体としては墓誌銘や祭文があるが、墓誌銘はふつう婚家から委嘱されて執筆するものである。しかも、それは通常死の場合である。唐の権徳輿の「独孤氏亡女墓誌銘」、南宋の周南の「長女壙誌」、元代の戴良の「亡女張孺人戴氏墓誌銘」、明代の王鏊の「亡女翰林院侍読徐子容墓誌銘」、明代の許相卿の「長女沈婦壙誌」「中女朱婦墓誌銘」「徐中年妻許氏墓誌銘」などは、すべて娘の死因は病没である。駱問礼がいうように、嫁いだ娘の葬儀は夫家が執り行うもので、このような訳ありの葬送で妻の父に墓誌銘の依頼があるはずもない。駱問礼が亡き娘の汚名を晴らすために選択することのできた文体は行状以外なかったともいえる。

極めて特異な例ではあるが、「章門駱氏行状」に描かれた娘の遭難と父の悲嘆は、行状という文体ゆえに許されたものだったといえよう。

五　明における女性寿序の隆盛

さて、行状が死者のことを誌す文体だとすれば、寿序は生者のための文体である。寿序は五十歳以上、十年ごとに催される長寿を祝う行事――寿誕のために準備された文である。もとは寿詞集あるいは寿詩集の序文であったが、明の中葉以降は徐々に一つの独立した散文形式として確立していった。鷲野正明氏はかつて「帰有光の寿序――民間習俗に参加する古文」[16]の中で宋、元、明の代表文人百二十七人の別集に収められた寿詩と寿序の統計一覧表を示した。それによれば、寿序は明に入って一気に流行しはじめたことがわかる。ただし、寿序に対する文学史上の評価は総じて低い。

明末清初の史学家黄宗羲（一六一〇～一六九五）は、この状況を次のように述べている。

近日古文の道熄む。而して応酬の免るる能わざる所の者、大概三有り。則ち皆序なり。其の一は陞遷の賀序にして、時貴の官階に仮りて、多くは門客之を為る。其の一は時文の序にして、則ち経生の選手之を為る。其の一は寿序にして、震川の所謂「横目二足の徒、皆之を為る可し」。蓋し今の号して古文と為す者は、未だ序より多き者は有らざるなり。序の多きこと、亦た未だ寿序より多き者有らざるなり。（「施恭人六十寿序」）[17]

寿序が最も多く残されているのは明の古文家帰有光（一五〇七～一五七二）である。現在、一百十五篇の寿序が伝わっており、しかもそのうち五十四篇が女性を頌禱者としたものである。[18]

帰有光は友人のために書いた寿序の中で、当世に流行する寿序の水準の低さを嘆いている。

東呉の俗、号して淫侈と為す。然れども養生の礼に於いては、未だ能く具わらざるに、独り寿を為すに隆んなり。人 五十自り以上、旬毎にして加う。必ず其の誕の辰に於いて、其の郷里の親戚を召きて盛会を為す、又た寿の文有りて、多きこと数十首に至り、之を壁間に張る。而るに来会する者飲酒するのみにして、亦た其の壁間の文を睇《み》ること少なし。故に文は其の佳きを必せず。凡そ横目二足の徒、皆な為るべきなり。(「陸思軒寿序」)(19)

寿誕の宴席に貼りめぐらされる寿序だが、単なるお飾りであって誰もそれを見ないし、内容について期待もされていない。寿序はそもそもつきあいのための世俗的な文である。あるいは、貧乏書生にとっては口に糊するためのもので、文の性格上、阿諛に満ちたいい加減なものが氾濫するのは致し方のないことである。

これが文の道統から言って、「古ならざるもの」として蔑まれたことは想像に難くない。そのため文を以て自負する者がこれを執筆する際には、人情から言ってこれをむげに断りきれず、仕方なく筆を執ったというような弁解が添えられる。

先の帰有光はある寿序で次のように述べている。

余 嘗《つね》に謂う、今の寿を為す者は、蓋し其の世に生くること幾何の年と謂うに過ぎざるのみ、又た或いは往往にして其の生平を概して之れを書するは、又た家状に類し、其の非古にして法とするに足らざるなり。……余の辞に拙と雖も、諸公は謬りて以て能と為し、而して之れ(寿序)を請いて置かず。凡そ之れを為ること数十篇、而るに余は終に以為らく非古にして法とするに足らざるなりと。然りと雖も、亦た以為らく人の子の情を慰むれば、姑《しばら》く可なりと。（「李氏栄寿詩序」）(20)

執筆者本人が寿序という文体を「非古」ゆえに「法となすに足らざる」ものだと考えていたのである。この文学観は、清の文人たちにも引き継がれた。たとえば次は、方苞（一六六八〜一七四九）が友人の母の七十歳の頌寿のために書いた文であるが、彼は寿序執筆の依頼を十年前に受けたときに、一旦は「非古」だとして断わったという。

吾が友胡君錫参、其の母潘夫人の六十の時に於いて、余に其の志節と諸孤に教うる者を文述して以て寿を為すを請う。余曰く、「非古なり。暇有らば則ち伝もて以て之を詳らかにせん」と。（「胡母潘夫人七十寿序」）(21)

しかし、このように軽んじられながらも、実際には多くの寿序が文人によって作成されたし、むしろ明清の士大夫でこれを書かなかったという者は皆無に等しい。しかもその三分の一以上が女性のために書かれている事実を、われわれはどのようにとらえるべきであろうか。

論者は女性の寿序の多くが、「〇母〇孺人〇十寿序」と題されていることに大きな意味があると考えている。これはなにがしの母の某氏の寿を祝うために書かれたことを意味する。一方、男性の寿序に「〇父〇十寿序」というのは存在しない。まさに「母は子を以て貴しと為す」である。しかも、子の名のみを記して、母の出身について全く触れないものや、夫について全く記されていないものも多い。寿序では母の長寿とその子の孝心を讃えることが第一義とされるためである。

論者はこうした寿序の中には側室の身分の女性も少なからず含まれるのではないかと推測している。もちろん寿文から判断できない場合もあるのだが、たとえば次に挙げる方苞の「李母馬孺人八十寿序」のように、依頼者の生母が父の側室であることが明示される場合もある。

燕の南に賢人有り。曰く李塨剛主。其の父は孝慤先生、……其の生母は馬孺人にして孝慤の側室なり。嫡に事うること母の如し。（「李母馬孺人八十寿序」[22]）

側室は士大夫の家族の一員ではあるが、家の女性のヒエラルキーのもとでは正室の婢という位置づけである。明以降、士大夫の家では夫婦合葬の墓誌銘が増えるが、側室は夫と同穴する権利はない。清末になると扶正といって、正室の死後、正室に迎えられる例が出てくるが、明では一旦側室として入った女性が正室になる例はない。子を産んでも母としての権利は父の正室である嫡母にあり、家によっては母と呼ぶことすら許されぬ家もあった。科挙の試験では、出身や父母の氏名を提出するのだが、そこに書されるのはかならず正室である嫡母であって、側室である生母の名が記されることはない。そもそも庶子の教育や婚姻をつかさどるのは嫡母であって、側室は、正室が健在であれば、自ら産んだ子に何の権限もないのである。男児を産めば前近代の中国は男子による均分相続が原則であるから、将来の経済的保障が得られるが、男児の無い側室の立場は弱い。

しかも、孺人や宜人、安人といった封号を受けるのにも嫡母が優先である。『明史』巻七二職官一によれば、明では夫が一品であれば、妻は一品夫人、二品では夫人、三品では淑人、四品では恭人、五品は宜人、六品は安人、七品以下は孺人に封ぜられる。これは妻のみに適用されるのではなく、母も子の地位によって封ぜられる。しかし、嫡母が健在であれば生母が封ぜられることはなく、生母をさしおいて妻が封ぜられることはできないという厳然としたきまりがあった(23)。

一方、男子は庶出であっても能力さえあれば、進士に及第し官に就く道もある。また嫡母に男児が生れぬときには、庶子が嗣子となる。社会的に成功した男子が、側室の身分である生母の苦労に報いたいと思うのは人情である。

次にあげる作品は、桐城派の領袖姚鼐（一七三一～一八一五）が門生の伍光瑜の依頼を受けて生母陳氏のために書いた寿序である。陳氏は正室楊氏に子が無かったために伍家に側室として入った女性である。伍光瑜らを産んだ後、二十数歳で寡婦となり、正室楊氏とともに子どもたちの養育にあたった。

私が江寧に来て、伍光瑜が私に従うようになって四年である。光瑜はおりにふれて私に母親の立派さをこのように語っていた。

むかし、わたくし光瑜の亡父は仁に厚く善を好む人でしたが、子が出来ないことで苦しんでいました。嫡母である楊孺人は聡明で義を好む人で、このことを非常に心配され、そこでわたくしの生母陳孺人をむかえることにし、子瑛と光瑜が生れたのです。

わたくし光瑜は生れたばかりの時に父を喪いました。この時、家中の生計の途はみな人手に渡りました。主人が急死したというので、それにつけこんで奪おうとする者がいたのです。二人の孺人は哀しみの中、内には幼子を撫育しながら、外からの侮りに立ち向かい、辛酸を嘗めて家を守ったのです。そして数十年後、楊孺人はこの世を去りました。

陳孺人はこの女主人にきっちりと仕え、未だかつて一日たりとも礼を違えたことなどありませんでした。その病床に侍っては、片時も傍を離れず、亡くなってからは哀しみは長く続き、耐えられない様子でした。……父上が亡くなられたとき、楊孺人は三十余り、陳孺人は二十余りでした。国の制度では三十歳以下で寡婦になり節を守った者は旌典を得るということですが、三十歳を越えていればそれもかないません。光瑜は母のために旌表を願い出ようと母に問いましたところ、母は悲しそうにいうのです。「私は楊孺人とともに数十年節を守ってきて、女主人のご苦労や義の心を目の当たりにしてきました。今、国恩が私だけに加えられ、楊孺人に与えられないのでしたら、私は耐えられません。絶対にだめです」と。（「伍母陳孺人六十壽序」(24)）

この寿序は、旌表のための基準は満たしながらも、側室という身分ゆえに義としてそれを受けることができなかった生母のために依頼されたものだったのである。

姚鼐は、さらに伍光瑜の言葉を引用して、生母の婦徳を顕彰しようとした子としての孝心を讃えている。

光瑜 又た請いて曰く、「甲寅の歳、春正月五日は、実に吾母陳孺人の六十の初度なり。光瑜 既に敢て母の命に違いて旌を朝に請わず。願わくは先生 之れに言を賜い以て室を光《かがや》かせんことを」と。（「同右」）

右のように、明清時期に女性寿序が流行した背景には、家のヒエラルキーの中で、嫡母が存命の間は生母に孝養を尽くすことがかなわなかった士大夫の思いがあったことも知られよう。

六　寿序にみる抒情

寿序は基本的に応酬の作であり、女性の寿序の場合、執筆を依頼された側は頌禱する女性と直接の面識がないことが多い。そのため、女性の寿序は『女戒』や『列女伝』の言葉や『詩経』の句を引用した千篇一律のものになりやすい。しかし、中には士大夫が近親の女性のために自ら筆を執った寿序もあり、それらは阿諛とは無関係の、むしろ真情の発露というべきすぐれた文学作品となっている。

袁中道（一五七〇～一六二三）は公安派の三袁の一人として知られる。彼には姉の五十歳の寿誕の時に贈った寿序「寿大姉五十序」[25]という作品がある。肉親を思う気持ちがひしひしと伝わってくるような抒情が横溢した名文である。

わたしの同母の兄弟は四人おり、その一人が姉上です。姉上の兄は伯修（袁宗道）で、弟が中郎（袁宏道）とわたくしになります。今でも覚えていますが、母が亡くなったとき、伯修はやや年長でしたが、姉と私たちはみな幼く、その時は長安里の家に住んでおりました。（母の実家の）龔のおじ上が姉上を養育するため町に連れていくとき、私は四歳で、喩家荘の幼塾に入っていました。窓の隙間からおじ上が姉上を抱いて馬に乗って、孫崗の方から来るのがみえ、ぴゅうぴゅう風に白絹の袖が吹かれていました。館の前に来ると、中郎とわたくしを呼んでお別れを言いました。姉上は馬上で泣いていて、わたしたち二人に、「私は行くから、あなたたちはちゃんと勉強するのよ」といったのです。二人とも涙を拭い、塾の先生を懼れて声を挙げて泣くのをこらえていました。姉上が行ってしまうと、中郎はわたしの手を引いて後ろの山の松林に行き、人馬の影が蕭崗に消えるまでながめていました。

帰ってからは、半日声を出すこともできませんでした。

この後やや経って、姉は母の実家から兄の伯修のもとに引き取られ、再び兄弟一緒に暮らすようになる。兄がしてくれる物語を夢中で聴き入ったこと、姉も自分も兄のお化け話が苦手で、明かりが消えたり風の音がしただけで、びっくりして泣き喚くのを、兄が大笑いしていたことなど、母を亡くして身を寄せあう兄弟たちの団欒のようすが語られる。姉は記憶力も抜群で、弟たちの勉強内容もすぐに覚えてしまうほどで、大人たちに「男の子だったら良かったのに」と残念がられるほどだった。

しかし、姉が長じて嫁いだ相手は、幼いときに父を亡くして学問をやめ、農蚕を生業としている男だった。しかも、袁中道の筆によれば、夫は蓄財に熱心なけちん坊で、外面が良く客には酒や肉の大盤振る舞いだが、家の中では野菜と水というしまり屋で、銭を惜しんで妾を買うこともしなかったという。

姉が幼い頃養われた龔の家は貴顕の家柄で、周りは文人ばかりで、女たちはみな玉をつけ薄絹をまとう瀟洒な暮らしぶりであった。このような家に育った女性が、農家の嫁となるのは、一般的な士大夫の観点からいえば不運である。しかし、袁中道はこうした見方に反駁し、女性の本当の幸せが何処にあるかについて自論を展開している。

そもそも世の女子というのは、貴人の妻になれないことを恨みとします。しかし、私が見るに、貴人はひとたび進士に及第するや、すぐに妾を納れようとします。古いものを棄て新しいものを愛でれば、気の強い者は仇敵視し、気の弱いものは怨めしく思うのです。夫の赴任地に付き従い、老いてもあちこち行ったり来たりで、何の楽しいことがありましょうや。今、姉夫婦は互いに敬愛しあい、溝もありません。子供たちはなごやかに親に孝養を尽くし、歳ごとの佳節には児女と団欒し、酒や乾し肉や鴨や鯉を食して笑いあっておられます。姉上はもとより教養もあり、さらにまた田間の楽しみを享受されているのです。まして子供たちはみな出世するでしょうし、富貴はすぐそこです、家のことで何の心配がありましょうや。

袁中道の「寿大姉五十序」は、幼くして母に死なれた姉弟の思いを綴った抒情文であり、家門を輝かせるために美辞麗句が列ねられた一般の寿序とは大いに趣を異にしている。寿序という文体を借りた家族の記録なのである。清になると、劉大櫆（一六九七～一七八〇）の「謝氏妹六十寿序」[26]のように妹の寿序にことよせて、早世した姉妹への哀悼の念を綴った作品も登場するようになる。

女性寿序は、応酬阿諛の作から、抒情散文の文体へと変貌を遂げるのである。

おわりに

明は婦徳が賛揚された時代で、ややもすれば烈女伝、節婦伝、貞女伝のように、守節のため壮絶な死を遂げた女性の伝記ばかりが喧伝されがちである。しかし、本論に紹介した行状や寿序に描かれた女性たちのほとんどは士大夫の家で普通に暮らし普通に生を終えた女性たちである。

このような新しい形の古文が発展した背景には、士大夫の文学観の変転があったことも見逃せない。古文は為政者が天下国家や道を論じるためのものから、日常の家庭生活や身辺の雑事を書すものへとその関心を移しつつあった。これまで叙述のテーマとなりにくかった、士大夫の家の女たちの生活、肉親への慕情を綴る作品の「受け皿」となったのが、行状や寿序といった、古文の道統からみれば「非古」にあたる文体なのである。

明の文人がこれら「非古」の文体で描き出した抒情の世界は、中国散文史を多様で豊饒なものにしている。

注

（1）明の徐師曾『文体明弁』には、「按字書云、述、譔也。纂譔其人之言行以俟考也。其文與狀同、不曰狀、而曰述、亦別名也」とある。

（2）俞文豹の生卒年は未詳であるが、『吹剣録外集』の巻首の序文は南宋の淳祐十年（一二五〇）の作となっている。

（3）『世説新語』文学篇82には「謝太傅（安）問主簿陸退、張憑（陸退の岳父）何以作母誄、而不作父誄。退答曰、故當是丈夫之徳、表於事行、婦人之美、非誄不顕」とある。また、母伝では『三国志』裴松之注が魏書の鍾会伝中に引く「鍾会母伝」（「生母張夫人伝」とも）がよく知られており、このほか蕭繹『金樓子』后妃篇中の阮修容伝などがある。後者については、興膳宏「子が描く母の肖像――『金樓子』皇妃篇について」（『宮澤正順博士古稀記念　東洋――比較文化論集』青史出版　二〇〇三）を参照。

（4）明でも戴鱀『戴中丞遺集』巻六「先妣太宜人家伝」、潘潢『樸溪潘公文集』巻六「先妣淑人家伝」などの例がある。

（5）文淵閣本四庫全書『魯斎集』巻七「答劉復之求行状」。

（6）ただし、司馬光が蘇東坡の母程氏のために書いた墓誌銘「蘇主簿夫人墓誌銘」（『温國文正司馬公集』巻七六）には、司馬光が程氏について詳しい資料の提示を求め、東坡が「其の事状を奉じ拝して以て光に授け」たとある。女性の墓誌銘が書かれるためには、彼女をよく知る者によって誌された文書が不可欠であり、行状は墓誌銘を依頼するための参考資料として書かれたことは間違いない。しかし、東坡の文集にはこの程夫人の行状は見えない。正式な作品として個人の文集に載せることは憚られたと思われる。

（7）拙論「帰有光「先妣事略」の系譜――母を語る古文体の生成と発展」（『日本中国学会報』第五十五集　二〇〇三）参照。

(8) 文淵閣本四庫全書『見素集』巻二四。

(9) 中原健二「詩人と妻——中唐士大夫意識の一断面」(『中国文学報』第四七冊 一九九三)、「夫と妻のあいだ——宋代文人の場合」(『中華文人の生活』平凡社 一九九四)を参照。

(10) 『全唐文』に収録されているものに限っていえば、亡妻墓誌銘では柳宗元「亡妻弘農楊氏誌」、符載「亡妻李氏墓誌銘並序」、孫珦「唐故清河郡張氏墓誌銘」があり、祭亡妻文では独孤及「祭亡妻博陵郡君文」、符載「祭妻李氏文」、沈亜之「祭故室姚氏文」、元稹「祭亡妻韋氏文」がある。これ以外に、近年発掘された考古資料の墓誌にも夫が執筆した墓誌銘が多数確認できる。

(11) 論者の調査によると、宋代の士大夫が亡妻のために書した文は次のとおりである。
魏斉賢編『五百家播芳大全文粋』巻一〇一王禹偁「祭韋氏夫人文」、韓琦『安陽集』巻四六「録夫人崔氏事迹与崔殿丞請為行状」、蘇舜欽『蘇学士文集』巻一四「亡妻鄭氏墓誌銘」、陳襄『古霊集』巻二〇「夫人呉氏墓誌銘」、曾鞏『元豊類稿』巻四六「亡妻文柔晁氏墓誌銘」・巻三八「祭亡妻晁氏文」・巻三八「又祭亡妻晁氏文」、欧陽脩『欧陽文忠公集』巻六二「胥氏夫人墓誌銘」・巻六二「楊夫人墓誌銘」、蘇洵『嘉祐集』巻一四「祭亡妻程氏文」、蘇軾『東坡集』巻三九「亡妻王氏墓誌銘」、『東坡後集』巻一六「祭亡妻同安郡君文」・巻一九「書金光明経後」・巻一〇「阿弥陀仏賛」、司馬光『伝家集』巻七八「叙清河郡君」、李覯『盱江集(直講集)』巻三一「亡室陳氏墓誌」、劉攽『彭城集』巻四〇「祭亡妻潁陽県君韓氏文」、黄庭堅『山谷集・外集』巻八「黄氏二室墓誌銘」、李之儀『姑渓居士前集』巻五〇「姑渓居士妻胡氏文柔墓誌銘」、李復『潏水集』巻八「恭人范氏墓誌銘」、毛滂『東堂集』巻一〇「趙氏夫人墓誌銘」、李新『跨鼇集』巻二八「亡室王夫人真賛」、葛勝仲『丹陽集』巻一四「妻碩人張氏墓誌銘」、許景衡『横塘集』巻一八「祭亡妻文」・巻二〇「陳孺人述」、王之道『相山集』巻二九「孫宜人墓誌」、沈与求『亀谿集』巻一二「権殯告淑人范氏文」・巻一二「安葬亡妻范氏祭文」、王庭珪『盧渓文集』巻四六「劉氏二婦墓誌銘」、劉子翬『屏山集』巻九「熊氏令人陸氏孺人墓表」、魏斉賢編『五百家播芳大全文粋』巻九九孫覿「祭前室呉氏墳文」・巻九九「祭章淑人文」、胡寅『斐然集』巻二六「亡室張氏墓誌銘」・巻二〇「悼亡別記」・巻二七「祭亡室張氏文」、仲并『浮山集』巻四「夫人陳氏墓銘」、史浩『鄮峯真隠居漫録』巻四二「妻冥忌設祭祝文」・「焚妻贈黄祝文」、周必大『文忠集』「益国夫人墓誌銘」、呂祖謙『呂太史文集』巻一〇「祔韓氏誌」・巻一三「祔芮氏誌」、陳傅良『止斎文集』巻五〇「令人張氏壙志」、王十朋『梅渓後集』巻二九「令人壙誌」・巻二八「祭令人文」、李呂『澹軒集』巻七「萬松開寿蔵祭前妻墓文」、袁説友『東塘集』巻二〇「恵夫人墓銘」、袁燮『絜斎集』巻二一「夫人辺氏壙誌」、洪适『盤洲文集』巻七七「莱国墓銘」、葉適『水心文集』巻一八「高令人墓誌銘」・巻二八「祭令人文」・巻二八「祭内子令人文」・巻二八「代子祭令人文」、陸游『渭南文集』巻三九「令人王氏壙記」、陳造『江湖長翁文集』巻三五「安人張氏埋銘」、曹彦約『昌谷集』巻二〇「王氏壙銘」、劉宰『漫塘文集』巻二六「前室安人陶氏啓殯祭文」・巻二六「焚黄祝文」・巻三二「前室安人陶氏壙銘」・巻二六「継室安人梁氏成服祭文」・巻二六「繼室小祥祭文」・巻二六「梁氏焚黄祝文」・巻三二「継室安人梁氏墓誌（壙銘）」、袁甫『蒙斎集』巻一八「宜人趙氏壙誌」、陳宓『復斎先生龍図陳公文集』巻一八「祭前室梁安人文」・巻二一「孺人梁氏壙誌二則」、方大琮『鉄庵集』巻三四「祭亡室林宜人文」、劉克荘『後村先生集』巻一三六「祭亡室文」・巻一四八「亡室墓誌銘」・巻一六一「山甫生母墓誌銘」、趙汝騰『彝斎文編』巻五「孫安人誌銘跋」、姚勉『雲坡集』巻五〇「梅荘夫人墓誌銘」、陳著『本堂集』巻九〇「前妻童氏墓表」・巻三五「内子趙友直字説」、馬廷鸞『碧梧玩芳』巻一九「魯国夫人墓銘」、舒岳祥『閬風集』巻一二「故孺人王氏墓誌銘」、方逢辰『蛟峰文集』巻七「恭人邵氏墓誌銘」、羅椅『澗谷遺集』巻三「祭妻袁氏文」、魏斉賢編『五百家播芳大全文粋』巻九九葛謙白「祭亡妻大祥文」。

(12)『李攀龍集』（齊魯書社　一九九三）巻二三、五二九頁。

(13)殷士儋『金輿山房稿』巻九「李恭人徐氏墓誌銘」。

(14)「亡妻王恭人行述」は、本田済・都留春雄『近世散文選』（中国文明選第十巻　朝日新聞社　一九七一）に訳注がある。

(15)内閣文庫蔵『万一楼外集』巻四所収。

(16)『日本中国学会報』第三四集　一九八二。

(17)『黄宗羲全集』（浙江古籍出版社　一九八五）第十冊、六六九頁。

(18)通行本である康熙本『震川先生集』の他に明刻本の崑山本『帰太僕先生集』、常熟本『新刊震川先生集』、さらに崑山本に掲載されなかった作品をあつめた鈔本『未刻稿』（上海図書館蔵本・台北国家図書館蔵本）、嘉慶本『帰震川先生大全集』を調査して得た数字である。詳細は、拙著『歸有光文學の位相』（汲古書院　二〇〇九）三三六頁「歸有光現存壽文一覧表」参照。

(19)『震川先生集』（上海古籍出版社　一九八一）巻一三、三三四頁。

(20)『震川先生集』（同上）巻十二、三〇六頁。
(21)『方苞集』（上海古籍出版社　一九八三）巻七、二〇八頁。
(22)『方苞集』（上海古籍出版社　一九八三）巻七、二〇七頁。
(23)ただし、清の王士禎の『香祖筆記』巻九は「『楓窓小牘壽』言う、宋の婦人の封号、夫人自り以下、凡そ八等。侍郎以上の如きは、碩人に封ぜられ、太中大夫以上は令人に封ぜられ、通直郎以上は孺人に封ぜらる。今、皆な之れ無し。碩人・孺人は率ね婦人の通称為り」といっている。女性寿序が富農や豪商の家に広まっていたことを考えると、一部の碩人、孺人などの封号は単なる女性に対する尊称であったと考えられる。
(24)『惜抱軒詩文集』（上海古籍出版社　一九九二）巻八、一二五頁。
(25)『珂雪斎集』（上海古籍出版社　一九八九）巻九、四三一頁。
(26)『劉大櫆集』（上海古籍出版社　一九九〇）巻四、一四九頁。

本論文は、平成十八年〜二十年度科学研究費補助金研究基盤研究（C）「明清における非古の文体と家族・ジェンダー」(18520268)の研究成果の一部である。

沈周詩の表現について
——詞及び非伝統的表現の使用を中心に——

和泉ひとみ

はじめに

明代の知識人には間違いなく文芸の豊穰を享受するチャンスがあった。それまでの時代も或いはそうであったのかもしれないが、作品の流伝が途絶えたために確実なところは把握できない。だが、明代の場合、伝統詩に加えて詞、雑劇さらに戯文或いは南曲、文言小説、章回小説といった多彩な様式の文芸作品が今日まで伝わっており、識字能力と購買力さえあれば誰でもそれに触れられる環境にあったし、その書き手になることもできた。通俗文学の書き手となった知識人は多数派とはいえないが、南曲が白話のセリフに加えて、詩と詩的要素を多分に含んだ曲で構成されていること、章回小説に白話だけでなく詩詞も含まれていることは、知識層による文芸様式の融合が行われていたことを端的にものがたっている。通俗文学作品においては散文の部分と韻文の部分が区別して書かれる場合が少なくないため、多くの様式が一つの作品に融合しているさまがわかりやすい。他方、詩という分野については古詩、近体詩といった伝統的様式は明人にも踏襲されており、様式上、他ジャンルが融合する余地はなかった。だが、道理からいえば、たとえ表現形式の上では伝統詩に新たな要素が入り込む隙がなかったとしても、豊富な文芸作品に触れる機会に恵まれた詩人が、内容上、詩作に詩以外の文芸作品の発想を取り込むことは可能ではなかったか。

本稿で論じる沈周は、存命時からすでに画家としての名声が高く、その詩は一部の知識人に絵画同様、またはそれ以上の高い評価を受けていた。(1)その別集の大部分を占めるのは伝統詩であり、あとはわずかな数の詞と文が収められるのみである。(2)様式から判断すれば沈周の別集は保守的な部類に入るが、その実、王鏊、文徴明に拠れば、沈周は経書から伝奇、仏教書、老子まであらゆる書物を読み、そこで得た学識を詩作に活用したといわれる。また陳正宏教授も『明書』芸術伝・沈周、『続呉先賢賛』沈周伝を引いて、その詩に雅俗が混交していることを指摘され、沈周の詩に伝統的な詩的表現ではないものが混在している可能性が示唆されている。(3)こうした期待の下で調査した結果、確実に通俗文学作品からの引用ないし影響であると認められるものは見つからなかったが、詞及び伝統的ではない通俗的表現を詩に取り入れているようであることが確認できた。(4)本稿ではまずはその調査結果を記し、さらに沈周がそうした手法をとった理由についても言及したい。

一　詞の表現をとりいれる二つのパターン

沈周は若いころには唐詩を学んだが後年、蘇軾や陸游に学び、壮年期の純然たる唐詩風の作品を焼いてしまったとされる。(5)こうした逸話で話題にされるのは沈周の詩だけであって、その詞について言及したものはない。実際、前述のように沈周の詞は数えるほどしか残されておらず、万暦本でいえば、全十巻中、七巻が詩であり、詞はわずか一巻である。生前により多くの詞を作った可能性は否定できないものの、現存テキストの詩との比率から推測すれば、やはり詩の創作量とは比較にならなかったのだろう。ただ、宋人から多くを学んだ沈周であれば、先人の詞を多く読んで自家薬籠中のものとし、それが詩の創作にも反映されたことが想像される。その反映のされ方は発想パターンや作品の展開のしかたなど、必ずしも作品の字句の一致または類似性によって確認できるものだけではないのだろうが、そこまで言及することは筆者の能力を超えているため、以下、文言の一致を条件として沈周詩が詞を取り込んでいる例をみたい。

五言律詩「寄久客」は、長旅に出た友人の孤独を想像し、その望郷の念を詠んだものである。（『石田稿』にも収録。）

五言律詩「寄久客」

故人何處所　　故人何くの処所にかあらん、
逐迹信飛蓬　　跡を逐ふこと飛蓬に信《まか》す。
短鬢悲西候　　短鬢 西候を悲しみ、
歸心寄北風　　帰心 北風に寄す。
夜深沙鎮靜　　夜深く沙鎮静かなり、
月出水煙空　　月出でて水煙空し。
旅泊應無賴　　旅泊応に無頼なるべし、
移舟伴澤鴻　　舟を移すに沢鴻を伴ふ。

二句めは鍾嶸『詩品』総論（学津討源本）にみえる「或骨横朔野、或魂逐飛蓬。（或ひは骨 朔野に横たはり、或ひは魂 飛蓬を逐ふ）」を思わせる。西候は秋を指し、王勃「秋日別王長史」詩（『全唐詩』巻五六）に「正悲西候日、更動北梁篇。（正に西候の日を悲しみ、更に北梁の篇に動かさる）」とある。水煙は靄をいう。

この詩の頸聯は、前蜀・李珣の「南郷子」詞（『花間集』巻十所収、四部備要所収臨桂王氏景宋本）を思わせる。その七は次のとおりである。

前蜀・李珣「南郷子」詞、其七

沙月靜、水煙輕　　沙月静かにして、水煙軽し。
芰荷香裏夜舡行　　芰荷の香の裏《うち》 夜舡行く。
綠鬟紅臉誰家女　　緑鬟紅臉 誰が家の女《むすめ》ぞ。
遙相顧　　遥かに相顧て、
緩唱棹歌極浦去　　緩やかに棹歌を唱ひ極浦に去れり。

前半部分に薄く靄のかかった砂浜の月夜の静けさが詠まれている。後半部分には、すれ違った船に乗っていたのであろうか、若い女性としばし見つめあい、やがて舟歌を歌いつつ別れていくさまが描かれている。

沈周詩は、この前半部分を換骨奪胎したものと思われ、静かな砂浜の夜といい、靄に浮かんだ月といい、李珣詞のイメージそのものである。「南郷子」詞は全十篇のほとんどで船旅の客の旅路が描かれており、其一には「遠客扁舟臨野渡、思郷處、潮退水平春色暮。（遠客の扁舟　野渡に臨み、郷を思ふ処、潮退き水平らかにして春色暮れぬ）」といった句も見える。船旅に出た友人が、客路で出会う光景を想像するとき、沈周が思い描いたのは「南郷子」に描かれた砂浜の月夜であったのだろう。ただ、李珣詞は、引用した部分の後半にもあるように、水郷の女性の姿を描く艶詞の側面もあるのに対して、沈周詩は沢の鴻を伴に、寄る辺のない旅をする旅人の姿を詠んでいる。つまり、沈周は李珣詞の情景だけを借用しているのである。(6)

出典のある表現を引用する際には、表面的な字句の借用の外、引用によって背後に言外の意を含ませる場合がある。沈周詩にも詞を引用することでこうした効果を狙ったと思われるものがある。

七言律詩「元夕席上贈冷菴憲副二首」は、元宵節の宴席で陳琦（字は粹之、呉県の人。成化二年の進士）に贈られたものである。

七言律詩「元夕席上贈冷菴憲副二首」其二

堂帶春星月滿臺　　堂　春星を帯び　月　台に満つ、
勸君且飮一千回　　君に勧む　且く一千回飲めと。
休言美酒消愁得　　言ふなかれ　美酒愁ひを消すを得るを、
亦被華燈送老來　　亦た華燈に老を送りて来らる。
急管繁絃聲乍合　　急管繁絃　声乍ち合ひ、
千門萬戸夜齊開　　千門万戸　夜斉しく開く。
明年佳節依然在　　明年佳節　依然として在れば、
分付春光駐此杯　　春光に分付して此の杯を駐めん。

王鏊の記す「貴州按察司副使陳公琦墓志銘」（『国朝献徴録』巻百二、中国史学叢書所収万暦刊本）によれば、陳琦は貴州に赴任していた折に、吏部考察の地位にあった李某によって罷免され、呉に帰郷した。陳氏は江西按察僉事であった時に、水利を巡って長年争っていた李氏と当地の民衆との裁判において、土地を民衆のものとする判決を下したために、李氏の恨みをかっていたのである。沈周が「憲副」という、陳氏の罷免直前の官名を用いていることと詩の内容を考えあわせれば、詩が書かれた当時、陳氏はすでに罷免され、帰郷していたものと思われる。(7)

詩の引用部分は柳永の「迎新春」詞（『楽章集』宋六十名家詞所収、四部備要本）を思わせる。

柳永「迎新春」

嶰管變青律、帝里陽和新布
晴景回輕煦
慶嘉節、當三五
列華燈、千門萬戶
徧九陌、羅綺香風微度
十里燃絳樹
鰲山聳、喧喧簫鼓
（中略）
更闌燭影花陰下
少年人、往往奇遇
太平時、朝野多歡民康阜

嶰管 青律に変じ、帝里 陽和新たに布く。
晴景軽き煦《ぬくもり》を回《もど》す。
嘉節を慶び、三五に当たる。
華燈を列すること、千門万戸なり。
九陌に徧く、羅綺の香風微かに度る。
十里 絳樹燃ゆ。
鰲山聳え、喧喧たる簫鼓。
（中略）
更 燭影花陰の下に闌《たけなは》にして、
少年の人、往々にして奇遇す。
太平の時、朝野多く歓び 民 康阜たり。

堪随分良聚　　分に随ひ良《や》聚まるに堪ふ。

對此、争忍獨醒歸去　　此れに対《むか》へば、争《いか》で独り醒めて帰去するに忍びんや。

柳永詞は詞牌にあるとおり、元宵節の汴京の賑わいを詠っている。沈周詩も同様に、元宵節の夜を詠んだもので、沈周は自分の詠もうとする内容とテーマを同じくする柳永詞から文言を借用したものと思われる。

しかし、沈周が柳永のこの詞を引用した目的は、テーマの同一性によるイメージの借用ばかりではなさそうだ。この詩は二首で構成されており、一首めの後半は「生香竹葉迎春熟、活色蓮花暎火開。粧點太平須要此、百年常覆掌中杯。」となっている。七句め、「太平を粧点するに須らく此れを要すべし」の「此れ」は、直前の頸聯「香を生ずる竹葉　春を迎へて熟し、活色の蓮花　火に暎りて開く」にいう、竹葉青と蓮花白（ともに酒の名称。蓮花は或いは酒ではなく、花そのものを指すのかもしれないが）を指す。八句めは杜甫「小至」詩（『杜詩詳注』巻十八、清刊本）の尾聯「雲物不殊郷國異、教兒且覆掌中杯。」（雲物殊ならざるも郷国異なれり、児に教ふるに且に掌中の杯を覆さんとす。覆は全て飲みほすことをいう）に拠る。つまり、沈周詩は、太平をひきたてるには酒が不可欠だ。明王朝建国以来百年もの間、いつもそうやって酒を飲み干してきたのだ、というのである。

この詩を考える上で「太平」はひとつのキーワードだと思われる。まずは沈周がこの言葉を使っている背景について考えてみたい。

明代は多くの時代に宦官の専横により政治が歪められた上、周辺民族の侵入や農民の反乱の多発のため、国内の安寧が得られた時期は限られている。沈周が生まれた宣宗の宣徳年間（一四二六年～一四三五年）は、政治制度改革と綱紀の刷新によって太平の世が創り出されたが、英宗の正統年間（一四三六年～一四四九年）に至って宦官・王振の権威の拡大によって終には土木の変を来たした。宣徳以降、再び、そして以後二度とは訪れなかった太平を人々が享受したのは、孝宗の弘治年間（一四八八年～一五〇五年）になってからであった。王鏊が弘治五年に書いた「応天府郷試録序」（『王文恪公集』巻十）には、歴代の学問が盛んになった時期を考えると、いずれも建国後百年を経たころであり、当代では建国後百二十五年の平和を保ってきた今こそ、戦火が鳴りを潜め礼楽がゆきわたり、異能の人が出る時期であるという。(8)

陳琦が帰郷した時期についてははっきり伝える資料はないが、成化二年に出仕して四つのポストを経て罷免されたこと、成化十七年に沈周が陳琦の詩に和韻して作った「和陳僉憲悴《ママ》之村居即事韻、時僉憲見訪大浸中」及び「冷庵陳僉憲寄至虎丘三作因和」（ともに『石田稿』成化十七年の部分に収録）では、僉憲（すなわち江西按察僉事）という官名を用いていることから、帰郷は成化十七年以降と考えられる。これに加えて、成化の末年、十八年から十九年にかけては韃靼が北方を侵したと記録されることなどをも考え合わせると、この詩の執筆時期、つまり太平なる時とは、やはり弘治年間と考えた方がよさそうである。(9)

ところで、柳永詞は後半に、「更　燭影花陰の下に闌にして、少年の人、往往にして奇遇す。太平の時、朝野多く歓び民　康阜たり。分に随ひ良や聚まるに堪ふ。此れに対へば、争で独り醒め帰去するに忍びんや。」といい、元宵節の燈籠の明かりが酣なる時、太平の世に乗じて大いに集うよう若者を促し、一人酔いから醒めて帰ってしまうなどとは勿体ないことだという。

柳詞のこの部分が、沈周詩の不可解な部分を解くヒントになる。沈周は、二首めの冒頭から「堂　春星を帯び　月　台に満つ。君に勧む　且く一千回飲めと」とひたすら酒を促す。続く頷聯では「言ふなかれ　美酒愁ひを消すを得るを、亦た華燈に老を送りて来らる。（美酒が憂いを消してくれるなどとは言ってはいけない。元宵節の燈籠のせいでまた一つ年をとったことでもあるし。）」と、酒が全てを解決してくれるものではないことや華やかな節句とてめでたいばかりではないという。だが、次には一転して「急管繁絃　声乍ち合ひ、千門万戸　夜斉しく開く。（笙や琴の賑やかな音色がごちゃまぜになり、どの家でも燈籠を見せるために扉を開け放つ。）明年佳節　依然として在れば、春光に分付して此の杯を駐めん」と、節句の夜の賑わいと良き時の永遠を願う心情を詠んでいる。

人に酒を勧めておきながら、酒は憂いを消すわけではないといい、元宵節の燈籠も年齢を重ねることを意識させるだけだといいつつ、頸聯以下では元宵節を愛でる口吻になっているのはいささか奇妙である。だが、頸聯で柳詞を彷彿とさせる「急管繁弦」、「千門万戸」という表現が使われているところをみれば、ここに柳詞の内容がメッセージとして込められているのではないだろうか。すなわち、「太平時」に「喧喧たる簫鼓」の中、「華燈」を並べる時、「分に随ひ（随意に）良や聚ま」り酒を存分に飲む方が、「独り醒めて帰去する」よりいいと。酒を飲んでも憂いは消えず加齢も停められないが、柳永のいうことに従って元宵節の夜に乗じて集い飲んで、管弦や燈籠を楽しんだ方がよい、そして老い先は短いが、今年だけではなく来年もまた、この日にあなたと集いたい、と陳氏に語りかけているのである。

二　詞を逆方向に用いたパターン

前節では沈周が詞を自作詩に取り入れる二つのパターンを記したが、このほか、もう一つのパターンとして詞の表現を踏まえつつも本辞の言うところとは方向性を異にしている場合がある。

七言律詩「落花詩三十首」（弘治十七年、『詩鈔』、『詩選』にも収録）[10]は連作が少なくない沈周の詩にあっても異例の長さで、枝を離れて翩々と舞う花の様子を仔細に描写するとともに、無常の儚さを詠む。沈周が散り行く花の描写に執着しているさまは、絵画では描けないものを留めようとしているようで興味深いが、ここでは「其二十一」に注目したい。

七言律詩「落花詩三十首」其二十一

百五光陰瞬息中
夜來無樹不驚風
踏歌女子思楊白
進酒才人賦雨紅
金水送香波共渺
玉堦看影月倶空
當時深院還重鎖
今出墻頭西復東

百五の光陰　瞬息の中、
夜来　樹として風に驚かざるは無し。
踏歌の女子　楊の白きを思ひ、
酒を進むれば才人　雨紅を賦す。
金水香りを送り波共に渺たりて、
玉堦に影を看るも　月　倶に空し。
当時　深院　還《な》ほ重ねて鎖すに、
今　墻頭を出で　西し復た東す。

前半は新春からあっという間に訪れた寒食に関連して、ステップを踏んで歌う女性たちが楊の白さを思い、かつて李賀が「将進酒」詩で落花をものした時だと思いを馳せる。頸聯で眼前の叙景に転じ、金水河は花の香りを波にのせて届けてくるが、その匂いも波もかそけきもの。玉の階を月の光が照らしているのが見えるとはいえ、その光も月の姿もおぼろげだ、と静寂な光景の中に儚さを暗示する。尾聯では静寂を破り、昔は裏庭に閉じ込められていた落花が、今は垣根を越えて西へ東へと飛び散っていると詠う。

この尾聯の「當時深院還重鎖」[11]は、宋詞に多く見られる表現を踏まえたものと思われる。煩瑣になるが、関連のありそうなものを次に引用する。

晁端禮「醉桃源」（『楽府雅詞』巻四所収、四部叢刊所収上海涵芬楼蔵鈔本）

又是青春將暮　　又これ青春将に暮れんとし、
望極桃溪歸路　　極《はるか》なる桃渓を望み路を帰る。
洞戸悄無人　　洞戸 悄として人無く、
空鎖一庭紅雨　　空しく一庭の紅雨を鎖ざす。
凝佇、凝佇　　凝らして佇み、凝らして佇む。
人面不知何處　　人面 何くの処なるかを知らず。

（「桃溪」は『楽府雅詞』に「桃源」に作るが、『全宋詞』に拠れば、『閑斎琴趣外篇』巻五（汲古閣景宋抄本）は「桃溪」に作るという。これに従い改める。）

柳永「鬬百花」（『楽章集』所収）

（前略）　　（前略）
遠恨綿綿　　遠き恨みは綿綿たりて、
淑景遲遲難度　　淑景 遅遅として度《わた》り難し。
年少傅粉　　年少 粉を傅し、

依前醉眠何處　　前に依り酔ひて何くの処にか眠らん。
深院無人　　深き院に人無く、
黄昏乍拆鞦韆　　黄昏　乍ち鞦韆を拆き、
空鎖滿庭花雨　　空しく満庭の花雨を鎖ざす。

黄庭堅「河傳」（有士大夫家歌秦少游「瘦殺人天不管」之曲、以好字易瘦字、戲爲之作）（『山谷詞』宋六十名家詞所収）

思量好箇當年見　　好箇の当年見《まみ》えたるを思量す。
催酒催更　　酒を催《うなが》し更を催し、
只怕歸期短　　只だ帰期の短きを怕る。
飲散燈稀　　飲散じ燈稀《まばら》なりて、
背鎖落花深院　　背きて落花を深き院に鎖ざす。
好殺人、天不管　　人を好殺するも、天管せず。

傍点を振った部分は若干表現上の差異はあるが、その意味するところに大差は無い。これらの詞には共通して不在の人を思って鬱々とする人（恐らく女）の姿が描かれている。そして、奥庭に閉じ込められている落花に待つ人の姿またはやるせない心情が投影されている。

翻って沈周の詩では言語表現を踏襲しているとはいえ、次の点においてこれらと異なっている。まずは落花が生身の女性の比喩として使われているわけではない点がひとつ。また、頸聯で空しさや儚さが暗示されるとはいえ、尾聯

において は、「深院」に「重鎖」されて朽ち果てるしかなかった花を過去のものとし、今や枝を離れた花は垣根を越えて西に東に漂流している。結局は路傍の塵となる宿命であるとはいえ、宋詞のように閉ざされた空間でひたすらに帰らぬ人を待って嘆くのではなく、かりそめにではあるけれども、この瞬間に自由を得た落花の姿がここにある。

沈周は蘇軾に詩を学んだとされ、実際、沈周詩の中にはその形跡が少なからず見受けられる。[12] 詞に関しては、蘇軾は「詩を以て詞を作す」といわれ、これについて詳細な検討を加えられた木斎（王洪）氏は、蘇詞の本質的意義は「雅」でもって「俗」に対する改造を行ったことであるとされる。その改造とは、客を楽しませ憂さを晴らし、女性と狎れることを主題とする柳永の詞に、文人の高雅な品格、蘇軾式の超越、飄逸、野性、哲理、自我による思想や情操を注入することであり、それによって宋代独自の雅――すなわち儒家的な「正」を主旨とする唐以前の概念に、蘇軾の発掘した陶淵明流の隠逸を加えた雅――を具えた文芸に詞を高めたのである。その結果、詞の題材は「艶科」から各方面に広がり、知識人の精神生活や新しい審美意識を反映するものとなり、詞の境地も超俗的な芸術的イメージ、芸術的境地へと変化し、詞に深い思想的含みや卓越した学識、人の内面に迫る人生の哲理などを与えることとなった。[13]

沈周は蘇軾とは逆に、詞を詩に取り入れたわけだが、しかし既に触れたように、沈周は詞を全面的に詩に適用したわけではなく、詞本来の「艶科」については謝絶している。一方、沈周自身の詞には、蘇軾が創始者であるといわれる、従来は詩の様式の中で扱われていた題材（具体的には時序や詠物）を詠んだもののほか、「艶科」を感じさせるものもある。[14] これは、沈周が詩と詞の内容も含めた様式上の差異を明確に認識し、かつ蘇軾の行った詞の変革をも受容していることを表すものである。ここにも沈周作品における蘇軾の影響が認められることになるが、ただ既述のように、沈周は柳永の詞を詩に転用している。木斎氏によれば、蘇軾は柳永詞が男女の艶情を詠み、調子が俗に向かい、表現法が露骨で直接的である点、及び伝統的な小令や唐詩のような表現の洗練や含みがなく、叙述的手法をとっているためわかりやすい点（つまりは通俗的）を非難したという。[15] 叙述的手法については、柳永詞が賦の手法を用いていることを、宇野直人教授が指摘しておられる。[16] 蘇軾に多くを学んだと思われる沈周が、柳永詞を詩に取り入れている点は、沈周が蘇軾の何を受容したのかを考える上でひとつの材料となるが、本稿ではそれを論じる準備がないため、矛盾点を指摘するに止め稿を改めて論じることとしたい。[17]

三　非伝統的特殊表現の使用

沈周詩の特徴のひとつに闊達な言語表現があげられる。それは多読による過去の遺産の運用に加えて、伝統的な詩のみにこだわることなく、必要な表現をかまわず取り入れていくという創作方針に拠っている。詞の借用もそうした姿勢の一端を表しているが、本節ではさらに、沈周が従来、詩詞にとりいれられていなかったと思われる表現を詩に使用している例を挙げたい。

江南で猖獗を窮める盗賊集団の齎す災厄を詠んだ五言古詩「盗発」詩（『詩選』にも収録）では、水上を根拠地とする盗賊が陸上に上がってきては沿岸地域で蛮行に及ぶさまを詠む。詩の前半、夜に旅するものがあれば、確実に身ぐるみ奪われることを描写して、

通川及要路　　川を通じて要路に及び、
宵征絶行李　　宵に征けば行李絶す。
檢刮空腰纏　　檢刮　腰纏を空しくし、

躶 至 夜 裘 褫　　躶なること夜裘褫《うば》はるるに至る。

（但し、この句は『詩選』では「體至衣裘褫」に作る。）

という。ここに見える「検刮」という言葉は、陶宗儀『南村輟耕録』巻八（四部叢刊所収元刊本、以下『輟耕録』）に、「軍行は首功を尚び、抄掠に資す。抄掠は検刮と曰ふ。検刮なる者は、尽く取りて而して孑《ひと》りも遺すこと有る靡しの意なり。」とあるのに基づくと思われる。『輟耕録』のこの部分は、苗族の楊完者という人物が率いる集団が、当初は元当局の招安に応じていたものの、しだいに当局の弱腰につけこんで高い官位を得るにつれ、盗賊集団になっていったことを記している。そして、こうした盗賊の所行は、沈周が詩中に描写する盗賊の極悪非道と何ら異なるところがない[18]。『輟耕録』の記す記事には元の至正年間（一三四一年～一三六七年）のこととあり、沈周の生きた時代とはおよそ百年の隔たりがある。しかし、沈周自身が言うように、江蘇、浙江の沿岸部が盗賊集団の根拠地であったという事情は百年経っても変わらなかったのであり、そのため沈周は詩を作るにあたって『輟耕録』の記事を想起し、盗賊集団独特の用語を用いたのだろう。そして、そうした特殊なテクニカルタームの使用は、同時代の読者にある種の空恐ろしさ乃至不気味さを感じさせたと思われる。沈周の詩は童軒や文徴明のことばどおり、じっくり考えた形跡がみえないところが持ち味だが、その実、表現の選択には詩人としての周到さが感じられるのが常であり、それは、この詩にも該当するであろう[19]。

なお、このほかにも、明らかに通俗的で特殊な表現を使用していると確認できる例として、以下の作品が挙げられる。

七言律詩「秋涼遺病」

饞奴客燕虚支酒　饞奴 客燕 支酒を虚《むな》しふし、
懶子書槩假惜油　懶子 書槩 油を惜しむを仮《いつは》る。

宋・周蜜『武林舊事』巻八「歌館」（四庫全書存目叢書所収明崇禎刊本）にいう。
登樓甫飲一杯、則先與數貫、謂之支酒。然後呼喚提賣、随意置宴。
（楼に登りて甫めて一杯を飲めば、則ち先に数貫を与へ、之を支酒と謂ふ。然る後に提売を呼喚し、随意に置宴す。）

七言絶句「水鄕孥子十首」其十

終日趁娘求活去　終日 娘《はは》の活を求めて去《ゆ》くを趁《お》ひて、
傍人門戸唱蠶花　人の門戸に傍《そ》ひて蚕花を唱ふ。

明・謝肇淛『西呉枝乘』（説郛續所収順治刊本）にいう。
呉興以四月爲蠶月。（中略）又有小蝦。亦以蠶時出市、民謂之蠶花、蠶熟則絶無矣。
（呉興 四月を以て蚕月と為す。（中略）又 小蝦有り。亦た蚕時に市に出づるを以て、民 之を蚕花と謂ふ。蚕 熟せば則ち絶えて無くなれり。）

七言絶句「卽事」

才回尚食尚衣迎　才《わずか》に回《かへ》れば尚食尚衣迎へ、
鳥使花綱接隊行　鳥 花綱をして隊を接して行かしむ。

宋・龔明之『中吳紀聞』巻六「朱氏盛衰」（知不足斎叢書所収粤雅堂叢書校勘本）にいう。

朱沖微時、以買賣爲業。（中略）其子勔因賂中貴人以花石得幸。時時進奉不絕、謂之花綱。

（朱沖　微なる時、買売を以て業と為す。（中略）其の子　勔　中貴の人に賂《まひな》ふに花石を以てするに因りて幸を得たり。時時進奉すること絶えず、之を花綱と謂ふ。）

四　非伝統的表現を使用した目的

前節までに沈周が詩を創作する上で詞や、伝統詩にはみられない通俗表現等を用いているさまを見た。古典籍に通じていた沈周の詩には、典故のある表現をふんだんに使うものも少なくなく、前掲の詩が沈周の詩風を代表する唯一のものというわけでは決してない。しかし、こうした詩語として定着しておらず手垢もついていない表現の積極的な活用は、確かに沈周詩の特徴のひとつといえる。書き手である以上、自己の作風なりオリジナリティーなりを構築する欲求や必要性があったはずであり、沈周の場合は伝統的遺産をベースにしつつも新奇な表現を投入することによってそれを作り上げようとしたのだろう。

ただ、詞の表現を取り入れたことは確かに沈周の詩に表現上の新鮮さをもたらしはしたが、そこに詩全体に影響する特別な意味を見出すことは難しいように思うし、そこに沈周の深い意図があったとも思われない。一方、詩詞に使われてこなかった通俗的表現については、沈周のある意図が関連しているようである。

七言絶句「水鄉孥子十首」（成化十五年、『詩鈔』、『石田稿』にも収録）は、沈周の地元である蘇州で水害に遭った者が漁業で身を立てようとするものの、為政者は彼らに憐憫の情をかけないばかりか、労役や税は豊かな土地柄の水準を負担させたため、ますます困難に追い込まれる状況を詠んでいる。その序文に次のようにいう。なお、「孥子」は王鏊が『姑蘇志』巻十三・風俗（中国史学叢書所収、正徳刊本）で「虞韻入麻、……。（呼小兒爲孥兒。孥，子孫也。）」（虞韻、麻に入れ、……。（小児を呼びて孥児と為す。孥は子孫なり。））と記すのに拠れば、子供を指すものと思われる。

七言絶句「水郷孥子十首」序

水郷孥子十章、言鄙而淺、其意則深矣。吾鄕以水爲害者接歲、饑（『詩鈔』無此字）民多委溝壑、否亦轉徙。牧民者不之加恤、而以戶傭竝稅概於高腴之鄕、故其害益甚。爲孥子者固無苦、爲父（萬曆本作「文」。據『詩鈔』、『石田稿』改）母者固有愛。今者反是。因擧孥子所歷言之、則孥子之父之母、不言而可知已。亦猶誦麟趾以識文王子孫之善也。

水郷孥子十章、言鄙にして浅けれども、其の意則ち深し。吾が郷水を以て害を為す者《こと》歳を接し、饑民多く溝壑に委ね、否《しからず》んば亦た転徙す。民を牧《やしな》ふ者之に恤れみを加へず、而して戸傭並びに税高腴の郷に概《なら》すを以てするの故に其の害益ます甚だし。孥子為る者は固より苦無く、父母為る者は固より愛する有り。今《いま》者は是れに反す。因りて孥子の歴る所を挙げて之を言へば、則ち孥子の父の母、言はざるも知るべき已《のみ》。亦た猶ほ麟趾を誦して以て文王の子孫の善きを識るがごときなり。

冒頭でいきなりこの詩の表現が卑近で浅いと宣言するが、同時に、その表現した内容は深いのだともいう。続いて「孥子」たちの惨状を述べていう。本来は子供には苦しみはなく、両親（つまり為政者）には愛情があるものだが、現状では逆になっているので、「孥子」が経験してきたことを取り上げて詩に述べれば、「孥子」の父や母がもの言わぬとしても、その思いはわかるのだ。ちょうど、かつて『詩』周南に収録される「麟之趾」を朗誦することで、文王自身は何も言わなくとも、その子孫の繁栄がわかったように。つまり、沈周は、「鄙にして浅」なる表現で「孥子」を詠むことで、この詩が多くの人に朗誦され、彼らの苦しみが知られることを願ったのである。

沈周には災害そのものや、それによって害を被った人々の悲惨を詠んだ詩が少なくなく、その中では多くの場合、平易な言葉で過剰な修辞を用いることなく実態が描写されている。[20] 実態を描写するということでは第三節で引用した「盗発」詩も同様であり、前掲の序文「言 鄙にして浅きも、其の意深し」という言葉は、これにもあてはまりそうである。多くの人に実態を知ってほしいと望んで書かれたこうした詩は、白居易の諷喩詩の系統に連なる。白氏は「新楽府」の序文で「其の辞 質にして径なるは、之を見る者の諭り易からんことを欲すればなり。其の言 直にして切なるは、之を聞く者の深く誡めんことを欲すればなり。其の事 覈《かく》にして実なるは、之を采る者をして信を伝えしめんとてなり。」(高木正一『白居易』上、中国詩人選集所収、一九五八年、岩波書店)と新楽府の目的と手法について述べたが、沈周が「鄙にして浅」い表現、なかんずく「検刮」というような特殊な表現を用いたのも、核心をつく「切」で、実態を正確にあるがままに伝える「覈にして実なる」表現で、人々を戒め情報を伝えるという思いによるものであろう。

五　結　語

画家としての沈周についての専門家の見解は、その独創性の有無について多少の相異はあるとはいえ、それまでの画壇の停滞に新風を吹き込んだ点については一致している。

ケーヒル博士は、「明初の文人画家たちはいずれも根本的な問題を改めようとはせず、やがて沈周がその長い停滞に終止符をうち、文人画が漂い続けてきた無風状態から救出することになる」という見方を肯定した上で、沈周が初期の作品において劉珏の独創性を発展させ、鏡体（構図の上半分がある個所で下半分を鏡でうつしたようになる）という構成を導入したこと、壮年期にはさらに先人の画風を発展させ、「遠近法を自由に駆使し、それを全体の大画面の構成原則とすることによって、新しい表現の可能性を拓いている」こと、さらに後期に至っては呉鎮を模範としつつ「さらに増す寛いだ気分をもって画面を斬新奇抜なやり方で分割し、尋常でない視点を採用し、情景を思い切った位置において画面の端で切り落と」すという「革新的な構図」を編み出していることを指摘しておられる[21]。

一方、中村茂夫博士は、沈周を先人の画技を自由に踏襲した「偉大なマニエリスト」と規定し、沈周が「芸術家の営為を各自の個性による美の発見であるとし、この発見の働きによって美を人間に展示してくれる自然、むしろ造物主の恩に報いよ」という新しい思想を持っていたことを指摘される[22]。

文学史の上では、沈周が活動した景泰年間から天順、成化、弘治を経て正徳初年までの間、期間の大部分において、中央では李東陽が、いわゆる茶陵派の中心人物として詩文創作の主流にあった。沈周は李東陽と交流があったとはいえ、その格調説に直接影響を受けた形跡はない[23]。弘治末年になると李夢陽、何景明らによる前七子が多くの知識人を引きつけた。特に李夢陽の場合は、部分的に李東陽の格調説を受け継ぎながらも情を重んじ、ひたすら太平の世を装うことに腐心した台閣体に疑義を呈した。そういう意味で復古派は理念上は革新的であったといえるが、創作の方法としては復古的側面のみを強調する結果となった[24]。最晩年の沈周が極端に狭隘な復古主義的主張をどう受け止めたかはわからない。だが、本稿で論じた詩風から判断すれば、盛唐を頂点として唐以前の詩に絶対の価値を置き、詩句の表面上の模倣を厭わなかった復古派（特に壮年期の李夢陽）の理念とは相当乖離している。沈周が詩においても革新的であったかは別にして、少なくとも沈周が唐宋詩の成就に学びつつも、詞や手垢のついていない通俗的表現を詩に取り入れて独自性もしくは新しさを模索していたであろうことは、本稿で提示した詩句から十分に窺える。

注

（1）呉寛『石田稿』序（『石田先生詩鈔』四庫全書存目叢書所収崇禎刊本）に「啓南詩餘發爲圖繪、妙逼古人。或謂掩其詩名、而卒不能掩也」、都穆『南濠詩話』（知不足斎叢書所収乾隆刊本）に「沈先生啓南以詩豪名海内、而其詠物尤妙」、祝允明「刻沈石田序」（『懐星堂集』巻二十四、文淵閣四庫全書本）に「沈公獨鑣涓流（『明詩綜』作「脱衆流」）横放（『明詩綜』作「絶」）四海、一時風騷、讓以右席」などとある。

（2）沈周の別集としては『石田先生集』（明代芸術家集彙刊所収万暦刊本、以下、万暦本）、『石田稿』（続修四庫全書所収抄本）、『石田先生詩選』（四庫全書所収正徳刊本、以下、『詩選』）、『石田先生詩鈔』（四庫存目叢書所収崇禎刊本、以下、『詩鈔』）がある。このうち『石田稿』は部分的に編年の形式になっており、『詩鈔』は全てが編年になっている。本稿では詩の収録数が最も多い『石田先生集』を底本として用い、他のテキストにも記載がある場合はその都度明記する。

（3）王鏊「石田先生墓誌銘」（『王文恪公集』巻二十九、三槐堂刊本）に、沈周の読書範囲及び読書と詩作との関係について次のようにいう。「先生……凡經傳子史百家山經地志醫方卜筮稗官傳奇、下至浮屠老子亦皆渉其要、掇其英華發爲詩。」また、文徴明も「沈先生行状」（『甫田集』巻二十五所収、嘉靖刊本）で、「先生既長、益務學。自群經而下、若諸史子集・若釋老・若稗官小說、莫不貫總淹浹。其所得悉以資於詩。」という。陳正宏教授の見解は『沈周年譜』伝略（新編明人年譜叢刊所収、一九九三年、復旦大学出版社）参照。

（4）ただ逆の現象として、沈周の「鄉有富子費盡至行乞賦此以戒暴殄不守先業者」詩の「寄與富兒休暴殄、儉如良藥可醫貧」が、鄭若庸の南曲「玉玦記」改名に引用されていることは確認できた。

（5）文徴明「行状」「其詩初學唐人、雅意白傅、既而師眉山爲長句、已又爲放翁近律。」及び祝允明「刻沈石田序」「公始命其子雲鴻持詩八編、倩余簡次。皆公壯年之作、純唐格也。後更自不足、卒老於宋。悉索舊編毀去。」参照。

（6）同じように表現だけを借用しているものとして、「柳枝詞」「春夢沉沉鳥喚醒、煙條雨葉爲誰青」（宋・無名氏「撲蝴蝶」詞）、また古代歌謡からの借用ではあるが、「西湖阿竹枝詞」「杏子單衫窄様裁、荷花嬌貌一般開」（『楽府詩集』雑曲歌辞十二・西洲曲）などが挙げられる。

（7）陳琦に関する記事の関連部分は以下のとおり。
弘治十七年六月二日、前貴州按察副使陳公卒。□六十有六。初公按江西、有李都御史者、與民爭水利、積數年無敢決者。公曰、吾請決之、盡以其地歸諸民。李嗛之、未發也。久之、公遷貴州。李時爲吏部考察、見公名曰、是陳某耶。即泚筆抹去之。物論譁然、宣慰使宋然率軍民抗疏留之。不報。公罷歸吳中。（中略）公少占順天鄉試、成化丙戌登進士、授南京大理寺副。歷寺正、江西按察僉事、貴州按察副使。

陳琦についてはこのほかに『呉県志』巻四五・人物（天一閣蔵明代方志選刊続編所収崇禎刊本）にも比較的詳細な伝記がある。

（8）関連部分は以下のとおり。
漢之文盛於武宣之世、唐盛於元和、宋盛於嘉祐・治平間。蓋皆立國百年、海寓寧謐、人興於文、則有若董仲舒・司馬遷・相如・韓愈・柳宗元・歐陽修・蘇軾・曾鞏、異人間出。今天下承平百二十五年、干戈韜戢、禮樂洽敷。『易』所謂「聖人久於其道而天下化成」、茲其時乎。

（9）『明史』憲宗本紀（四部備要所収武英殿本）、成化十八年に「六月壬寅、亦思馬因犯延綏。汪直・王越調兵禦敗之」、『同』成化十九年に「秋七月辛丑、迤北小王子犯大同。癸卯、總兵官許寧禦之、敗績」とある。

（10）『詩鈔』ではまず「詠得落花詩十首」があり、引用部分は、これに続く「再答徵明、昌穀見和落花之作」（十首）というタイトルの詩の第一首である。また、『詩選』では「落花五十首」となっている。

（11）なお、落花を詠んだ詩は鮑照「梅花落」以降、多数あり、唐・許渾「客有卜居不遂薄游汧隴因題」詩（『全唐詩』巻五三八）には「樓臺深鎖無人到，落盡春風第一花」という句もみえるが、落花が庭に閉じ込められているという発想が必ずしも明確ではないため、沈周詩と直接的な関連性はないものと思われる。

（12）沈周の詩の中には、蘇軾の詩句をまるごと引用したもののほか、部分的に表現を借用したり蘇詩を踏まえて詠まれているものもある。例えば、「移榻西軒」詩の「破我黑甜境」は、蘇軾「發廣州」詩、蘇軾の自注に「俗謂睡爲黑甜」とあるのを用いているし、また同詩「嗒然遺我身」は、やはり蘇軾の「書晁補之所藏與可畫竹」其一を借用している。

(13) 木斎『蘇東坡研究』「第二編　蘇詞研究」（国学叢書所収、一九九八年、広西師範大学出版社）参照。

(14) 前者に属するのは「憶秦娥」（題秋景）詞、「売花声」（送春）詞など。後者は「疎簾淡月」（題友人亡妓小像）詞、「臨江仙」（題妓林奴児画）詞、「同」（嘲友）詞などが該当する。

(15) 前掲書参照。

(16) 宇野直人『中国古典詩歌の手法と言語　柳永を中心として』「第四章　柳永における宋玉の意味」（一九九一年、研文出版）参照。

(17) 「題畫送丘侯休致二首」其一も「落花詩」と同じように、張孝祥「青玉案」詞を踏まえつつ、詞とは方向性が異なるように思われる。

(18) 「盜発」詩と『輟耕録』の内容の類似性を示すため、以下に関連部分を引用しておく。

五言古詩「盜發」

前隣遭斫關、逼貨炙妻子。後隣發重隄、進舟當門艤。擔負亦公然、罄室乃云止。稍或有牴牾、人戮廬亦燬（萬曆本作「煆」、據『詩選』改）。無何閧西村、旋後嘯東里。通川及要路、宵征絕行李。檢刮空腰纏、躶至夜裘褫。（中略）江東連江湖、固是盜所倚。禁弛氣則張、類滋勢難弭。

『南村輟耕錄』巻八、志苗（四部叢刊所収元刊本）

楊完者、字彥英、武岡綏寧之赤水人。（中略）既得旁緣入中國、不復可控制。略上江、順流而下、直抵揚州。禽獸之行、絕天逆理、民怨且怒。（中略）至正十六年春二月朔、淮人陷平江。時江浙行中書省丞相塔失帖木兒、有旨得便宜從事。（中略）丞相兵少、策無所出、以完者來守之。完者取道自杭、以兵劫丞相、陞本省參知政事。（中略）軍行尚首功、資抄掠。抄掠曰檢刮。檢刮者、盡取而靡有孑遺之意、所過無不殘滅。擄得男女、老羸者・甚幼者・色陋者、殺之。（中略）婦人豔而皙者、畜爲婦、曰夫娘。人有三四婦、多至十數、一語不合、即剸以刃。

(19) 童軒「序文」（銭謙益「石田先生事略」、『石田先生詩鈔』所収）には、沈周詩の表現の選択やレイアウトまたは構想について、

「至其裁剪之工、譬猶東風著物、葱蒨盈眸、殊非刻畫可擬。其運思之妙、殆若驅神工役鬼物、力奪造化、泯然無形跡之可尋。」という。また、何良俊『四友斎叢説』（四庫全書存目叢書所収明刊本）巻二六には、文徴明が沈周の詩に言及して、「我家沈先生詩、但不經意寫出、意象倶新。可謂妙絶。一經改削、便不能佳。」といったとある。

なお、成化二十年に書かれたとされる童軒の序文は、沈周と同時代の人物の資料として貴重である。だが、『千頃堂書目』に見える童軒の著作のうち、別集と思われるもので現在にまで伝わっているのは『清風亭稿』（四庫全書珍本三集所収）のみであり、そこにはこの文は収録されていない。

(20)　こうした民衆の実態を詠んだ作品には「水郷孥子十首」のほか、弘治四年から五年にかけておきた水害を詠んだ「十八鄰」、飢えに苦しむ民衆から税を取り立てる役人の苛酷を詠んだ「桃源図」などがある。「桃源図」は吉川幸次郎博士の『元明詩概説』（中国詩人選集二集、一九六三年、岩波書店）に取り上げられている。

(21)　ジェームズ・ケーヒル『江岸別意　中国明代初中期の絵画』「第二章、早期の呉派――沈周とその先駆者たち――」（新藤武弘、小林宏光訳、昭和六二年、明治書院、原著は一九七八年刊）参照。

(22)　中村茂夫『沈周――人と芸術――』「第五章　結論―沈周の人と芸術思想」（昭和五七年、文華堂書店）参照。

(23)　李東陽は正徳元年に「書沈石田稿後」を書いているほか、沈周に贈った詩も残されている。

(24)　李夢陽は詩と音楽の合一を主張し、「自然の音」を求め時代を遡った結果、『詩』を理想とした。そうした主張の方向性が李東陽、楊一清などの茶陵派に影響を受けていることについては、袁震宇、劉明今『明代文学批評史』「第二章　明代前期的詩文批評」「第三節　台閣派、性気詩派及李東陽等」（一九九一年、上海古籍出版社）、陳書彔『明代詩文的演変』「第二章　儒雅品位的沈降与審美意識的回昇――従台閣体到茶陵派、呉中派演変的軌跡」「第二節　力去〝陳俗〟、追求〝渾雅〟―李東陽的審美追求与廟堂文化的鉗制」、「第三節　尊崇気節、致力於儒雅文学的復壮――由茶陵派向前七子過渡的楊一清」（一九九六年、江蘇教育出版社）に詳しい。また、李夢陽は当初、欧陽脩風を重んじる風潮には反対であったが、必ずしも台閣体を全否定したわけではなかった。しかし、秦漢の作風を尊ぶ主張をした朱応登が庶吉士に任命されなかったこと、劉瑾誅殺の巻き添えを食って康海、王九思が職を解かれたことによって、翰林院わけても李東陽への不満が高まったのだった。これについては簡錦松『明代文学批評研究』「第二章　台閣体」（文学批評叢刊所収、民国七八年、学生書局）に詳しい論証がある。さらに、正徳十一年以後、李夢陽は創作方法をめぐって何景明と対立した。すなわち、李夢陽が古人の「法」を模範とすることに努めるあまり「尺寸」を守り表面的な字句の類似を求めたことに対して、何景明は「舎筏登岸、自成一家」説を唱えて独自の境地を切り開くことをめざした。これについても簡錦松『李何詩論研究』「第二章　生平与詩論分期」（一九八〇年、台湾大学碩士論文）に詳述されている。

唐順之の生涯と文学論

田口一郎

一　はじめに

明代の古文辞派は「文必秦漢、詩必盛唐」というスローガンを唱え、それに対抗したのが、唐順之・王慎中・帰有光を始めとした所謂「唐宋派」(1)だった、と文学史的には説明される。しかし、唐順之の文集の中には、次のような記述も見える。

向日　教を兄に請いて、「詩は必ず唐、文は必ず秦と漢」云云たる者を追思するに、則ち已に茫然として隔世の事の如く、亦た自ら其の何の語を為すかを省《つまび》らかにせず。(2)(『唐荊川先生文集』(3)〔以下『文集』と略〕巻六「答皇甫百泉郎中」)

これに拠れば、唐順之がかつて「詩必唐、文必秦漢」なる古文辞派の主張を口にしていたことがわかる。当然のことだが、文学論的主張は一生不変のものではなく、生涯の各時期で変化しうるもので、また同じ主張でも背景によって意味が異なることもある。だが、唐順之の伝記的事実を踏まえた文学論の変化に関する研究は、現在までほとんど為されていない。本論では唐順之の事跡を追いながら、その文学論の変化を見たい。

本稿で使用した、『明史』、『明世宗實錄』(以後『実録』と略)、唐順之自身の文集以外の主な伝記資料は以下の通り。

・唐鼎元『明唐荊川先生年譜』（一九三九、鉛印本、上海図書館等蔵）
・李開先「荊川唐都御史傳」（『李中麓閒居集』［卜鍵箋校『李開先全集』所収、文化藝術出版社、二〇〇四］巻十）（以下、李開先「荊川伝」と略）
「康王王唐四子補傳」（同巻十）
・唐鶴徴「陳渡阡表」（万暦元年刊十七巻本『重刊校正荊川文集』附録。四部叢刊本には未収）
・趙時春「明督撫鳳陽等処都察院右僉都御史荊川唐公墓志銘」（万暦元年刊十七巻本『重刊荊川先生文集』附録。四部叢刊本には未収）（以下、趙時春「唐公墓志銘」と略）
・李贄「僉都御史唐公」（『續藏書』［張光澍点校、中華書局、一九五九］巻二十二）（以下、李贄「僉都御史唐公」と略）
・顧憲成「唐荊川先生本傳」（康熙五一年刊十八巻本『荊川文集』所収）

右で特筆すべきは、唐順之の長男・唐鶴徴が書いた「陳渡阡表」である。この阡表（墓表）は万暦元年十七巻本とされる諸本の内、限られた版本だけに収められる信頼性の高い資料である。『唐荊川先生文集』は版本により収録作品や附録が異なり、注意が必要であるが、それについては拙稿「唐荊川先生文集版本考」（中國書目季刊社『中國書目季刊』第三一巻第四期、一九九八、四五頁〜五五頁）を参照されたい。

唐順之の生涯とその文学論一般に関する専著としては、呉金娥『唐荊川先生研究』（文津出版社、一九八六）があり、また個別の論としては黄毅『唐宋派新論』（聖環圖書股份有限公司、一九九七）第三章「唐宋派代表作家個案研究――生平・思想和文學創作」第二節「唐順之」の項等があり、本稿でも適宜参照した。

二　早年の事跡

唐順之は正徳二年（一五〇七）十月五日に生まれた[4]。父は唐珤（一四七三〜一五五五）、字、国秀。号は有懐公[5]。母は宜興の任儼の娘、任氏[6]。唐家は武進の名門で、祖父の唐貴（字用思、号曾可）は弘治三年（一四九〇）の進士で、会試には第三位で合格している（李開先「荊川伝」）。少年時の唐順之については、例えば、

生れながらにして穎異にして、聖賢の学に潜心す。（顧憲成「唐荊川先生本傳」[7]）

先考生れながらにして穎異にして、童時 志は已に必ず聖賢と為らんとす。読書は常に徹旦、大母任太宜人其の稚《おさな》きを憐み、起きて其の灯を滅す。是れ自り篝灯之を櫝《おさ》め、大母の寝熟するを俟《ま》ちて、始めて発す。率《おおむ》ね以て常と為し、寒暑に間する無く、甫《はじ》めて垂髫なるに已に遍く諸経史を読めり[8]。（唐鶴徴「陳渡阡表」）

などその優秀さを示す記録も残るが、伝記の通例に過ぎない。むしろ重要なのは、一族の子弟教育の様子である。李開先によれば、

幼にして父母 之を教え、弱冠にして師長 之を成し友朋 之を助く。誦書して成熟せざる、写字して端楷ならざれば、父即ち之を撻《むちう》つ。或いは外に嬉《たわむ》れ晩く帰り、或いは内に言《ものい》い使気せば、母必ず厲色して曰く「汝尚《なお》童心有るか、将た宕子と為らんか[9]」と。（李開先「荊川伝」）

というように、厳しいものであり、「幼時嘗て精神を挙業に竭くすを以て、幾んど瘵疾を成す[10]」（李贄「僉都御史唐公」）ほど試験勉強に集中した。

嘉靖元年（一五二二）十六歳で郡の諸生（生員）となった[11]唐順之は、嘉靖三年、十八歳にして荘氏を娶る[12]。荘氏の祖父

は、河間守荘禪（鶴渓公）、その父は荘斉（静思公）、B・エルマン氏によれば、荘家は鶴渓公が進士となってより常州の名家となっており、唐順之もその学術的系譜を受け継ぐものと考えられている。[13] 李開先「荊川伝」には又「経義は其の祖伝に本づく（經義本其祖傳）」とあり、唐家が伝えるべき受験技術をもつ名家であったことがわかる。[14] やや後、二十三歳で唐順之が会元で会試に合格した時、試験責任者はその文が「堅老」であるのを見て、老成した儒者だと思ったと、清の学者兪長城は記す。兪長城は続けて、これは天から授かった才能で、学力だけとは言えない、というが、[15] 実際にこの歳で「堅老」な文を書けたとしたら、それは個人の資質によるものではなく、家伝の教育の賜物だったのだろう。

妻荘氏は、愛想笑いもしない荘厳な性格の女性だった。[16] 一男（唐鶴徴）・二女をもうけたが、特に息子に対しては唐順之以上に厳しく教育に励んだ。[17] これは常州の名家の伝統を引き継いだものであろう。荘氏は唐順之の父が「何たる有能な嫁だ」[18] とうなる程で、唐順之は、家事は彼女に任せきりで勉強に打ち込んだ。[19] 荘氏は、のち唐順之四十二歳の嘉靖二十七年（一五四八）十一月二日、三年以上病に苦しんだ後、四十一歳で亡くなる。[20]

三　進士合格以後

唐順之は、結婚後嘉靖四年に一回郷試に失敗しているはずだが、その記録は残らない。良妻を得て勉強に専念した彼は、その後嘉靖七年（一五二八）に応天の郷試に第六位の成績を以て合格、翌八年二月に会試に一位の成績で合格する（『実録』巻九十八。また唐鶴徴「陳渡阡表」。『明史』巻二〇五唐順之傳［以下『明史』唐順之伝と略］に「年三十二舉會試」とあるのは誤り）が、三月の殿試では二甲第一名に置かれる（『実録』巻九十九）。同年の進士には羅洪先（状元）、陳束、任瀚、熊過、李開先・呂高（以上第二甲）、皇甫汸（第三甲）などがいる。ついで四月、唐順之は陳束・任瀚と共に庶吉士に任ぜられる（李開先「荊川伝」。『実録』巻一〇〇）。

庶吉士というのは、明代に始まった高級官吏の研修制度で、翰林院に属し、進士の中で文学に優れた者、書を善くする者を選んで授けるものである。『明史』巻七十「選擧二」に、

進士に非ざれば翰林に入らず、翰林に非ざれば内閣に入らず、南・北礼部尚書・侍郎及び吏部右侍郎、翰林に非ずんば任ぜず。而して庶吉士始めて之に進む時、已に群目儲相と為す。[21]

とあるように、その職に就いたものは将来を嘱望され、明代の宰相百七十余人の内、九割がこの翰林出身であったと『明史』（同上）には言う。

後に唐順之の友人となる徐階が、嘉靖年間に庶吉士を教習する際に立てた「庶吉士条約」によれば、庶吉士の日常学習内容は、「講習四書六經」「觀史傳」「正宗唐音李杜詩」「（臨）晉・唐法帖」といったもので、[22]学問の研鑽を積む研修職であった。唐順之が庶吉士となった次の回、嘉靖十一年の庶吉士の試題が残っているが、それは「長安新秋感興」七律なる、政治とは殊に無関係の題で、第一位となった王梅の詩は「鳷鵲樓高灝氣横、堯蓂商律又敷榮。六龍扶日明華袞、五鳳搴雲薄太淸。西北烽煙新入警、東南民力未忘情。青袍際遇渾無補、退食遲遲媿友生」というものだった。[23]当時、翰林で評価された詩風がうかがい知れる。

しかし一旦は庶吉士に選出されたものの、同じ四月に諭が下り、この回の庶吉士採用は一律に見送られる。[24]これは、陳鶴『明紀』巻三十によれば張璁・霍韜等の横槍によるもので、彼らが自らの門下から出た（張璁らは嘉靖八年の会試の考官だった）にもかかわらず、「大禮之議」（世宗は藩侯の身で皇位を継いだため、その生父興献王を追尊して皇考としようとしたが、礼官が成例を理由に反対した。ところが、世宗は張璁・桂萼等の言を用いてそれを強行し、群臣が抗議して騒動となった出来

事）を非とするなど、自らに従わないことに制裁を加えたものだという。(25)かくして唐順之は庶吉士から外れ、兵部武選主事となる。

『明史』唐順之伝や趙時春「唐公墓志銘」等によれば、張璁は唐順之だけは翰林に残そうとしたが、彼はそれを固辞し、兵部主事となったと記される。これは後に見るように、同年の進士と結束の固い唐順之が、張璁の一派に組み入れられるよりは、同年と庶吉士を外されるほうを潔しとした結果であろう。

それから唐順之は、羅洪先や、やはり兵部武庫司にあった趙時春などと交流を始める（趙時春「唐公墓志銘」）が、間もなく病気を理由に故郷に帰る（李開先「荊川伝」）。折しも嘉靖九年六月、父瑤の河南信陽州の知州赴任に同行していた母任宜人が、途中天津で亡くなり、唐順之はその喪に服す。その後再度任官するまでの唐順之の活動は、よくわからない。

四　王慎中との出会い

嘉靖十一年（一五三二）九月に母の喪があけると、唐順之は吏部稽勳主事に任ぜられ、接いで考功主事となり（趙時春「唐公墓志銘」）、ここで初めて王慎中・任瀚等と吏部で同僚になる。『明史』巻二八七王慎中伝は、彼らが同僚となったのは王慎中が礼部祠祭司の時とするが、それでは礼部と吏部で矛盾する。実際には、皇甫汸『皇甫司勳集』巻五十六「明吏部文選清吏司員外郎王君墓表」に「時鄺子汴・王子慎中・任子瀚・唐子順之竝以才居吏部」とあること、また唐順之『文集』巻五「答王南江提學」に「僕自入官（嘉靖八年）、得請見於當世士大夫、蓋三年而後見兄」とあることから計算して、彼らが出会ったのは『明史』の記載より若干遅く、吏部の同僚としてであったことがわかる。

この時、王慎中・唐順之・趙時春・陳束・熊過・任瀚・李開先・屠応埈・華察・陸銓・江以達・曾汴らは互いに講習し（『明史』王慎中伝）、その中でも特に、唐順之と王慎中・趙時春・陳束・熊過・任瀚・李開先・呂高は「嘉靖八才子」と呼ばれるようになった（『明史稿』、『明史』二八七陳束伝）が、実はこの「嘉靖八才子」こそが所謂「唐宋派」の原形であることには注意したい。つまりこの「唐宋派」と看做される文学者達は、同じ様な文学的目標をもった人間が集まって派を形成したのではなく、先ず一つ所で同僚となり、その上で文学集団を形成したのである。そしてその繋がりは、唐順之と陳束・熊過・任瀚・李開先・呂高が嘉靖八年の何れも第二甲の進士、王慎中・趙時春はその前の回の嘉靖五年の第二甲の進士（趙時春は会元）というように、同年合格の進士同士（『明清進士題名碑録』）が、官僚組織の中で結び付いたサークル的な繋がりであったことがわかる。これは後に世間を席巻する所謂古文辞派（後七子）にも共通の性質のものである。[26]さらに「嘉靖八才子」の場合、唐順之・陳束・任瀚といった成員は、共に庶吉士任命を拒否された同志でもあった。唐順之と王慎中の文体に関しては、

慎中文を為すに、初め秦・漢を主とし、東京より下、取る可き無しと謂う。已にして欧・曾作文の法を悟りては、乃ち尽く旧作を焚き、一意師倣し、尤も力を曾鞏に得。順之初めは服せざるも、久しくして亦た変じて之に従う。[27]

（『明史』巻二八七王慎中伝）

という記述を見ると、嘉靖八子と「時四方名士……咸在部曹。慎中與之講習、學大進」（同上）という先の記録と関連させて、この嘉靖十二年の時点で、王慎中・唐順之等が文学的傾向を変化させ、唐宋風の古文を目指したかのように思われるが、これは聊か正しくない。確かに、この時の王慎中との出会いによって、

（唐順之）素より崆峒の詩文を愛し、篇篇成誦し、且つ一一之を倣効す。王遵巌と遇うに及び、告ぐるに自ら正法妙意有り、何ぞ必ずしも雄豪亢硬ならんやを以てす。唐子已に将変の機有り、此を聞くこと江河の決するが如く、

沛然として之を能く禦する莫し。故に癸巳（注、嘉靖十二年、一五三三）以後の作、別に是れ一機軸、……未だ嘗て遵巖の功多からずんばあらざるなり。[28]（李開先「荊川伝」）

というように影響を受け、「詩」文に一機軸が生じたというが、ここでは「唐宋」風の「古文」に転じたとは書かれていない。そもそも、詩と文の共に語られる「前後七子」に比べ、所謂「唐宋派」の人々は、文章の唐宋八大家に由来すると思われるその「唐宋」という名前が示す通り、詩論に対して言及されることが少ない。これは、首魁王世貞との対立で有名な「唐宋派」の中心人物帰有光が、詩を殆ど残していない（或いは残らなかった）ことにも起因するのだろうが、他の成員、例えば唐順之は詩作の数も多く、ここでは「篇篇成誦」したのを改めたとあるから、詩風の変化を言ったものとも考えられる。実際には彼等が「唐宋」とくに宋風の古文を唱え始めるのはやや遅く、そして詩風も宋風の質実なものへと変化していく（後述「八」参照）。ともあれ、これより彼と王慎中とは終生影響を与えあっていくことになる。

翌嘉靖十二年秋七月、唐順之は翰林に召し帰され、編修となり実録編纂の仕事に携わる（『実録』巻一五二）。[29]『續文獻通考』職官四・庶吉士によれば、翰林での三年の庶吉士の研修の後、試験が施され、その結果翰林院に留め残される者は、二甲であれば編修、三甲であれば検討が授けられ、残れなかった者は、給事中御史となるか、或いは州県に出るということであるから、結果的には庶吉士になっていたのと同様のエリートコースに復活したことになる。これは余りに翰林に人材が欠けたために、張璁が手を回したものだと趙時春「唐公墓志銘」には記される。

『実録』巻一五二によれば、この編修の推挙の際、吏部から提出された名簿に記載されたのは十人、しかし実際に任命されたのは、七人（唐順之・陳束・楊瀹・盧淮・陳節之・胡経・周文燭）で、任翰・王慎中・曾汴の三人は任命されなかった。おそらく張璁が、唐順之の才能を認めつつも、王慎中らと一派を作るのを嫌ったのだろう。

この異動によって、「嘉靖八才子」のうち編修となった唐順之・陳束と、選ばれなかった任翰・王慎中（また八才子には入っていないが曾汴）は部署を異にし、王慎中はまもなく常州に左遷される。

五　最初の家居

この翰林院での生活も、唐順之二十九歳、嘉靖十四年二月に終止符が打たれる。唐順之は直道を以て自ら任じており、張璁の後押しで翰林の編修に就いたのを潔しとせず、辞職の機会を窺っていた。折しも実録の校勘が終了を迎え、また一族に会試受験の子がいたため、考官となるのを避けるため、病と上疏し辞職を願い出る（李開先「康王王唐四子補傳」）。しかし下った旨は、事ある度に病気を以て休職を願うとは何事だ、と怒りを帯びたもので、唐順之は旧職の吏部主事を以て辞職させられ、その後、官界から干される(30)（『実録』巻一七二）。これは、ある者が張璁に、唐順之は張璁から離れようとしていると告げ口し、張璁が怒った結果である、とも言われる（趙時春「唐公墓志銘」）。

これとほぼ時を同じくして、王慎中は常州に流される(31)。嘉靖十三年暮れに左遷の処分が決定し、翌十四年三月、京師を離れるが、唐順之はまだ京師に留まってこれを見送る(32)。この時のことを記す李開先「遊海甸詩序」（『李中麓閒居集』巻六）に、王慎中の左遷は張璁に陥れられたものだと記されるから(33)、唐順之の強硬な辞職は、張璁の度重なる王慎中への迫害に対する抗議の意味もあったのかもしれない。

辞職後、唐順之は故郷に帰り、常州と宜興の間を行き来する(34)。李贄「僉都御史唐公」に拠れば、当時は経済的に厳しい状況であったが、墓誌銘の執筆や科挙の試験勉強（挙業）指導では、妄りにお金を取らなかったという(35)。経済的に厳しいと言っても、唐順之は高級官僚経験者であり、潤筆の必要性は少なかったのだろうが、そもそも彼は応酬の作品や名もない人物の墓誌について、否定的であった。[36]

しかし挙業に対しては、唐順之の場合、他の明人がこれを軽視する場合が多いのと対照的に、必ずしも否定的でない。彼は実際、時々子供の挙業を指導しているし、[37]挙業については次のように述べる。

苟も真に万物一体の心有らば、則ち挙業に従事し以て身を進むと雖も、未だ嘗て義塗と為さずんばあらず。若使《も》し独り君子の心を為す有らば、則ち飭躬勵行に従事し以て退処すと雖も、未だ嘗て利塗と為さずんばあらず。経義策試の陋、稍や志有る者、深く之を病まざる莫し。然りと雖も、春誦夏弦秋礼冬書は、固より古の挙業なり。固より未だ嘗て誦と書を去らざるなり。苟も己の為にする心無くんば、則ち弦誦礼書も亦た祇《た》だ干祿の具為り。苟も真に己の為にする心有らば、則ち経義策試も亦た自ら「正学以て言う」べく、昔人の「妨功奪志の辨」なるは、此れ定論なり。[38]（巻五「答兪教諭」）

つまり、挙業が義の道であるか、利の道であるかは、個人の心の持ちようによって決まるのであり、受験の弊害は少し心ある人なら、誰でも深く憂える問題であるが、書物によって道を追求するのは、昔からあったことである、と唐順之は言う。そして、科挙の勉強の問題点は、聖人の学を学ぶ時間が無くなることになく、志が科挙に向いてしまうことにあるという『近思録』巻七の指摘[39]を踏まえつつ、科挙の勉強は聖人の学と両立するものである、という立場を示す。即ち唐順之が主張するのは、学ぶ者の心の持ちようが重要なのであって、挙業それ自体が問題なのではないというのである。そもそも彼は、『明史』巻二八七文苑伝に「明代挙子業最も名を擅にする者、前は則ち王鏊・唐順之、後は則ち震川（引者注、帰有光）・思泉（同、胡友信）」とあるように、八股文の名手であった。

ところが、同じ「唐宋派」として並称される唐順之と帰有光では、八股文作者としての立場が聊か異なる。唐順之は二十三歳で進士に合格、その後は八股文を書く必要は必ずしもなかった。しかし帰有光は六十歳に進士になるまで、科挙の受験勉強の先生として生活しながら、科挙を受験し続ける。要するに八股文を書き続けなければならない立場にあった。それ故、帰有光は八股文の名人でありながら、それを全面的には肯定できないという微妙な立場に立つ。

嗚呼、国家は科挙の文を以て士を取り、科挙の文を以て朝に升し、其の人と為りの賢不肖、及び其の才と不才とは、皆な此に係わらず。(40)（『震川先生集』巻二十二「南雲翁生壙誌」）

また、科挙の文章形式の重視を批判して、次のように言う。

夫れ科挙の士を取るは、一定の品式為らざる能わざるも、亦た品式の能く拘する所に非ざるなり。(41)（『震川先生集』巻十三「吏部司務朱君壽序」）

一方唐順之は、文章の形式という面に関して、一般的な文章に関してもそれを肯定する立場に立つ。

欧陽子 楊子雲の言を述べて曰く「『木を断ちて棊と為し、革を梡して鞠と為す』に、法有らざる莫し、況んや書に於いてをや」と。然らば則ち又た況んや文に於いてをや。(42)（『文集』巻十「文編序」）

唐順之は、少年時より家伝の経義を伝えられたと前述したが、そうして厳格な形式に従う試験勉強に取り組んだことは、彼が後に「法」ある文章を追求したことと無関係ではないだろう。因みに、帰有光は、受験技術の伝授という技術としての挙業の在り方を、次のように批判している。

竊かに謂えらく科挙の学 相い伝わること久し。今太学と州県の教うる所の士、皆な此を以てす。……士 世を譁《さわが》せ寵を取るを以て、一時の得を苟《かりそめ》にし、以て自負す。而して其の文を為すや、聖人の経を去ること益ます以て遠し。(43)（『震川先生集』巻十一「送國子助教徐先生序」）

「科挙の学 相い伝わること久し」と批判する帰有光と、「祖傳」（李開先「荊川伝」）の伝統の上に立つ唐順之は、ここでも好対照にあるのである。

六　王畿との出会い

王慎中・唐順之は共に文章に関して、初めは秦漢風の古文を志し、それから唐宋諸家風の古文を推尊するようになるという、文学志向の転換を経ている。先ず王慎中について見れば、

年纔《わず》かに十八（嘉靖五年）にして、戸部主事を授かる。……暇あらば則ち五経曁び百家の言を読み、詩文は秦漢魏晉の風骨を具え、又た晉人に倣いて書を作し、遂に臨池を擅にす。未だ幾ならずして、礼曹に改めらる。(44)（李贄『續藏書』巻二十六「參政王公」）

この時点、つまり京師で唐順之等と講習した時には、文章に関しては秦漢、詩に関しては魏晉の風骨を具え、その文体は必ずしも唐宋風の古文でなかったのである。王慎中が、宋人の文章に親しむようになるのは、自身の文集に拠れば二十八歳の時である。

某少《わか》きより師承無く、師心自ら用い、妄りに文藝の事を意《おも》う。十八歳自り謬《あやま》りて仕籍に通じ、即ち觚翰方冊の間に孳孳とす。蓋し思を勤め精を竭くす者《こと》十有餘年、徒だ掇摭割裂以て多聞と為し、模効依倣以て近古と為せしを知る、……二十八歳以来、始めて尽く古聖賢の経伝及び有宋諸大儒の書を取り、閉門掃几、伏して之を読む。……積むに歳月を以てし、忽然として得る有り、往日の謬を追思す、……乃ち尽く前の学ぶ所を棄て、潜心鑽研する者又二年此に於いてせり。(45)（『遵巖集』巻二十一「再上顧未齋」）

秦漢文の模倣を止め、宋人の文を取り、それまでの著作を捨てた経緯は、他の資料と、一致する。王慎中が生まれたのは、李開先『閒居集』巻十「遵巖王參政傳」（以下、李開先「遵巖伝」と略す）に依れば、「正徳己巳（四年、一五〇九）

九月二十七日」であるから、彼が二十八歳で宋儒の文集を取り始めたのは、嘉靖十五年（一五三六）となる。(46) この年、唐順之は三十歳。この前年、王慎中は常州に左遷、唐順之も、ほぼ時を同じくして常州に帰っているから、文体の変化は京師にいた時ではなく、常州で起こったことになる。つまり「嘉靖八才子」の段階では「唐宋」の宋人の文を採用していなかったことがわかる。

では王慎中は何をきっかけとして、宋儒の書を読み始めたのだろうか。これについては、李開先・李贄いずれも、王畿との出会いが、そのきっかけであったとする。

> 龍渓王畿と王陽明の遺説を講解し、参《まじ》うるに己の見を以てし、聖賢の奥旨微言に於いて、契合する所多し。曩《さき》に惟だ古を好み、漢以下の著作取ること無し。是に至りて始めて宋儒の書を発し之を読み、其の味長なるを覚ゆ。而して曾・王・欧氏文尤も喜ぶべし。……此を以て自ら信じ、乃ち旧に為す所の文の漢人の如き者を取りて悉く之を焚く。但だ応酬の作有らば、悉く曾・王の間に出入す。(47)（李開先「遵巖伝」）

> 嘗て龍渓王畿と陽明先生の遺説を討論し、精心して之を求め、聖賢の微言に于いて契合する所多し。慎中夙に古を好み、漢以下の著作取ること無し、是に至りて始めて宋儒の書を読みて之を喜ぶ。尤も曾・王・欧三氏の文を喜び、眉山兄弟（引者注、蘇軾・蘇轍）に即きては猶お以て豪に過ぎ之を放に失すと為す。此を以て自ら信じ、乃ち旧の為す所の文を取りて悉く之を焚き、製作するに一に曾・王を以て準と為す。(48)（李贄『續藏書』巻二十六「參政王公」）

そして唐順之もそれに触発されたように、文体が変化する。右引用資料はそれぞれ、次のように続く。

> 唐荊川之を見て、以て頭巾の気と為す。仲子（注、王慎中）言えらく「此れ大難事なり、君試みに筆を挙げなば自ら之を知らん」と。未だ久しからずして、唐も亦た変じて之に随えり。(49)（李開先「遵巖伝」）

> 唐荊川初め見て服するを肯んぜず、之を久しくして相い解し、亦た変じて之に従う。嘗て人に語りて曰く「吾れ学問は之を龍渓に得、文字は之を遵巌に得」と。[50]（李贄『續藏書』巻二十六「參政王公」）

要するに時系列的にみると、常州で王畿から王慎中が影響を受け、しばらくして王慎中から唐順之が影響を受け、宋風、特に曾鞏・王安石風の古文を書き始めたという流れになる。しかしよくわからないのは、王陽明の弟子である王畿から影響を受けて、どうして宋儒の書を読むようになるのかである。

この問題について示唆的であるのは、王慎中はこの時期、朱子学にも強い興味を示していることだ。この年に王道に宛てた書簡『遵巌集』巻二十一「與王順渠祭酒」には、

> 僕 君子長者の言を聞くを獲、心に見るを願う所の者、当世四先生有り。河内の何柏斎・関中の呂涇野・呉下の魏荘渠・斉東は則ち先生なり。[51]

と、尊敬する四学者、何瑭・呂柟・魏校・王道の名が記される。王道が陽明学の一派と見なせるとしても、残りはむしろ朱子学者と言ってよい。この時期、王慎中が雑駁な学問を取り入れていること、黄毅氏の指摘する通りである。[52]それ故、王慎中が宋儒の書を読み始めるのは、王畿のみならず彼等の影響もあったのだろう。

唐順之が王畿に最初に出会ったのは、李贄「僉都御史唐公」の記載[53]に拠れば、唐順之が北京で編修であった期間、即ち嘉靖十二年七月以降、十四年二月以前となる。先に見たように、李開先「荊川伝」では、「故癸巳（嘉靖十二年〔一五三三〕）以後之作、別是一機軸」とあり、王畿に会って、唐順之の作風は一変するかのように書かれるが、文体というのは、誰かに会って、すぐに変わる性質のものでないだろう。実際には、京師での王畿との出会いを契機とし、さらに常州でも王畿と交流を深め、他の朱子学者たちの影響も受けながら徐々に、宋風の古文を書くようになったと思われる。

先に「嘉靖八才子」という人々について述べたが、唐順之・王慎中の文体の変化の時期はこのように遅く、その変化を経ていない「八才子」の文章は必ずしも唐宋風ではない。(54) 冒頭に挙げた『文集』巻六「答皇甫百泉郎中」については、「詩必唐、文必秦與漢」と口にしたのが、唐順之三十歳以前だと考えれば、何の不思議はないことになる。繰返すが「嘉靖八才子」は、「唐宋派」の原形のようだが、実際には「唐宋」という文学的志向によってまとまった集団ではないのである。

七　万古斎との出会いと宋学への傾倒

同じ時期、嘉靖十五年（一五三六）、三十歳の唐順之は、万吉（字、克修。号、古斎）の知遇を得る。唐順之が最初に万古斎に会った年は、『文集』巻十三「祭萬古齋文」には「庚寅（注、嘉靖九年）之歳、余客陽羨、公來顧余、寔始識面」、又『文集』巻十六「萬古齋公傳」には「嘉靖丙申（注、嘉靖十五年）、余始識公於宜興」とあり、一致しない。「祭萬古齋文」は四庫全書十二巻本『荊川集』では「庚申（注、嘉靖三十九年）之歳」（巻九）となっているが、嘉靖三十九年は唐順之死去の年であるから、固より採らない。「祭萬古齋文」に「綢繆往復踰四五年、曾無一日曠不周旋、公訓桐廬、余赴宮寮」とあり、また「萬古齋公傳」に「在桐廬二年而歸、歸六年而病卒。……卒時爲嘉靖甲辰（二十三年）七月二十日」とあるから、万古斎が桐廬に赴いたのが嘉靖十五年前後となり、その前四五年頻繁な行き来があったというのであるから、初めて会ったのは嘉靖九年のことであったと、推定できる。しかし一方、唐順之は嘉靖十四年に官を辞し郷里に戻り、嘉靖十九年まで任官されないので、この説であると「公訓桐廬、余赴宮寮」の部分と矛盾をきたす。この部分よく分からないが、時間の記憶より事柄の記憶の方に信頼を置き、姑く嘉靖十五年に初めて会ったとする。

唐順之より二十五歳年長の万古斎は厳格な朱子学者で、例えば陽明学者である友人周衡（一四八五〜一五三二、字道通）の意見は容れようとはしなかった。しかし唐順之と議論を重ねるうちに、

今荊川子の語、固より道通の述ぶる所と相い合うこと多し。然れども固より未だ嘗て朱子に背かず。[55]（『文集』巻十六「萬古齋公傳」）

と、朱子学と矛盾しないかたちで陽明学を説く唐順之の意見に共感する。そして、二人の子供（万士安・士和）を唐順之の許に遣り学ばせることにし、また後にその孫娘を唐順之の子、唐鶴徴に妻わせる（『文集』巻十三「祭萬古齋文」）。

万古斎との出会いは、唐順之の側にも宋学への興味を引き出した。

僕三十の時より、程氏の書を読むに、「古より文を学ぶもの、能く道に至る者有ること鮮し」、「心一に此に局せば、又た安んぞ能く天地と其の大を同じくせんや」と云う有り、則ち已に愕然として省る有り。[56]（『文集』巻七「答蔡可泉」）

三十歳の唐順之は、専心文章をなすことは「玩物喪志」である、[57]という語に愕然とし、文学は「道」に至るものでなければならないと考えた。この頃書かれた唐順之の妹の夫・王立道（号、堯衢）に宛てた『文集』巻五「與王堯書」[58]には、詩文や記問の学は好みの問題に過ぎず、切実な問題ではないと感じ始めて、

是に于いて程・朱諸先生の書を取り、降心して読む。初め未だ嘗て其の好きを覚えざるなり、之を読むこと半月にして、乃ち其の旨味雋永にして、字字古聖賢の蘊を発明するを知る。[59]

と、この頃から程朱の学に没頭したことが記される。以上のことから見て、唐順之が宋人の文章を読むようになったのは、王慎中以外では、王畿よりはむしろ万古斎の影響が大きいと思われる。

この頃から、唐順之の文学主張は、「文と道は一つである」[60]・「徳と藝とは一つである」[61]という理学家的なものとなり、

以後の人生を貫くことになる。

八　長い家居とその文論・詩論

嘉靖十四年、二十九歳で常州に戻った唐順之は、三十三歳の嘉靖十八年（一五三九）二月に旧職の翰林院編修に復帰し、右春坊右司諫を兼ねる（『明史』本伝、『実録』巻二二一）。が、翌十九年十二月、羅洪先・趙時春とともに、政務を怠る世宗を諫めて怒りを買い、官位を剝奪され平民に落とされ（『実録』巻二四四）、翌月嘉靖二十年（一五四一）一月、都を出発して再び故郷に帰る。唐順之は三十五歳であった。以後、唐順之は嘉靖三十七年（一五五八）に五十二歳で再出仕するまで長い家居に入る。この時期からは、公的な活動の記録はほとんど見られず、彼の文学論の変化を時系列的に見ることは難しくなる。

ただ彼の文集に、四十歳という自らの歳に対する言及が非常に多く見られることは、呉金娥氏・黄毅氏らによってこれまで指摘されている。[62]

近年来、痛苦心切なりて、死中に活を求め、四十年前の伎倆を将て、頭頭放捨し、四十年前の意見をもって、種種抹撥す。[63]（『文集』巻六「答王遵巌」）

年四十に近づきて自り、則ち心に益ます苦しむ。蓋し嘗て之を閉門静坐の中に参じ、之を応接紛擾の中に参じ、参じ来り参じ去り、是の如き者且《こと》に十年ならんとするも、茫乎として未だ之を得る有らざるなり。[64]（『文集』巻六「與聶雙江司馬」）

僕四十自り外、特だ世事に灰心するのみに非ず、向来の一切の詩文伎倆も、亦た従りて掃抹し、閑静中に稍や本来面目の処を窺見する有り。[65]（『文集』巻六「與李中溪知府」）

年四十に近づき、身心の鹵莽、精力の日びに短きを覚ゆ、則ち慨然として自ら悔い、書を捐て筆を焼き、静坐中に之を求め、稍稍《やや》古人の塗轍の循うべき処を見る。[66]（『文集』巻七「答蔡可泉」）

以上の記述を見ると、出仕と離職を繰り返した「世事」に関心を失ったのみならず、それまで書いた文章すらも破棄し、「静坐」の中に新たな境地を開こうとした唐順之の姿がうかがえる。

これを踏まえて、呉金娥氏・黄毅氏らは、嘉靖二十五年、四十歳の時に、唐順之は思想上の転機を迎えるとする。その上で呉金娥氏は唐順之の文学理論を、四十歳以前と以後の大きく二つに分け、四十歳以前を「文必有法論」、以後を「本色論」とする。[67]

「文必有法論」とは、例えば『文集』巻十「文編序」や『文集』巻十「董中峯侍郎文集序」に見られる考え方である。先に引用した[68]「文編序」では、木工をするのにも皮加工をするのにもやり方「法」があるように、文章にも「法」が必ずある、というものであった。また「董中峯侍郎文集序」を例に挙げると、

漢以前の文、未だ嘗て法無くんばあらずして未だ嘗て法有らず。法は無法の中に寓す、故に其の法為るや、密にして窺うべからず。唐と近代との文、法無かる能わずして能く毫釐も法に失せず。有法を以て法と為す、故に其の法為るや、厳にして犯すべからず。密なれば則ち所謂法無きに疑い、厳なれば則ち法有りて窺う可きに疑う。然して文の必ず法有るは、自然に出でて易うべからざる者、則ち異を容れざる也。且つ夫れ法有る能わざれば、何を以てか法無きを議せん。[69]

つまり、文には唐以後の文のように見えやすい形にせよ、漢以前の文のようにそうでないにせよ、「法」というものがあって、それを備えねばいけない、というもので、所謂「活法」という概念に似たものだ。呉金娥氏は、これは模

擬の対象を唐以後の文にまで広げたもので、七子の文学論と五十歩百歩だという。(70)

一方、「本色論」は、例えば『文集』巻七「答茅鹿門知縣」其二に見られる考え方である。

今両人有り、其の一人は心地超然、所謂千古の隻眼を具う人なり、即使《たと》い未だ嘗て紙筆を操りて呻吟し学びて文章を為さざるも、但だ直ちに胸臆に抛り、手に信せて写き出すこと、家書を写くが如く、或いは疎鹵と雖も、然れども絶えて烟火酸餡の習気無し、便ち是れ宇宙間一様の絶好の文字なり。其の一人は猶然として塵中の人なり。其の専専として学びて文章を為すと雖も、其の所謂縄墨布置に於いては則ち尽く是なり。然れども番《かえ》し来り覆《かえ》し去るも、是れ這れ幾句の婆子舌頭の語に過ぎず。其の所謂真精神と千古磨滅す可からざるの見とを索《もと》むれども、絶えて有る無きなり。則ち文工なりと雖も下格為るを免れず。此れ文章の本色なり。(71)

要するに、どんなに学んで巧みに規律に従って文章を書いても、口先だけの文章になってしまう人もいれば、無理に勉強せず心の赴くままに書いて優れた文章になる人もいる、これは、「真精神と千古磨滅す可からざるの見と」がその人にあるかないか、その本人に内在する資質が問題なのだ、という考え方である。また『文集』巻七「與洪方洲書」其二に、

近来覚《さと》り得たり、詩文一事は、只だ是れ直ちに胸臆を写すなり。諺語の所謂「口を開かば喉嚨を見る」者の如く、後人をして之を読ましめば、真に其の面目を見るが如く、瑜瑕倶に掩するを容れず。所謂本色なるは、此れ上乗の文字為り。(72)

とあるように、言葉には本人の人間性が表れてしまうというのも、同様である。

呉金娥氏は、四十歳以後にこの本色論が出て始めて、唐順之の文学理論は七子と対抗することができるものとなったとする。(73) ところが、これらの作品の製作時期を丹念に調べてみると、そうは言えないことがわかる。呉金娥氏が例

として挙げる『文集』巻十「董中峯侍郎文集序」には、文集では執筆の日付が書かれていないが、董玘の文集に実際に収められる序「中峯先生文選序」（『董氏叢書』所収）には「嘉靖壬子仲春望日」と書かれており、嘉靖三十一年（一五五二）二月、唐順之四十六歳の時に書かれたものであることがわかる。同じく「文編序」巻十は、実際の『文編』の序には「嘉靖丙辰夏五月既望」と書かれているから、更に下り嘉靖三十五年（一五五六）五月、唐順之五十歳の時に書かれたものであることがわかる。となると、唐順之の文学論は四十歳で変化などしていないことがわかる。

そうした観点から、「文必有法論」と「本色論」を見てみると、両者は決して矛盾するものではない。前者の「文必有法論」でいう「法」とは、必ずしも呉金娥氏の言うような模擬をする際の規範としての法だけを示すのではなく、作品の根底に共通する精神性のようなものだと理解するべきで、そうすれば「真精神と千古磨滅す可からざるの見と」があるかないか、という「本色論」とほぼ同内容を言っていることになる。

ただ唐順之の文学論が四十歳で変化したというのは正しくないにせよ、三十代で万古斎から影響を受け、四十歳以後「静坐」に専念した道学的な態度は、彼の詩論にも大きな特徴を与えたのは確かである。彼は文章に関しては王慎中同様、宋人特に曾鞏・王安石を手本としているが、詩に関しては王慎中と大きく意見が異なる。王慎中は、初めは「詩文は秦漢魏晉の風骨を具え」（前述、李贄『續藏書』巻二十六「參政王公」）ていたものが、後には

盛唐の詩は、則ち人人眼目有り、篇篇風骨有り。[74]（『遵巖集』巻二十四「寄道原弟書」其七）

と自ら言うように、詩論に関しては七子と同様、「盛唐」を重視するようになる。一方、唐順之は、宋学への傾倒とともに、枯淡な作風の北宋の邵雍を最高の手本と考えるようになった。唐順之が王慎中に与えた手紙には、次のような記述が見られる。

近来一僻見有り、以為《おもえ》らく三代以下の文、未だ南豊に如《し》く有らず、三代以下の詩、未だ康節に如く者有らず。然

して文は南豊に如く莫きは、則ち兄之を知れり。詩は康節に如く莫きは、則ち兄と雖も亦た且つ大笑せん。此れ迂頭巾の論道の説に非ず。(75)（『文集』巻七「與王遵巖參政」）

彼らをまとめて「唐宋派」というのは文章論からの見立てで、詩論について見てみると、そこには「大笑」いされる程の差異があるのである。「唐宋派」が文論のみにより語られる所以である。後に、王世貞はそんな唐順之の詩風を批判して次のように言う。

近時毘陵の一士大夫、始め初唐精華の語に刻意して、亦た既に斐然たり。中年にして忽ち自ら悪道に竄入し、「味爲補虚一試肉、事求如意屢生嗔」（『文集』巻三「嚢癰臥病作三首」其二）、又た「若過顔氏十四歳、便了王孫一裸身」（『文集』巻三「有相士謂余四十六歳且死者……」其二）、又た疾を詠みては則ち「幾月嚢疣是雨淫」（『文集』巻三「嚢癰臥病作三首」其一、原文では「幾歳懸疣是雨淫」）、箭を閲しては則ち「箭箭齊奔月兒裏」（『文集』巻四「古北口觀降夷歩射復戲馬馳射至夜」）、角力は則ち「一撒滿身都是手」（『文集』巻二「峩嵋道人拳歌」、原文では「一撒通身皆是手」）、食物は則ち「別換人間蒜蜜腸」（巻四「食蒜」、原文では「三飡虀粥猶嫌穢、百味葷腥久不嘗。頃來食蒜如飡蜜、已換山中一副腸」）等の語有るに至る、遂に定山の「沙邊鳥共天機語、擔上梅挑太極行」（明の莊昶『定山集』巻四「與謝汝申飲北山周紀山堂石洞老師在焉」に見える、原文では「溪邊鳥共天機語」）に減ぜず、詞林の笑端と為る。(76)（『明詩紀事』戊籤巻九引『藝苑卮言』(77)）

「一士大夫」が、毘陵という地名と引用詩句から唐順之を指すことは明らかである。「詩は盛唐」の立場の王世貞からすれば、莊昶ばりの道学的な詩風は「悪道に竄入」したものと感じられたのだろう。「嚢癰臥病作三首」は四十四歳の時に作られたもの、(78)また詩題から判断して、「有相士謂余四十六歳且死者……」という詩は四十六歳よりしばらく前、「古北口觀降夷」という詩は五十二歳で薊鎮の軍事視察に赴いた際の詩と推定されるから、ここに挙げられる詩は四十代から亡くなるまでの間の作品を網羅していると見てよいだろう。

吏部の同僚として始まった「嘉靖八才子」も、またそれを原形として後に設定された「唐宋派」という流派も、この時期の唐順之・王慎中の詩論をみると、とても同じ一派とは思えない程度まで分裂しているのである。

九　まとめ

嘉靖二十年に故郷に帰った唐順之は、その後、時に再起用を推挙されるが認められず（例えば嘉靖三十年。『実録』巻三七五）、結局十八年間の家居を続ける。しかし、嘉靖三十七年（一五五八）に五十二歳で兵部職方員外郎として薊鎮の軍事視察の職に再出仕すると、軍事家としての才能を発揮し始め、嘉靖三十九年に五十四歳で通州に客死するまで倭寇鎮圧で数々の戦功を挙げる。その倭寇との戦いの様子は例えば『文集』巻十二「敍廣右戰功」に詳しく、この作品は戦記文学の傑作として名高い。しかし、その人生最後の二年間は現実の活動にあまりに忙しく、文学論の推移を追うことは困難となる。

本稿では五十二歳までの唐順之の人生と文学論の変遷を扱い、「文学者」としての唐順之の活動を概観した。しかし、家居の十八年間の友人達との具体的交流の様子や、最後の二年間の活動で書かれた公文書「疏」や「移」に表現される「軍事家」としての唐順之の行動や思想については割愛せざるを得なかった。いずれ稿を改めて記すことができたらと思う。

注

（1）「唐宋派」という概念が十九世紀末から文学史の製作の過程で成立したものであること、帰有光を「唐宋派」の一員にすることの非妥当性については、拙論「歸有光の文學――所謂「唐宋派」の再檢討――」（京都大学『中國文學報』第五五冊、一九九七）四四頁～四七頁参照。

（2）原文「追思向日請敎於兄、詩必唐、文必秦與漢云云者、則已茫然如隔世事、亦自不省其爲何語矣」。

（3）使用した版本は万暦刊本影印『四部叢刊』本。

（4）李開先『李中麓閒居集』巻十「荊川唐都御史傳」に「生則正德丁卯十月初五日」とあるのが唯一の唐順之の生年月日記載資料である。

（5）王愼中『遵巖集』（四庫全書本）巻十七「中順大夫永州府知府唐有懷公行狀」に「以疾終、嘉靖三十四年七月初一日也、年七十三」から生卒年がわかる。李開先「荊川傳」に「貴子瑤、字國秀、因父母俱亡、晩號有懷」。「瑤」は呂柟『涇野先生文集』巻二十六「唐母任氏墓誌銘」等により訂正。

（6）李開先「荊川傳」、毛憲『古菴毛先生文集』巻五「唐信陽配任氏行狀」、呂柟『涇野先生文集』巻二十六「唐母任氏墓誌銘」等参照。

（7）原文「生而穎異、潛心聖賢之學」

（8）原文「先考生而穎異、童時志已必爲聖賢、讀書常徹旦、大母任太宜人憐其稚也、起滅其燈、自是篝燈櫝之、俟大母寢熟、始發焉、率以爲常、無間寒暑、甫垂髫已遍讀諸經史矣」

（9）原文「幼而父母敎之、弱冠師長成之而友朋助之、誦書不成熟、寫字不端楷、父卽撻之、或外嬉晩歸、或內言使氣、母必厲色曰、汝尚有童心乎、將爲宕子乎」

（10）原文「以幼時嘗竭精神於舉業、幾成瘵疾」

（11）「年十六爲郡諸生」（唐鶴徴「陳渡阡表」）

（12）「封孺人莊氏墓志銘」（『唐荊川先生文集』（以下『文集』と略す）巻十五）に「嘉靖戊申冬十一月二日而卒、年四十有一」「年十七而嫁、二十六而夫爲編修以恩例封孺人」とあることから計算。

（13）Benjamin Elman, *Classicism, Politics, and Kinship*, University of California Press, California 1990, pp.36-42.

（14）もっとも唐順之自身には一族以外の師も存在した。確認できるのは葉林と陸慎斎（名は未詳）だが、いずれも伝記未詳（唐順之『文集』巻十一「葉包菴先生壽序」、また『文集』巻十一「陸愼齋先生壽序」）。わずかに「葉包菴先生壽序」から葉林が成化十九年（一四八三）の生まれであることわかるのみである。

（15）原文「兪桐川曰……及考先生捷南宮時、歳甫弱冠、主司見其文堅老、疑爲宿儒、然則先生之文亦由天授、不盡關學力也」（梁章鉅『制藝叢話』巻五）

（16）「有烈性、居常不媚笑、語如莊士」（『文集』巻十五「封孺人莊氏墓志銘」）

（17）「其敎二女也、愛不廢嚴、其敎子也、嚴過於予」（同右）

（18）「舅毎嘆以爲能婦」（同右）

（19）「余癖於書、平生不一開口問米鹽耕織事、則以孺人爲之綜理也」（同右）

（20）「病踰三年、嘉靖戊申冬十一月二日而卒、年四十有二」（同右）

（21）原文「非進士不入翰林、非翰林不入内閣、南・北禮部尚書・侍郎及吏部右侍郎、非翰林不任、而庶吉士始進之時、已羣目爲儲相」

（22）孫承沢『春明夢餘録』巻三十二「翰林院」参照。

（23）沈徳符『萬曆野獲編』補遺巻二「吉士閣試詩」参照。

（24）原文「吉士之選、乃我太宗之制、其當時、固爲盡善、但邇年以來、毎爲大臣徇私選取、市恩立黨、自此始矣、于國何益、自今不必選留、唐順之等一體除用、……吏・禮二部及翰林院會議以聞」（『明世宗實録』巻一〇〇）

（25）原文「時張璁・霍韜爲考官、順之等以大禮之議爲非、不肯趨附。璁又欲傾一清、故以立黨之説進、而故事遂廢」

（26）当時の文学流派が、結局は同年進士合格者の、職場の同僚を核にして成立していることに関しては、拙論「嘉靖七子再攷――謝榛を鍵として――」（『村山吉廣教授古稀記念中國古典學論集』汲古書院、二〇〇〇）参照。

（27）原文「愼中爲文、初主秦・漢、謂東京下無可取、已悟歐・曾作文之法、乃盡焚舊作、一意師倣、尤得力於曾鞏、順之初不服、久亦變而從之」

(28) 原文「素愛崆峒詩文、篇篇成誦、且一一倣效之、及遇王遵巖、告以自有正法妙意、何必雄豪亢硬也、唐子已有將變之機、聞此如決江河、沛然莫之能禦矣、……故癸巳以後之作、別是一機軸、……未嘗不多遵巖之功也」

(29) 『明世宗實録』巻一五二に「嘉靖十二年七月……○庚午、改吏部考功司主事唐順之・禮部儀制司署外郎陳束・戶部山西司主事楊諭・兵部車駕司主事盧淮・武選司主事陳節之・河南道監察御史胡經・試御史周文燭、倶爲翰林院編修、先是、上以翰林侍從人少、詔吏部博采方正有術、爲衆望所歸者充其選、于是、部臣疏順之等十人名、上詔七人改補如擬、其報罷者三人、任翰・王愼中・曾汴也」

(30) 原文「嘉靖十四年二月、……己酉、翰林院編修唐順之疏請回籍養病、上曰『順之方改史職、又屬校對訓錄、何輒以疾請』令以原職致仕、永不起用」

(31) 『遵巖集』巻十七「中順大夫永州府知府唐有懷公行狀」に「甲午（嘉靖十三年（一五三四））冬、某由吏部郎中謫判常州、應德亦削翰林編修籍、還里」とある。

(32) 李開先「遊海甸詩序」（『李中麓閒居集』巻六）に「王愼中……謫判昆陵、……唐荊川順之……及予共八人焉、以嘉靖乙未（十四年）三月望月、出阜城門」とある。

(33) 李開先『李中麓閒居集』巻六「遊海甸詩序」に「大臣（引者注、張璁を指す）忌才、往往濟其不黨己者、豈惟古有之、今殆有甚焉者矣、……不惟感諸友之易消歇、而且嘆大臣之善傾陷」とある。

(34) 『文集』巻十六「普安州判杭君墓表」に「乙未歲、余罷官、歸客宜興」など。

(35) 李贄『續藏書』巻二十二「僉都御史唐公」に「居家窘甚、而于文章之潤筆、弟子之贄儀、未嘗妄取」

(36) 前掲拙論「歸有光の文學――所謂「唐宋派」の再檢討――」の「二　唐順之の作品の性質」四一頁参照。

(37) 例えば『文集』巻五「答王南江提學」に「僕今年寓居陽羨、挈妻子以行、有一二童子相與講章句」、又『文集』巻五「與王堯衢書」に「二三子、時時以擧業文字、強相問訊」など。

(38) 原文「苟眞有萬物一體之心、則雖從事於擧業以進身、未嘗不爲義塗也。若使有獨爲君子之心、則雖從事於飭躬勵行以退處、未嘗不爲利塗也、經義策試之陋、稍有志者、莫不深病之矣。雖然、春誦夏弦秋禮冬書、固古之學業也。固未嘗去誦與書也、苟無爲己之心、則弦誦禮書亦祇爲干祿之具、苟眞有爲己之心、則經義策試亦自可正學以言、昔人妨功奪志之辨、此定論也」

(39)『近思錄』巻七に「或謂科擧事業奪人之功、是不然、且一月之中十日爲學業、餘日足可爲學、然人不志於此、必志於彼、故科學之事、不患妨功、惟患奪志」

(40)原文「嗚呼、國家以科擧之文取士、以科擧之文升于朝、其爲人之賢不肖、及其才與不才、皆不係于此」

(41)原文「夫科擧取士、不能不爲一定之品式、而亦非品式之所能拘也」

(42)原文「歐陽子述楊子雲之言曰、斷木爲棊、梡革爲鞠、莫不有法、而況於書乎、然則又況於文乎」

(43)原文「竊謂科擧之學相傳久矣、今太學與州縣所敎士、皆以此也、……士以譁世取寵、苟一時之得、以自負、而其爲文、去聖人之經益以遠」

(44)原文「年纔十八、授戸部主事、……暇則讀五經暨百家言、詩文具秦漢魏晉風骨、又倣晉人作書、遂擅臨池、未幾、改禮曹」

(45)原文「某少無師承、師心自用、妄意於文藝之事、自十八歳謬通仕籍、卽孳孳於觚翰方册之間、蓋勤思竭精者十有餘年、徒知掇摭割裂以爲多聞、模效依倣以爲近古、……二十八歳以來、始盡取古聖賢經傳及有宋諸大儒之書、閉門掃几、伏而讀之、……積以歳月、忽然有得、追思往日之謬、……乃盡棄前之所學、潛心鑽研者又二年於此矣」

(46)黃毅『唐宋派新論』六三頁は、これを嘉靖十四年のこととするが誤り。

(47)原文「與龍溪王畿講解王陽明遺說、參以己見、於聖賢奧旨微言、多所契合、曩惟好古、漢以下著作無取焉、至是始發宋儒之書讀之、覺其味長、而曾王歐氏文尤可喜、……以此自信、乃取舊所爲文如漢人者悉焚之、但有應酬之作、悉出入曾王之間」

(48)原文「嘗與龍溪王畿討論陽明先生之遺說、而精心求之、于聖賢微言多所契合、愼中夙好古、漢以下著作無取焉、至是始讀宋儒之書而喜之、尤喜曾王歐三氏文、卽眉山兄弟猶以爲過于豪而失之放矣、以此自信、乃取舊所爲文悉焚之、製作一以曾王爲準」

(49)原文「唐荊川見之、以爲頭巾氣、仲子言、此大難事也、君試擧筆自知之、未久、唐亦變而隨之矣」

(50)原文「唐荊川初見不肯服、久之相解、亦變而從之、嘗語人曰、吾學問得之龍溪、文字得之遵巖」

(51)原文「僕獲聞於君子長者之言、心所願見者、當世有四先生也、河内何柏齋・關中呂涇野・吳下魏莊渠・齊東則先生也」

(52) 黄毅『唐宋派新論』六七頁～六八頁。
(53) 李贄『續藏書』巻二十六「僉都御史唐公」に「拜編修、校對累朝實錄、……時則王龍溪以陽明先生高弟寓京師、公一見之、盡叩陽明之說、始得聖賢中庸之道矣、校對完、例當陞賞、公不欲受」
(54) 例えば黄毅『唐宋派新論』六二頁に「他們提倡直寫胸憶，不受師法束縛，文宗魏晉，詩宗初唐，文風受到高叔嗣影響，趨於清麗婉轉」と指摘される。
(55) 原文「今荊川子語、固多與道通所述相合、然固未嘗背於朱子」
(56) 原文「僕自三十時、讀程氏書、有云、自古學文、鮮有能至于道者、心一局于此、又安能與天地同其大也、則已愕然有省」
(57) 前注「答蔡可泉」文中の「自古學文、鮮有能至于道者」は『二程外書』巻十二に見られる謝良佐の言葉で、原文は「學者先學文、鮮有能至道、至如博觀泛覽亦自爲害、故明道先生敎余嘗曰、賢讀書愼不要尋行數墨」。同「心一局于此、又安能與天地同其大也」は『二程遺書』巻十八また『近思錄』巻二に見られる文で、原文は「問作文害道否。曰害也、凡爲文不專意則不工、若專意則志局於此、又安能與天地同其大也。書曰、玩物喪志。爲文亦玩物也」。
(58) 文中に「春來卜居陽羨」とあり嘉靖十五年春執筆とわかる。
(59) 原文「于是取程朱諸先生之書、降心而讀焉、初未嘗覺其好也、讀之半月矣、乃知其旨味雋永、字字發明古聖賢之蘊」
(60) 『文集』巻五「答廖東雩提學書」に「文與道非二也」
(61) 『文集』巻五「答俞敎諭」に「古人雖以六德六藝分言、然德非虛器、其切實應用處卽謂之藝、藝非粗跡、其精義致用處卽謂之德」
(62) 唐順之四十歳時の変化については、呉金娥『唐荊川先生研究』第三章「唐荊川的學術思想」乙「思想架構」一二八頁～一三二頁、黄毅『唐宋派新論』八一頁～八二頁に指摘がある。以下に挙げなかった四十歳に関する記述は、『文集』巻六「答馮午山提學」、『文集』巻五「與張西磐尙書」、『文集』巻五「寄劉南坦」など。
(63) 原文「近年來痛苦心切、死中求活、將四十年前伎倆、頭頭放捨、四十年前意見、種種抹撥」
(64) 原文「自年近四十、則心益苦。蓋嘗參之閉門靜坐之中、參之應接紛擾之中、參來參去、如是者且十年、而茫乎未之有得也」

(65) 原文「僕自四十外、非特世事灰心、向來一切詩文伎倆、亦從掃抹、于閒靜中稍有窺見本來面目處」
(66) 原文「年近四十、覺身心之鹵莽、而精力之日短、則慨然自悔、捐書燒筆、于靜坐中求之、稍稍見古人塗轍可循處」
(67) 呉金娥『唐荊川先生研究』第四章「唐荊川的文學理論」第二節「荊川的文學理論」二一四頁～二三四頁参照。
(68) 五「最初の家居」及び注（42）参照。
(69) 原文「漢以前之文、未嘗無法而未嘗有法、法寓於無法之中、故其爲法也、密而不可窺。唐與近代之文、不能無法而能毫釐不失乎法、以有法爲法、故其爲法也、嚴而不可犯。密則疑於無所謂法、嚴則疑於有法而可窺、然而文之必有法、出乎自然而不可易者、則不容異也、且夫不能有法、而何以議於無法」
(70) 呉金娥『唐荊川先生研究』二二一頁。
(71) 原文「今有兩人、其一人心地超然、所謂具千古隻眼人也、卽使未嘗操紙筆呻吟學爲文章、但直據胸臆、信手寫出、如寫家書、雖或疎鹵、然絕無烟火酸餡習氣、便是宇宙間一樣絕好文字、其一人猶然塵中人也、雖其專專學爲文章、其於所謂繩墨布置則盡是矣、然番來覆去、不過是這幾句婆子舌頭語、索其所謂眞精神與千古不可磨滅之見、絕無有也、則文雖工而不免爲下格、此文章本色也」
(72) 原文「近來覺得詩文一事、只是直寫胸臆、如諺語所謂開口見喉嚨者、使後人讀之、如眞見其面目、瑜瑕俱不容掩、所謂本色、此爲上乘文字」
(73) 呉金娥『唐荊川先生研究』二二一頁。
(74) 原文「盛唐之詩、則人人有眼目、篇篇有風骨」
(75) 原文「近來有一僻見、以爲三代以下之文、未有如南豐、三代以下之詩、未有如康節者、然文莫如南豐、則兄知之矣、詩莫如康節、則雖兄亦且大笑、此非迂頭巾論道之說」
(76) 原文「近時毘陵一士大夫、始刻意初唐精華之語、亦旣斐然。中年忽自竄入惡道、至有味爲補虛一試肉、事求如意屢生嗔、又若過顏氏十四歲、便了王孫一裸身、又詠疾則幾月囊疣是雨淫、閱箭則箭箭齊奔月兒裏、角力則一撒滿身都是手、食物則別換人間蒜蜜膓等語、遂不減定山沙邊鳥共天機語、擔上梅挑太極行、爲詞林笑端」

（77）この一項は、現存の丁福保『歴代詩話續編』や四庫全書本『弇州四部稿』所収の『藝苑卮言』には見られない。陳田がどの版本を見たのかは不明。

（78）『文集』巻七「答蔡可泉」、巻六「與羅念菴脩撰」などの嚢癰の記述から判断。

万暦五年の情死事件についての一考察

上原　徳子

はじめに

万暦五（一五七七）年三月六日、華亭（現在の上海市松江）の人范允謙が北京郊外で病死した。二十九歳だった。そして同年八月十八日、彼と行動を共にしていた妓女杜韋が自ら長江に飛び込んで死んだ。范允謙に殉じた死であった。(1)当時それに類する事件は多く起こっていたようであるから、(2)范允謙と杜韋の死はそれほど珍しいことではなかったのかもしれない。結局、二人のことはその後戯曲や小説の題材になることはなかった。

この范允謙と杜韋の事件については、すでに合山究氏により女性の後追い自殺の例としての指摘がある。(3)合山氏は、この事件は名門士大夫が関わったものとして「とりわけ興味深い例」だとのべる。氏は陳継儒の「范牧之外伝」を事件の資料として用い「堂々たる大官の家の長子が妓女に溺れて身を滅ぼし、しかも妓女が後追い心中をしたということは、家門の恥であるはずなのに、それを隠すことなく、その子が父の伝記を陳継儒に書いてもらい、陳継儒はまたその伝の大半を妓女との関係に割いたのは、いったいどうしたことであろうか」と疑問を呈している。

この疑問に対して、合山氏は自ら「おそらくこのような不名誉を包み隠すよりも、むしろありのままに牧之の情痴ぶりを語ることのほうをよしとする時代風潮があったからであろう」と答えている。そして、その証拠として「范牧之外伝」や『情史』に見られる范允謙への肯定的な評を挙げている。『万暦野獲編』[4]で沈徳符が「このこと（范允謙と杜韋の事件）は松江の名士たちの記・伝の中に見える」[5]と記している通り、范允謙に関わる文章は陳継儒の「外伝」以外にも数多く残されている。そしてその中には、彼の死を手放しで賞賛していない同時代の文献も存在しているのである。そのことについては合山氏も言及しているが、それらと「范牧之外伝」との范允謙への評価の矛盾点をどう解釈するかについては、詳しい説明を加えていない。

本稿は、先に合山氏が示した「（情死は）家門の恥であるはずなのに、その子が父の伝記を陳継儒に書いてもらい、陳継儒はまたその伝の大半を妓女との関係に割いたのは、いったいどうしたことであろうか」という疑問に筆者なりに何らかの答えを見いだしたい。この作業によって、合山氏自身がのべた「おそらくこのような不名誉を包み隠すよりも、むしろありのままに牧之の情痴ぶりを語ることのほうをよしとする時代風潮があったからであろう」という答えを再検討することができるだろう。

本稿は、そのためにまず范允謙と杜韋についての資料が書かれた過程を現在わかり得る範囲で明らかにし、彼の生涯についての情報を整理していく。そして、当時の士大夫のこの事件についての様々な受け止め方について考察したい。

一

内容について論じる前に、本稿で使用する資料を以下に挙げておく。

A　陳継儒　「范牧之外伝」　『晩香堂小品』[6]巻十八

Ｂ　何三畏　「范孝廉牧之伝」　『雲間志略』[7]巻二十一　人物
Ｃ　方応選　「范牧之行状」　『方衆甫集』[8]巻九　行状
Ｄ　唐文献　「故友郷進士范牧之墓誌銘」　『唐宗伯文集』[9]巻九　墓表
Ｅ　馮時可　「郷進士范牧之墓表」　『馮元成選集』[10]巻五十九　墓表
Ｆ　陳継儒　「范牧之誄」　『陳眉公集』[11]巻十六
Ｇ　李延昰　『南呉旧話録』[12]
Ｈ　梁辰魚　「挽范牧之」　『鹿城詩集』[13]巻八
Ｉ　莫是龍　「悼杜韋沈江」　『莫廷韓遺稿』[14]巻七
Ｊ　莫是龍　「虞美人二調」　『莫廷韓遺稿』巻十

この内、Ｇは断片的に范允謙に関する記事を載せ、Ｈ・Ｉ・Ｊは、詩あるいは詞の形で、事件に触れたものである。以上の十種は、この事件に直接なんらかの関与があった、あるいは范允謙と面識のあった者によって書かれた。これ以外には以下のものが挙げられる。

Ｋ　詹詹外史　「范笏林」　『情史』[15]巻六　情愛類
Ｌ　宋存標　「范笏林伝」　『情種』[16]巻六
Ｍ　潘之恒　「杜韋伝」　『亘史鈔』[17]「亘史内記」烈餘　巻之十
Ｎ　范濂　「范允謙」　『雲間據目鈔』[18]巻一　人物
Ｏ　作者未詳　『雲間雑志』[19]
Ｐ　沈徳符　「妓女」　『万暦野獲編』巻二十三

これらの資料で題名のないG・Oと詩・詞を除くと、M「杜韋伝」・P「妓女」以外は、すべて范允謙の名を題名に含んでいる。また、K・L・Nは、Aの内容を踏襲したものである。

資料のAからJまでは、范允謙と面識のある者によって書かれたと述べたが、その中でも特に范允謙と親密な付き合いがあったと思われるのは、方応選（万暦十一年の進士）、唐文献（万暦十四年の進士）[20]、馮時可（隆慶五年の進士）、何三畏（万暦十年の挙人）で、彼らは皆華亭（松江）の人である。さらに彼らは范允謙と同じ文社で活動をしていた。その文社の名前は右に挙げた文章中には見えないが、『南呉旧話録』巻二十三「名社」には、「十八子社」として、方応選・范允謙・唐文献・董其昌・馮夢禎らの名が挙げられている。[21]彼らは、科挙受験を目指す同年代の若者達（ただし馮時可は少し年上である）であり、かつ同じ華亭出身という共通点があった（ただし馮夢禎［万暦五年の進士］は秀水［浙江］の人）。同様に華亭の人である陳継儒も「誄」の中で范允謙のことを「吾党のもの」といういい方をしている。この点から、陳継儒もやはり范允謙等と共に何らかの集団を形成していたと思われる。

次章では、以上の資料に基づいて范允謙の生涯及び杜韋の自殺の顛末を明らかにしたい。

二

ここでは陳継儒の「范牧之外伝」をはじめとする複数の文献から、范允謙の病死と杜韋の自殺に至った具体的な経緯を整理・確認していく。

范允謙は字を牧之といい、号は笏林、華亭の人である。范家は宋の范仲淹の子孫だという。父親は范惟丕、字は于公、嘉靖三十八（一五五九）年の進士で、最後は光禄寺少卿を務めた。[22]また伯父は范惟一、字は于中、号は中方、嘉靖二十（一五四一）年の進士で、最後は南京太僕寺卿を務めた。[23] 范允謙の死後范家を支えた弟の范允臨は、字を長倩といい、万暦二十三（一五九五）年の進士で、官は福建参議に至った。范家は元来蘇州に住んでいたが、後に松江に居を移し、范允謙の父と伯父が進士になる以前は、商売をしていたようだ。[24] 范允謙は富裕な名門の将来を大いに期待された若者であったのだろう。

范允謙は十八歳で同郷の陸樹徳[25]の娘を娶った。その後十九歳で生員となり、二十二歳で隆慶四（一五七〇）年の応天府の郷試に合格した。范允謙と同じ文社の者でこの試験に参加した者に方応選・唐文献らがいた。[26]

こうして順調に科挙受験の段階を上っていった范允謙であったが、隆慶五（一五七一）年には「たまたま岳父の陸樹徳が給事中となって試験官となったので、范允謙は規定通りに試験を辞退して帰郷した」[27]ために、すぐに進士に合格という訳にはいかなかった。帰郷後は、書斎を建て文会を催し多くの士大夫と交わったという。[28]

ところが范允謙の人生は突然暗転する。万暦二（一五七四）年、父が病気で亡くなってしまったのである。彼は父の葬儀を代々の墓所がある蘇州天平山で執り行った。人々は彼が立派に役目をつとめる様子を称賛したという。彼は、「甚だしくやせ衰えて、細い骨でやっと体を床上に支え、朝晩に食べる米はほんの少しで、ただ生きているだけであった。」また明くる年に母の秦氏も亡くなると、ますます衰弱して「葬儀をするのに耐えられないほどだった」[29]という。

彼は父母に対して献身的な介護をし、母親が亡くなった頃にはすっかり体調を崩していた。ここでの范允謙の態度を唐文献、方応選は共に「性は至孝」と表現している。陳継儒も「范允謙がその父范惟丕・母秦氏に仕え、弟の范允臨を扱うことといえば、孝行と兄弟愛がゆきとどき、明らかに礼教の中にある人であったと聞いている」[30]とのべ、彼の孝を大いに認めている。

ところが父母の死後、范允謙は「多くの酒徒やばくち打ちを集めて博打をし、酒に酔っては頭巾を脱いで頭を顕わにし、気の荒い声が響いた」[31]という。彼は気鬱を晴らす手段として博打や飲酒に耽るようになっていたのだ。そして父母の死から生じた精神的・肉体的混乱の最中に、素行の悪い客人が彼を妓楼の遊びに誘い、范允謙は杜韋と出会う。[32]彼が妓楼へ足を向けるようになったのは、両親の死の哀しみを振り払うための自暴自棄な行為の延長線上にあったといえるだろう。

さて、杜韋について、潘之恒は「呉中の名妓であり、そのおもむきの気高さが有名であった。気っ風よく談笑し、みずから女俠と名乗り客を選んだ」[33]とのべている。このような場合の例に違わず、范允謙と杜韋は出会ってすぐ意気投合し、まもなく互いに二人が離れるのは死ぬ時だと誓い合った。やがて范允謙は家政を顧みなくなった。馮夢禎によれば、杜韋は病的なまでの潔癖性であり、毎日昼夜逆転した不健康な生活を送っていたという。[34]こうした不規則な生活が、父母の死後の病の床からそれまで自暴自棄な生活を送っていた范允謙の健康をますます蝕んでいったことは容易に予想できる。

しかし、このような彼の堕落した生活ぶりに対して、周りが手をこまねいていたわけではない。仲間達や伯父の范惟一らが范允謙の現状に歯止めをかけるべく策を講じる。

まず何三畏ら同社の仲間達は、范允謙を杜韋から引き離そうと伯父にその行為を知らせ、かつ「絶交」をつきつける。

ある時、私（何三畏）の屋敷で勉強会をしたが、范允謙は筆の赴くままに文を書き、夕方になるとさっさといなくなった。その時、私の屋敷は范允謙の屋敷の隣数十歩も無いところにあった。そこで、唐文献と彭汝譲ら数人の同輩とがさっそく彼の家に赴き、使用人をつかまえて問い詰めたところ、初めて杜韋という者を別宅に囲っており、先程は家に帰るとすぐに彼女の所にはせ参じたのだ、ということを知った。そこで、お屋敷の大広間に伯父の范惟一をお呼びして范允謙が杜韋と昵懇であることを泣きながらお知らせした。そして、次の日の朝、裾を持ち上げ衣服を整えて太鼓を鳴らし鐘を打って神前で范允謙と絶交することを誓ったのだった。(35)

ここでは唐文献らがなぜ絶交に至ったかという点についての詳細が不明である。また、管見の限り当事者として名前の挙がっている者自らがその理由をはっきり述べた文は見つけられていない。ただ馮時可が手掛かりとなる文を残している。

范允謙が（杜韋に）惑わされたのをみてとると、唐文献と徐益孫らは厳しくこれを諫めた。すでに力が及ばなかったので、彼との絶交を神前で誓い、偽って彼と絶交して、密かに彼を正そうとした。范允謙は（女に）そむくことはできず、結局は唐らと絶交して死んでしまった。(36)

ここから推測すれば、絶交は友人を翻意させようとする方便であったようだ。当然、一方的に絶交された范允謙も反論する。それは、陳継儒によれば、次のようなものであった。

私は一族皆殺しの禍にあって当然ということで、このような目にあわされることになりました。甚だしくは、ちょっとしたきっかけが捏造され、きれっぱしの文章が流言され、これを墨書にしたため、神前に供え、作成し、証拠によることなく、判決文を完成してしまったのです。これは忠告と称していますが、実は粗探しに等しく、拾い集めた罪過は、粉飾に近いものであって、私をして、この天地のもとで生をいとなみ、この世間の中で息づかいを強くすることをさせなくするとは、世々にわたる屈辱として甚だしいものがあります。私もまた人でありますから、これを甘んじて受けることができるとすれば、ただ東海に飛び込んで死ぬだけです。(37)

この点について、潘之恒の「杜韋伝」は、陳継儒の文とやや異なった記述をしている。

「情の鍾まる所は、正に吾輩に有り（聖人は情にとらわれず、最下等の人間は情にまで及ばない。情があつまるところは、まさしく我々のような〔聖人でもなく、下等の人間でもない〕人々にあるのだ〕」といわれるとおりであるのに、どうして世の法で縛るのでしょう。官庁で鳴り物入りにし、驚かせて見たり聞いたりさせ、私が一族皆殺しの禍に遇うのは当然だといいます。人は木石ではありません。誰がこのおおいなる屈辱に甘んじましょうか。ただ東海に飛び込んで死ぬだけです。諸君がたとえ陰口を言っても、私はすでに雷鳴に耳をふさいでいるようなもので聞こえません。(38)

このように「杜韋伝」では、より強い調子で自分の意志を貫こうとする主張がなされている。さらに唐文献は次のようにのべている。

ある人（杜韋）が一生を彼に託したいと願ったところ、君はそれを承諾し、我々の仲間は尽力してこれを諫めた。君（范允謙）は振り向いて笑って言った。「君たちは、どうして私をやさ男や妓女に見立てようとするのか。ある人が、情を以て私に身を投じてきたのに、それに背くということは不祥なことだといえるだろう。それに、昔から、『いったん引き受けたことは絶対に実行し、自分の身をなげうつ』うんぬんと言うではないか。」と。(39)

現在范允謙自身の文が残っておらず確認できない以上、我々は、残された資料を客観的にみて判断するしかない。ここからわかるのは、范允謙が友人の諫言など聞く耳を持たず、まさに「情痴ぶり」を発揮していることだ。彼が杜韋と離れないのは、杜韋への愛が深かったともいえるが、杜韋が范允謙に寄せる思いに応えるためだったと考えられる。彼の「情」とは、強い愛情より彼女の気持ちに応えようとする義侠心に近いものだったといえないだろうか。

この時彼にはすでに両親はなく、さらには弟も抱え、長男としての務めを果たさねばならなかったはずである。既にのべたように、彼はこれまで充分な孝を尽くしていたはずであった。しかし、それら全てをなげうってまでも、彼は杜韋の情に応えようとしていた。だが彼の振る舞いを冷静に見れば、あまりに自分勝手で社会的には到底受け入れられない行為だったといえるだろう。彼の死後、妻の陸氏は息子を抱えて四十年以上も寡婦として過ごさねばならなかった。(40) 彼は守るべき「家」を自らの勝手で捨ててしまったのである。

一方伯父の范惟一（資料によっては岳父陸樹徳）の方も裁判の場に杜韋を引きずり出し、強引にでも二人を別れさせようとした。(41) ところが范允謙はこの引き離し策に対しては、次のように断固拒否の姿勢を崩さなかった。范允謙はますます憤激し、生きようとは思わず杜韋と共に死のうとしているようだった。尋問されるときはその身を彼女の上に覆い被せ、鞭で打てないようにした。判決は、杜韋を商人の妻にするというものだった。しかし、范允謙はそれを人のするがままにして画策し、彼女を売り払うかのようにみせかけて、こっそりと彼女を引き取り、彼女をまた別宅に置き、速やかに彼女を連れて、まず科挙の試験を受けに北へ向かった。(42)

このように、法廷での審理も何の効果もなく、それは却って范允謙の彼女への思いを強くさせるだけであった。それは彼女が鞭打たれないように身を盾にしたことからも読み取れる。それにしても、この裁判のくだりは、彼の人生の見せ場ともいうべき最も劇的な場面である。「杜韋伝」によれば、范允謙は判決を受けると、人に山西商人と偽らせ、穀物を運ぶ船に乗せて行かせたように見せて、実は自分で杜韋をかくまっていたのだという。(43)『万暦野獲編』に至っては、彼は大金を用いて奇襲をかけて杜韋を奪い取り、彼女を連れて遠くに逃げたことになっており、(44) 内容がより荒唐無稽になっている。二人で遠くに逃げた、というのはあまりに誇張が過ぎるが、事実、范允謙は故郷を離れて杜韋を伴ない北京へと向かった。この時点で、もはや周囲に打つ手はなかったのである。

ここまで周囲の諫言を激しく拒絶していた范允謙だが、北京出発の際の友人への手紙では全く違った面をみせる。

私はいわゆる「情の鍾まる所」のために、自らを大切にしないままこのような有様となり、諸兄弟が私をお諫めになるのに思いを致すこともできませんでした。（とはいえ）今日の旅は、義をもって捨てることはできません。

船は遠くまで来てしまい、流れる水はもう戻りません。ただ一目長安（北京）を見てみたいのです。ゆくゆくは皆さまとはお別れするのでしょうから、どうか今お別れしてください。もし私の魂が故郷に帰ることができたならば、みなさんが私を哀れんで赦していただいても、また最後まで絶交なさっていただいても、お気持ちにおまかせします。(45)

この手紙からは、自分を諫める人々を理解しながら、杜韋との情にそむけない范允謙の苦渋に満ちた心情が浮かび上がる。彼は杜韋との旅を「義」によってやめることはできないとのべる。この時彼にとっての「義」は友人との絆よりも重要なものであり、杜韋との情を守ることだったのである。また、この范允謙の言葉は、さきにみた絶交に対して毅然と反論をしていた言葉とも調子が異なっている。すなわち、彼は自分が貫こうとしている「情」が士大夫達の価値観では到底許されないものであることを深く了解しつつ、そこから脱却できない自分自身に疲弊しきっているといえよう。そうでありながら、病身をおして北京に旅立つのは、進士となることだけが、范允謙のこうした苦境をご破算にできる唯一の策だったからではないだろうか。この情況を唐文献は次のように分析している。

（我々の諫言は）ついに聞き入れなかったが、君が気に病むのは、ただ我々がしだいに離れてゆくことで、そのことをかなり恨めしく思い、ぐずぐずと決断できないまま、（君は）鬱々として死んでしまったのだ。(46)

何三畏の「范孝廉牧之伝」にみられる范允謙の手紙とこの唐文献の文から、少なくとも仲間達からみた范允謙の臨終までの心境がわかるだろう。仲間達からみれば、范允謙は友人達からつきつけられた絶交に激しく反論していたが、それでも突き放されることを望んではおらず、さりとて自らの信条を曲げて杜韋を捨てることもできずに、最後は鬱々として死を迎えてしまったということになる。

范允謙と杜韋の旅はさして長くは続かなかった。出発時から、范允謙にとってこの旅は精神的にも肉体的にも負担が大きすぎたのである。結局范允謙は旅の途中で病に伏せってしまう。范允謙のこの哀れな最期を何三畏は伝聞により知ったようである。一方、馮夢禎は瀕死の范允謙に会っていたと「杜韋伝」にある。彼は范允謙と直接面会し、なぜこのようなことになったのかを尋ねた。すると范允謙は「私は杜韋のために心身ともにすでに尽きてしまいました。願うことならば進士となることでこのことを払拭したいのです。（しかし）今は自分で体を支えることもできず間もなく亡くなってしまうのを恐れています」(47)と答えたという。また、方応選には「客は私に背き、私は君たち二三の兄弟たちに背いた。悲しいことではないか、悲しいことではないか」(48)とのべたという。これらの言葉からは何三畏の「伝」にあった出発時の手紙に共通する後悔と改悛の念が感じられ、さらに彼は進士になることでこの状況を打開しようとしていたことがはっきりとうかがえる。

また、このような瀕死の范允謙の様子については張鳳翼(49)が沈徳符に次のような話をしたという。

万暦五年の春の試験の直前に范允謙の病を見舞った。その時、杜韋がその寝台の横に腰掛けていると、范允謙は喀血して（血が）口の中にあった。力が弱いので吐くこともできないので、杜韋が口移しで血を受けた。血を含んで喉に入れ、ひとたび飲むごとに倒れ伏した。（それが）僅かの間に何度かあった。私は范允謙が瀕死の状態であることは見てわかったが言わなかった。杜韋の色気は元々あったのだけれど、憔悴してしまっているのでもう（容貌は）整っていなかった。范允謙は「おまえは私の代わりに張さんとお話ししなさい」と言ったが、杜韋はそれに答えて「あなたはとても気が弱くなっています。たくさんお話しして精神を傷つけてはなりません。私は天に昇っても地に下りてもあなたに必ず従います」と言った。范允謙も杜韋のために泣きむせんだ。このときすでに私は二人が絶対に一人だけで死ぬということはないと分かっていた。(50)

ここでは、范允謙の後悔ではなく献身的な看護をする杜韋のけなげさが描かれているといえるだろう。自業自得と言ってしまえば身もふたもないが、もはや范允謙には会試に赴く力などなかった。こうして北京郊外で范允謙は病死した。

その結果杜韋は一人残されたが、当然その処遇が問題になる。『万暦野獲編』は、妻の陸氏が彼女が生きていることを望まず杜韋は死んだという。[51]しかしこれは『万暦野獲編』にだけみられる情報で、真偽のほどはさだかではない。杜韋の自殺のいきさつについては、陳継儒の記述が特に際だつので、比較のためにまず何三畏の文をみてみたい。

杜韋は川の真ん中に着くと、ある夕方湯浴みの準備をさせ、終わると服を着替え、左手には范允謙の使った宣和硯を提げ、右手には棋楸を提げて自ら川に飛び込み自殺した。[52]

このように何三畏は、事件の経緯を淡淡と綴る。一方、陳継儒の描写はこれとは違い、より詳細である。

杜韋は船に乗り、ぼおっとしながらわずかにため息をつき、時々歌ったり笑ったりして、范允謙の後を追うつもりなど無いかのようであった。川の真ん中に着くと、湯浴みの準備をさせた。体を洗い終わって服を替えると、左手には范允謙の使っていた宣和硯を持ち、右手には碁盤を持って、一飛びして入水した。そばにいた者は驚いて見ているばかりで、救うことができなかった。最初髪の毛が二三尺ほど浮いたり沈んだりして浪の中を渦巻いているのが見え、次には紫の上着とズボンがふわりと浮かび上がってきたかと思うと、瞬く間に杜韋は深く沈んでいった。[53]

濁流の中にゆらめく、彼女の黒髪と鮮やかな紫の衣服。愛する人の遺品を身につけ長江に飛び込んだ杜韋の最期は人々に強く印象を残す。この視覚に訴える優れた描写は、人々を刺激し、杜韋への強い同情を呼び起こしたのではないだろうか。

范允謙が死んでしまえば、それまでの経緯からいっても彼女には行き場が無く、周囲も処遇に困っていたのであろうし、彼女の自殺が絶望の中で決意されたことは想像に難くない。また、夫に死を以て殉じるのは、当時の女性の道徳観としては当然であり、その意味では彼女の行動は肯定的にとらえられるだろう。

こうして、范允謙の遺体だけが蘇州の范家代々の墓所に戻っていった。

その後、馮夢禎は、事件の翌年自分が乗った船がまさに杜韋が乗った船と同じであり、杜韋の命日に自分の妻の祖父の妾が長江に飛び込んだが、その妾が飛び込んだ船窓がまさに杜韋が飛び込んだ場所であった、というエピソードを残している(54)。馮夢禎は杜韋と顔見知りであり、これを偶然の一致で片付けることはできなかったのだろう。さらに、事件から三十年ほどたった頃、沈徳符は次のような体験をしたという。

私が先頃北上して揚子江を渡ったときに、目を覚まして川に小便をしようとしたが、船頭達が皆力一杯止めてだめだと言った。私は不思議に思って理由を聞いたところ次のように言った。「近頃江西の一人の旅人がここを通り過ぎるときに、召使いで川に小便をしたものがいました。突然倒れてその召使いが呉語で話しました。『おまえは何者であえて私の髪を汚すのか。私の名は杜韋である。水府に遊び戯れて三十年になろうとしている。今日辱めを受けたのでここに現れたのだ』と。旅人は大変驚きましたが、呉語がわからなかったので、すぐに船を止めて故老に尋ねました。杜韋のことを知っていた者がその顛末をのべ、旅人が犠牲を捧げお祀りをして通り過ぎますと、召使いはやっと蘇ったのです」と。ということは、杜韋は水仙になったのか。または鮫宮に入って織綃人となったのか。つまりは怨念の結実したものであろう。いまだに成仏できずに波間を漂っているのも哀れなことである(55)。

この奇怪な話から、杜韋入水の地で少なくとも万暦の後期には杜韋の亡霊が出現すると言われていたことがわかる。杜韋の自殺を亡霊といった怪奇譚的色彩に染め上げる役割を果たしたのは、おそらくその船の船頭ら土地の人々であったろう。士大夫社会ではしばらく時間をおかなければ語れないような醜聞も、彼女が死んだ土地に生きる人々によって事件直後から語られ、またそこを通った旅人達によって各地に伝えられていたと推察できる。その場所で似たような事件が起こる度に、人々は杜韋の死に関連づけ、このような話を醸成していったのだろう。そこには杜韋の霊を供養する意味もあったのかもしれない。

三

以上、范允謙の生涯と杜韋の死、さらにはその後日談までを、残された資料から整理し確認してきた。では、これらの資料は、いつ、何のために書かれたのだろうか。次に、それらが書かれた経緯について見ていきたい。

事件から十二年後の万暦十七（一五八九）年、范允謙の息子の范必溶は唐文献を訪ね、父についての文章を書いてほしいと訴えたようだ。(56) その翌年万暦十八（一五九〇）年、方応選は范必溶に行状を書くように頼まれた。行状がいつ書かれたかは不明だが、その後范必溶はすでに書き上がった方応選の行状を持って再び唐文献を訪ね、涙ながらに次のように訴えたという。

父は情死したのではありません。しかし不幸にして人々の噂になっております。あなたのお言葉がなければ真実は明らかになりません。ずっと何もおっしゃらずにいるおつもりなのでしょうか。(57)

唐文献は、この言葉を受けて墓誌銘を書いたようだ。

万暦二十（一五九二）年、范必溶は馮時可のところにも方応選の行状を持って訪れ、(58) 再三「父の墓は年月が経って墓表もないままなくなってしまうのではないかと恐れています」と訴え、彼に協力を求めた。(59) 以上の三名は、皆息子の働きかけにより、范允謙について文章を書いた友人たちである。以上の文章の内、最も早く書かれていなければならないのは方応選の行状であり、(60)一五九〇年から数年の内に書かれたと思われる。唐文献はそれとほぼ時期を同じくして墓誌銘を書き、馮時可は一五九二年から数年の間に墓表を書いたと推測できる。(61)

唐文献が万暦十七年に范允謙の墓を訪れたときは、墓所に草が生えていたとあり、(62)あまり手入れがされていなかったことがうかがえる。息子の生年は未詳であるが、このころは二十歳前後だったと考えられる。范允謙の埋葬については、弟の范允臨が蘇州にある先祖代々の墓所で行ったようだが、十分なことはできなかったのだろう。また、息子の范必溶が父の関係者をまわって行状や墓誌銘の執筆を依頼したのは、自分が幼かったためにできなかった彼の父への孝を行いたいという強い思いからであったと推察される。

さて、陳継儒は「范牧之外伝」を書いた動機について次のようにのべる。

私の屋敷は范允謙の屋敷の隣であった。若いときに范允謙が情を以て死んだことを聞いたが、父老達にすすんで尋ねることはしなかった。十年間仏・道教の教えを奉じてきた今、気持ちも定まった。そこで范允謙の息子の必宣に許されて彼の伝を書いたのである。(63)

范允謙が死んだ年陳継儒は二十歳だった。陳継儒は范允謙と面識もあり、事の詳細を知ることができただろう。しかし「外伝」では、事件についてすすんで誰かに尋ねるのははばかられた様子が記されている。これが事実であったかどうかについては疑問があり、やや彼一流の演出という感もぬぐえない。しかしこの部分は、范允謙の死が軽々しく語る類のものではないとした当時の雰囲気の表れととらえることができる。

また「外伝」が書かれた時期であるが、それを考えるには陳継儒のいう「十年」がいつからを指しているかが問題になるだろう。「化人の教えを奉じた」とあるので、起点を陳継儒が科挙受験をやめ隠居した万暦十四（一五九六）年と仮定すると、「外伝」が書かれたのは万暦二十四（一六〇六）年となる。[64]
もし、そうであれば、方応選や唐文献の文章の後で陳継儒の「外伝」が書かれたことになる。
ところで、何三畏は「范孝廉牧之伝」を書いた動機をどうのべているだろうか。
私の門生の陳継儒が范允謙について推言したが、その述べる内容は世代が上の者は彼の名誉礼法を慕うものの、後進の者はその風流（色のみち）を慕ったといっているようなものであった。そこで、私は以前范允謙のために伝を書いたが、そこにまた言葉を加えたり削ったりして広く後進の者達に告げるのである。私の書いた伝が真実の通りだと思っていただけるだろうか。[65]
ここからは、この時点で陳継儒が范允謙について書いた文章が世の中に大きな影響を与えていたこと、そしてそのことに何三畏が非常に不満を抱いていたことが范允謙の伝を書く動機になっていたことがわかる。これによると何三畏はこれ以前に范允謙について伝を書いていたようだが、これについて詳しいことは分からない。しかしそれに手を加えてまで第二の伝を作るきっかけとなったのは陳継儒の文章であり、それがAの「外伝」であることはほぼ疑いが無い。この文章はK・L・Nに引き継がれ、おそらく最も広く世間で読まれたと考えられる。また、後世にも絶大な影響をもたらしたらしく、例えば范允謙と同郷で一世代後の人である宋懋澄も[66]「牧之は風流絶世なり」[67]と記しており、万暦後期の松江では范允謙といえば、情を突き動かされた「風流」人として名を馳せていたことがうかがえよう。
また、潘之恒はそれより少し後の万暦三十三（一六〇五）年に、馮夢禎と黄山へ行った帰りに馮夢禎から杜韋についての話を聞いている。[68]「杜韋伝」を書いたのはその後である。沈徳符の『万暦野獲編』には、事件から三十年経過してからの体験が書かれているので、万暦三十五（一六〇七）年以降に書かれたと考えられる。
以上のことから次のようなことがいえるだろう。

事件直後から范允謙は「情死」したと流布されていた。事件から十年が経過したところで息子の働きかけによりようやく行状や墓誌銘が書かれた。何三畏の初めの「伝」や陳継儒の「誄」もそのころ書かれたものではなかろうか。その後、陳継儒が「外伝」を書いた。この「外伝」は范允謙と杜韋の死の「情死イメージ」をいっそう拡大させることとなり、それへの反発で何三畏の「伝」が書かれた。とはいえ陳継儒の「外伝」のイメージは強烈であり、松江では范允謙の風流ぶり、情痴ぶりは語られ続け、人々の記憶に残ることになった。一方で、杜韋入水の土地では、哀れな妓女の霊についての伝説が形作られていた。それらを収める形で潘之恒の「杜韋伝」や『万暦野獲編』が書かれたのである。

それにしても、范必溶と陳継儒は顔見知りであり、「外伝」の執筆を息子に許されたとある以上、陳継儒が故意に遺族を不快にする文を書いたとは考えにくい。いずれにしても、范允謙の近親者の間では、范允謙が情死したと伝えられることを快く思わない者がおり、陳継儒による「范牧之外伝」をその風聞を広める原因の一つとしてみていたことは否定できないだろう。

四

次に、范允謙の病死から杜韋の自殺までの出来事を各資料がどう扱っているのかを整理し、表にまとめた。各資料がその内容を具体的に含む場合●で示し、事実関係を簡単にのべたり、間接的に触れている場合は○で示した。なお、それぞれが息子からの依頼を受けたものかどうかも示してある。

	① 父母健在時（范允謙の為人）	② 父母への看病と葬儀からの疲労	③ 妓女杜韋との出会い・裁判	④ 友人達の絶交	⑤ 杜韋の裁判	⑥ 范允謙の友人への反論	⑦ 北京へ向かう際の謝罪の手紙	⑧ 臨終の様子	⑨ 遺体の南還	⑩ 杜韋の自殺	⑪ 後日談	息子范必溶からの依頼の有無
A	○		●	●	●	●			●	●		○
B	●	○	●	●	●		●		●	●		
C	●	●										●
D	●	●		○		○		●				●
E	●	●	○	●						○		●
F	●		○			●						
M	●		●	○	●	●		●	●	●	●	
P			●		●			●	●	●	●	

右のような内容のばらつき（特に杜韋とのことを含めるかどうか）が起こる原因には二つ考えられる。一つは、文のジャンルの問題、もう一つは、文を書いた者と范允謙、あるいは事件との距離の問題である。文のジャンルは、その内容に深く関係していると考えられる。例えば、A「外伝」やM・Pが范允謙と杜韋との関

係に焦点を当て③以降を主に描くのに対して、B「伝」は客観的に范允謙の生涯すべてについてまんべんなくのべている。一方、C「行状」は范允謙の死の原因が杜韋であったことは触れるが、彼女の名前をはっきりとは出さない。E「墓表」も、杜韋の名は記さず彼女が「公父文伯の妾になった」[69]とだけのべる。D「墓誌銘」やF「誄」も直接杜韋の名は出さない。

ジャンルによる内容の書き分けが最も顕著なのは、陳継儒の例だろう。陳継儒は二種類の文章を書いている。その内容には共通する部分はある（⑥部分）ものの、両者には明確な内容の違いがみられる。F「范牧之誄」の叙で、陳継儒は決して杜韋の名前は出さない。「誄」は弔いの文であり、死者である范允謙を悼むためのものである。陳継儒は「誄」ではそれにふさわしく、亡くなった人の美点を挙げ、褒め称えている。決して、「外伝」のように杜韋の死の顛末に字数を割くようなことはない。

顧炎武によれば、正式な「伝」とは、史官が書くべきものであったが、宋以降、史官でないものがみだりに「伝」を作成し、史官の職を侵したという。[70]明末の士大夫には自らの別集の中にたくさんの「伝」を残している者が多いが、当然彼らは史官ではない。このように、史官ではない者も「伝」を書くようになった要因については今後さらなる考察が必要であるが、ただ、少なくともこの現象は、史官でなくとも「伝」を書いて構わないという認識が当時存在したことを予測させる。陳継儒の外伝も当時の「伝」に対するこうした認識に則っていたのだろう。しかしそうであれば当然名称を「伝」としても構わないはずである。したがってわざわざ「外伝」としたところに陳継儒の意図を読みとるべきであろう。陳継儒の「外伝」は男女間の愛情という視点に立って書かれていたのである。この「外伝」とは、あくまでも私事に関わる内容を書かれており、「伝」とは異なる性格を持っていたといえるだろう。

何三畏のB「范孝廉牧之伝」は、彼が松江の名士の伝を収めた『雲間志略』に収められており、もちろん正史ではないが、地方志に準じた位置づけをしてもよいだろう。まして、自身が陳継儒の「外伝」を意識して「伝」を書いたと記しているので、「外伝」ではなく公の性格を持つ文と考えて構わないのではないか。

次に、文の作者と范允謙との関係に着目してみる。MとP以外は全て范允謙と面識があった者が書いた。関係の深い者は、ほとんどが息子からの依頼を受けて文を書いている。陳継儒についていえば、依頼されたと明言していないが、許しを得ていたとある。C・D・E・FもF以外は、息子が依頼したことがはっきりしており、それぞれの文章のジャンルからみてもBと同じく陳継儒の「外伝」と対照をなす公の性格を持つ文と考えて良いだろう。

息子からの依頼の有無を含む執筆動機も内容に違いを生む。何三畏はAに不満を持ってBを書いたし、息子がC・D・Eを依頼した理由も世間での父の評判に不満があったからであった。それゆえに、それらの中では息子の望まない范允謙と妓女との関係は明確には書かれない。むしろ、DやMでは、彼らが直接目にした范允謙の姿が書かれており、そこでの范允謙はAとは異なり、家を捨て杜韋を選んだことに苦悩し後悔した様子をみせている。これらが、息子からの依頼故なのか、友人の士大夫としての対面を保つためなのかは判断できないが、Aが描かない范允謙像が記されているという意味で、着目する必要があるだろう。

そうすると陳継儒は息子に許しを得て外伝を書いたのに、その息子の望まないイメージを書いたことがやはり気になる。陳継儒の賛では息子が立派に育ったことをのべ、例として彼が決して妓楼には近づかない様子をのべている。(71)少なくともこのことから、陳継儒も范允謙が情死した行動に注目するが、それを子が学ぶべきものだとは考えていないといえるだろう。

五

では、ここまでこの事件を整理分析した結果、いったい何がわかったのだろうか。この問題を考えるとき、私たちは「情」という言葉を避けて通ることができない。

合山氏は、明清時代の文人の「情」概念を次の四つに分類している。(72)

①正邪善悪を含む一般感情としての「情」

②私欲や淫欲をあらわす「情」

③忠孝などの善行を起こす原動力となる「情」

④恋愛上の至純な感情である「情」

この分類にしたがって、各資料で使われた「情」を考察・分類すると次のようになるだろう（重複あり）。

「情」を④の意味で使用し、肯定的に評価しているもの　…　A・F・K・L・M・N・O

「情」を④の意味で使用し、否定的に評価しているもの　…　B・C・D・E

「情」を③の意味で使用し、肯定的に評価しているもの　…　D・F

「情」を④の意味で使用し、肯定的に評価しているのは、すべて陳継儒の「外伝」の系統であるか、「外伝」より後に書かれた文章であることははっきりしている。それに対して、恋愛に対して用いる「情」を肯定できないのは、先に公の性格を持つと分類した一群である。

「情」が様々な意味を持つことは、既に指摘されていることだが、本稿が扱った万暦五年の情死事件についても、その多面性ははっきりと表れている。

たとえば、墓誌銘の中で、唐文献は「君が亡くなってから、私たちは日々失望し、出来事も少なくなった。昔のように強く諫めることはもうできないのだろうか。ここで君のわたしたちへの情が深かったことがわかる。また、君のひととなりを明らかにするのに十分だ(73)」とのべている。この「情」は、彼らの間にあるものであり、杜韋とは関係がない。強いていえば「友情」に近いものである。

また、范允謙の為人についてのべるとき、C・D・Eが「俠」を用いるのは、この「情」と無関係ではないだろう。范允謙には次のような面があったという。

居ずまいはいつも温厚で、体は服に耐えられないほどやせっぽっちだが、古今の人の奇節・独行・また任俠好義の事に話が至ると、眉を上げて手を打ち、真の男子とは、おとなしく寿命を全うするなどということはないと考えていた(74)。

彼が実際に、親戚や友人の危機を身を賭して（おそらく自らの財産を使ってでも）救っていたという話は複数の資料中にみえる。彼は、困窮している人を捨て置けない性分であったのだろう。これと同じように、范允謙は杜韋の気持ちに応えることに最大の意義を感じていたのであり、（もちろんそこには愛情もあったのだろうが）自分が気持ちを変えずに彼女と一途に向き合い続けることに価値を見いだしていたのである。

振り返ってみれば、范允謙が杜韋と会う直前、彼は父母の死という悲しみに直面させられていた。これは、先の分類の中では③の「情」を大いに発揮していたのである。陳継儒は潘之恒に次のように言ったという。「范允謙とその父范惟丕・母秦氏び弟の范允臨は、孝をもって相手に仕え慎しく、礼の教えの中にある人々である。縁あって羽目を外し、結局は妓女によって身を滅ぼしたのはどうしてだろうか(75)。」と。陳継儒も、范允謙の孝行ぶりを大いに認めていた。

いわば、③の孝行心が、④の愛情に変化したのである。范允謙という人は、直情で行動し、自らの生活を顧みず、筋を通す行動に意義を感じていたといえないだろうか。

事件から十数年後の時点で息子が父の友人たちに行状等の執筆を依頼した経緯をみると、陳継儒の文章が流布するよりもずっと以前に、世間には范允謙の情死のイメージが定着していたことが読み取れる。范允謙が「情を以て死ぬ」という見方は、息子もわざわざそれを述べて否定しているし、馮時可も「世俗の人は、范允謙について自分を大切にしないで情を以て死んだと言っている。」[76]とのべている。それは④の「情」であった。しかし、范允謙の「情」は光の当て方によってその表情を変える。息子は父が情死したと聞かされた時、④の「情」を否定的にとらえたのだろう。一方、陳継儒「外伝」の系統は皆④の意味での「情」を高く評価する。ただし、その「情」は相手を愛するという意味に加えてそれを貫くという義侠心の意味合いも持つ。

では、ここでなぜ陳継儒の「外伝」が書かれたのかという疑問に対して合山氏のいう「おそらくこのような不名誉を包み隠すよりも、むしろありのままに牧之の情痴ぶりを語ることのほうをよしとする時代風潮があったからであろう」という答えを検討してみる。男女間の愛情という「情」でこの事件をとらえる限りは、その指摘どおりであるといえるだろう。ただし、ここでいう「情」（すなわち男女間の愛情）だけが范允謙の「情」ではなかったことをつけ加えたい。「情」は、恋愛も含む包括的な人間の感情全般をさすものとして、明末の人々に受けとめられていたのではないだろうか。

少なくとも、人々の記憶の中では、范允謙像は杜韋の自殺と結びつけられており、愛情という意味での「情」が范允謙のイメージとして語られた。彼について文章を書き記した人々は自分たちの立場によってそれぞれが「情」という言葉を受けとめ解釈し、それぞれの理解した意味で書き残していたといえるだろう。陳継儒はともかく全ての人が

「牧之の情痴ぶりを語ることのほうをよしと」していたとはいえない。

「情」にさまざまなとらえ方があった例として、あえて陳継儒の「誄」をみてみたい。彼は「外伝」と全く同じ⑥部分を挙げた後、次のようにのべる。

ああ、牧之の言葉はなんと悲しいことだろう。易では心配事といえば悔吝が最も大きいものだという。それゆえに、善に従ってそれを遂げなかったのは吝（吉から凶）の始まりであって、過ちをおかしながらも険難を知ったのは悔（凶から吉）の作用であった。牧之はすでにわれわれを拒絶し、罪作りな美女（杜韋）を退けると明言しなかった。それこそ悔吝の介在するところである。それからまもなく、大きな船を買って彼女を乗せ、西施を伴った先祖の范蠡のような旅をしたが、牧之は死んでしまった。(77)

悔吝とは吉と凶の中間でありどちらにも向かい得る。陳継儒はここで范允謙の死を肯定的に評価していないだろう。范允謙が父母への孝行心から健康を損い（吉から凶）、杜韋との付き合いを経て友人と別れ自らを社会的に葬る結末となったが、最後には友人たちの思いに応え改悛の態度を見せた（これが凶から吉か）こと、これら全て彼が感情のままに行動した結果である。ここからは、愛情の「情」だけを評価するのではなく、多面的な「情」に生きた范允謙を評価し、心からそれを悼む彼の態度を見いだすことができるのではなかろうか。

おわりに

本稿が冒頭に示した「（情死は）家門の恥であるはずなのに、その子が父の伝記を陳継儒に書いてもらい、陳継儒はまたその伝の大半を妓女との関係に割いたのは、いったいどうしたことであろうか」という合山究氏の疑問への本稿の答えは次のようになるだろう。

范允謙の息子范必溶は、父が情死したといわれることに不満を持っていた。彼と陳継儒とが面識があったことは確かだが、直接伝を書いてほしいと依頼したという記述は見つけられず、陳継儒は許されて「外伝」を書いたとだけ記す。陳継儒が「范牧之外伝」の大半を妓女との関係に割いたのはその文のジャンルに理由があったからであろう。その証拠に「誄」ではそれにふさわしい内容を書いている。

また、「外伝」に杜韋の自殺の顚末までを描いたことに対する合山氏の「おそらくこのような不名誉を包み隠すよりも、むしろありのままに牧之の情痴ぶりを語ることのほうをよしとする時代風潮があったからであろう」という答えについては、次のようなことがいえるだろう。当時范允謙の不名誉を包み隠す文章も存在していたのであり、情痴ぶりを語るかどうかは、やはりその文章のジャンルと目的によるといえる。ただし、陳継儒の「外伝」が多くの書物に引用されたことから范允謙が杜韋との恋愛の末死んだことが、広く魅力的な話として受けとめられたことは事実である。そして、彼らの「情」が賞賛されたことも各文章の評や賛をみれば明らかである。その意味で、范允謙と杜韋の情死を肯定的に受けとめる明末の時代風潮は確かにあったといえるだろう。さらに、陳継儒がこの話に創作意欲をかき立てられ、書かずにいられなかったことも推測される。

最後に、ここまで本稿で述べたことをまとめると次のようになる。

第一章では、范允謙の生涯について書かれた文献を整理し、第二章では、彼の生涯を各種資料を基に確認した。

元来前途洋々たる名家の若者だった范允謙は、父母の死をきっかけに遊興にふけるようになった。まもなく名妓杜韋と出会い、家政を顧みなくなり、友人達の諌言も聞き入れず、杜韋が商人の妻にされそうになれば、自ら彼女を救った。彼は、病気をおして会試のために北京に行ったが、力尽きて病死した。その後范允謙の遺体が故郷に帰る途中、棺に付き添っていた杜韋が長江で身を投げた。

以上の事実を確認しつつ、第三章では、各資料がどのようにいつ書かれたのかについて考察し、第四章では、それぞれの文章の内容の違いについて分析を試みた。最後に、第五章では、この事件について考えるとき鍵となる「情」という語が各文の中でどのような意味で使われているのかについて考えた。

世間では范允謙は「情」が原因で死んだとされ、自殺した杜韋の不憫さと相まって、彼の風流ぶりが流布した。そのイメージの形成に大きな役割を果たしたのは、陳継儒の「范牧之外伝」である。しかし、そのイメージに不満があった范允謙の息子は、父の友人らに行状や墓誌銘を依頼した。その結果書かれた范允謙を弔う文の中では、当然のことながら彼が家を顧みず妓女と行動を共にしたことについてあからさまに書かれることはなかった。だが、明末の人の中には、彼の何もかも捨て妓女との約束を守った態度を好意的に受け止めるものがいたのである。陳継儒の「外伝」はそれを代表している。この范允謙と杜韋の事例は、このような事件に対して士大夫層が示した具体的な反応を記録しており、その意味で興味深い例であることは間違いない。

注

（1）牧之名允謙、隆慶庚午擧人、卒之日萬暦丁丑三月六日、杜之殉於江心、是年八月十八日也。（潘之恒「杜韋傳」）

（2）合山究『明清時代の女性と文学』（汲古書院、二〇〇六年）の第二章「明清時代における「情死」とその文学」による。

（3）注（2）に挙げた第二章の第三節「明清時代における情死の諸相」。

（4）元明資料筆記叢刊（中華書局、一九五九年）所収。

（5）此事見松江諸名士記傳中。

（6）国立公文書館（内閣文庫）蔵。

『陳眉公集』（続修四庫全書　集部、別集類、一三八〇所収）にも収録されているが、そこでは「范牧之小伝」とされており、文字の異同もある。
(7)『明代傳記叢刊』所収（明文書局、一九九一年）のものを使用した。
(8)『四庫全書存目叢書』集部、一七〇。
(9)『四庫全書存目叢書』集部、一七〇。
(10)国立公文書館（内閣文庫）蔵。
(11)『続修四庫全書』集部、一二八〇所収。
(12)筆記四種所収『南呉旧話録』廣文書局、一九七一年。
(13)『梁辰魚集』上海古籍出版社、一九九八年。
(14)国立公文書館（内閣文庫）蔵。
(15)『馮夢龍全集』三十六、三十七、上海古籍出版社、一九九三年。
(16)『北京図書館古籍珍本叢刊』六十五、書目文献出版社、一九八八年。
(17)『瓦史鈔殘一百十一巻』（『四庫全書存目叢書』、子部、一九三・一九四）を参照した。
(18)『筆記小説大觀』十三冊、子部、雜家類、雜説之屬、揚州江蘇廣陵古籍刻印社。
(19)『四庫全書存目叢書』子部、二四四。
(20)伝は、『明史』巻二百十六、列傳百四。
(21)方衆甫・范牧之・唐元徵・董元宰・王敬夫・陸以寧・楊彦履・馮咸甫・何士抑・高皐甫・陳子有・檇李馮開之・呉江沈孝通、所稱十八子社。世所稱十八子、見何繩武集、然方衆甫而下通計之、止十三人、當再考。（G）
　ここに挙げられている十三人と、『雲間志略』中で「社中」あるいは「同社」といわれている人々と唐文献と方応選の文集で触れられている者について左表にまとめた。

		十八人社	范志略	彭志略	徐志略	王志略	唐宗伯集	方衆甫集
范允謙	牧之	●	●	●				
方應選	衆父（甫）	●	●	●	●			
唐文獻	元徵	●	●	●	●	●		
王（名・未詳）	敬甫（夫）	●	●	●		●		●
董其昌	元宰	●						
楊繼禮	彥履	●			●	●		
何三畏	士抑	●	●	●	●			
陳所蘊	子有	●			●			
陸彥禎	以寧	●	●	●		●		
高洪謨	皐甫	●						
馮大受	咸甫	●						
沈瓚	孝通	●						
馮夢禎	開之	●			●			
彭汝讓	欽之		●	●	●			
王煒	韜父（甫）			●			●	●
徐益孫	孟儒			●	●			
莫雲卿（是龍）	廷韓			●				
袁保德	微之			●				
袁之熊	非之			●				

※范志略とは、『雲間志略』の范允謙の伝に名前が挙がっていることを指す。以下彭は彭汝譲、徐は徐益孫、王は王煒を指す。王敬甫の諱は現段階では未詳。

表では十九人の名を挙げたが、この他にも活動を共にしていたと思われる人物は複数存在し、右表が「十八子社」の構成に最も近いとはいえないだろう。万暦前期の松江を中心とした文社活動については、また別に稿を改めて考証する予定である。

(22) 范允謙、字牧之、別號笏林、華亭人、蓋文正忠宣公之裔孫、而光禄中呉公惟丕之子、太僕中方公惟一之従子也。(B)

(23) 崇禎『松江府志』巻四十、賢達に伝がある。

(24) 其先自文正公而下、聚族而居呉、故君嘗號自平繼號笏林、皆識不忘呉、云范氏之自呉而雲間也、則君之祖北溪公以賈遷也、其去賈而儒以詩書、簪紱世其家也。(D)

(25) 陸樹徳はその頃すでに有力官僚であり、その兄陸樹聲は、范允謙の伯父と同年に合格した進士である。

(26) 光禄公常攜之宦遊、至十八齢始歸娶婦于陸中丞所、十九而就試補邑諸生、二十二而赴應天庚午郷試遂中式二十四人、是歳我社中兄弟入闈者爲方衆父・唐元徵・王敬甫・徐孟儒・陸以寧。(B)

(27) 會外父陸中丞用給事典試、而牧之以例却公車歸也。(C)

『明史』巻二百二十七の陸樹徳の伝によれば、確かに陸樹徳は隆慶四年に礼科給事中となっており、范允謙はそれに伴って、隆慶五年の会試を受けずに帰郷することになり、次の試験に備えていたのであろう。

(28) 辛未、下而還築一書室、灌花種竹、坐臥其中、鑽研六經、凡濫百氏、而以修日養夕、與諸兄弟爲秇文會。(B)

(29) 君毀瘠過甚、鶏骨支牀、朝暮米一溢、存性而已。又明年而妣秦淑人又沒、君愈毀不勝喪。久之而英氣半耗、治已喪、意慘黯始謬、惝怳語以自解。(E)

(30) 余聞牧之事光禄公秦淑人、及遇弟長倩、孝友備至、斤斤名敎中也。(A)

(31) 數集諸酒徒樗蒲六博、醉則脱帽露頂、激氣引聲。(E)

(32) 自光禄公謝世、執喪于幕、而治葬于天平山之陽。人亦稱其恂恂孝謹。未幾襍賓遞進有導以青樓之事者。而杜生遂得幸。(B)

(33) 杜韋、呉中名妓、以風韵擅名。慷慨言笑、自題女俠而偃蹇其偶。(M)

(34)　余時時得見不覺有他艷。但好潔異常、髮甚鬒、其光可鑒、而莖可擢數也。與范居處最久、必窮極歡宴、夜分始散、乃卸裝櫛沐畢、復自拭器具必移時、或東朝日上、始薦寢。(M)

(35)　而一日會秇於余舍中、牧之縱筆爲文、傍暮卽逸去。時余舊舍與牧之比隣不越數十武、於是唐元徵・彭欽之與數輩、亟詣其家執童僕問之、始知有杜生者養之別館、頃歸卽趨出赴之、於是登堂呼光祿公以牧之昵杜生事涕泣而告、而旦日又攝齊束帶、伐鼓擊鐘矢之神前與牧之交絕。(B)

(36)　牧之初有所惑也、元徵・孟孺諸君諫甚。力已不可、則矢之神前、謬爲絕君、而陰繩之、牧之卒不忍負、竟與諸君相失、而死。(E)

(37)　僕當得夷族之禍、以于此。甚而造作端末、飛流短章。筆之險櫱、付之尸祝、無煩檢考、遽定爰書。不須左驗、遂成文案、是忠告之義、同於擿觖、捃摭之過、近于文致、使僕不能含生于覆載強息、于世人世辱云甚矣。僕亦何人、其能甘之、唯有蹈東海而死耳。(A)

(38)　情之所鍾、正在吾輩、奈何以世法繩之。鼓鐘於宮、驚駭觀聽、謂僕當得夷族之禍。人非木石、誰忍甘此大僇、惟有蹈東海而死爾。諸君縱有後言、僕已塞耳於雷聲矣。(M)

なお、「情之所鍾、正在吾輩」とは『世説新語』の傷逝篇にみられる。解釈は目加田誠『世説新語』下（明治書院、新釈漢文大系、一九七八年）を参考にした。

(39)　蓋人願以終身自托、君諾之、吾黨強諫甚力、君顧笑曰、公等何爲若睟范生于孌童季女、何如哉、顧人以情投我、卒負之不祥、且古所稱已諾必誠不愛其軀云者。(C)

(40)　崇禎『松江府志』巻四十八。

(41)　潘之恒は「岳父の陸樹徳が彼の行いを責めること甚だしかった。太守に頼んで杜韋を苦しめ法廷で辱めた。（而外家陸中丞督過之甚。屬太守窘杜氏、辱於庭。）」と述べ、陳繼儒や何三畏らが范惟一が訴えたとするのとは異なる。『万暦野獲編』も同じ樹徳が訴えたと伝える。これは潘之恒や沈徳符が松江の人ではなく陸家に遠慮する必要がなかったからかもしれない。現在のところ伯父が主導的な立場だったのか岳父が主導したのかは断定できない。

(42) 牧之益憤懣、意若不欲生、與之同死者、就訊時以身左右翼、得不下鞭判作賈人婦、而牧之遂聽人畫策陽鬻之、而陰收之、此婦又置之別館、亟挾之行、先計偕北矣。（B）

(43) 乃黜杜、召賈之、牧之隱使人贋爲山西賈。輸粟而載之舟以行、實歸匿於牧之所。（M）

(44) 牧之以重貲竄取而出攜之遠逃。（P）

(45) 某以情之所鍾、遂不自愛至此、不虞諸兄弟之督過之也。今日之遊、義不能捨之而去、片帆長掛、流水不歸、所望惟見長安。行與子辭、請自今別。幸而書生之魄得返故廬、其憐而赦之惟命、其或終絕之亦惟命。（B）

(46) 竟不聽、而君所急者、獨吾黨既稍稍相失、頗以自恨、又猶豫不能裁、以至飲鬱而死。（C）

(47) 吾爲杜氏心力已竭、亦冀博一第掩之、今恐不自支作旦暮人矣。（M）

(48) 客負我、我乃負二三兄弟、悲哉、悲哉。（C）

(49) 字は伯起、長洲人。嘉靖四十三（一六一五）年の挙人。

(50) 丁丑春臨場時、往省牧之病。時韋坐其榻旁、牧之咯血在口。力弱不能吐、則韋以口承之。卽嚥入喉、一嚥一殞絕。頃刻間必數度。吾觀牧之在死法不必言。卽韋韻事致故在。亦憔悴無復人理矣。牧之曰「汝可代我與張伯伯一話」韋應曰「君怯甚、不可多語傷神。我上天入地必隨君。」范亦爲哽咽、此時已心知二人必無獨死理矣。（P）

(51) 陸氏必不容其活。（P）

(52) 此婦至江心、一夕命具浴、浴罷更衣、左手提牧之所遺宣和硯、右手提棋楸自投中流、自死。（B）

(53) 杜入舟、忽忽微嘆、間雜吟笑。如無意償范者。至江心、命具浴、浴罷更衣、左手提牧之宣和硯、右手提碁楸、一躍入水。左右驚視、不能救。初見髮二三尺許、浮沈旋瀾中、已復颺起紫衣裾半褶、復轉睫間而生杳然沒矣。（A）

(54) 明年余使楚卽乘其舟、將渡金山、妻之祖有孌翠梅居、常恨主母妬而妻祖不爲解、日之朝、以已簪插所育姪女髻上曰「吾將舍汝去矣。」遂一躍入江。舟人私刻舟牕、卽杜所躍處、其日卽忌辰也。鬼有索代、其事將無然哉。（M）

(55) 余頃北上渡揚子江、起而小便水中、舟人皆力止以爲不可。余怪問故、則云「近日江西一仕客過此、有小奚臨江少遺。忽僵仆作吳語曰『汝何人、敢汚吾頭鬢。我名杜韋、游戲水府者將三十年、乃一旦見辱至此。』仕客大駭、且付解吳音、急泊舟詢故老。

知其事者爲術始末、仕客具牲醴拜奠首過、小奚始甦。」則然韋爲水仙耶。抑入鮫宮作織綃人耶。總之怨忿所結。未能托生、沈滯滄波、亦可哀矣。（P）

(56) 先君子不幸夭、必溶幼不能知其行誼之大、都所恃不朽、先君子有先君子二三兄弟、在先生豈有意乎。（D）

(57) 先君子非以情死、而不幸賫人吻、微先生言不白矣、先生能終無意乎。（D）

(58) 又手方衆甫所述狀來。（E）

(59) 先君子之墓木栱矣、而莫爲之表、懼終泯泯。先生如念夙昔幸、爲之言。（E）

(60) ところがその文中に少なくとも萬暦二十五（一五九七）年以降の内容が含まれる。「乃允臨業領薦丁酉、而必溶頭角稜稜、汗血自在天乎。」しかし、この文章が一五九七年以降に書かれていたとするのならば、馮時可が「丁丑春、牧之病革急、裝出城、予留之、不能得居、亡何忽蒼頭報牧之沒于天津矣。予哭而望祭之、其後十五年、予避客于雲間城東、牧之子必宣兩以輕舠造予、已而手方衆甫所述狀……」とのべられた萬暦二十年に范必宣がすでに行状を持っていたという記述と矛盾する。不可解なことに、范允臨は万暦二十三年の進士であって、方応選の意味するところは今のところ不明である。本稿はその点について結論をひとまず保留し、息子が父の友人を訪ねた時点を重視したい。

(61) 其後十五年、予避客于雲間城東、牧之子必宣兩以輕舠造予、已而手方衆甫所述狀請曰「先君子之墓木栱矣、而莫爲之表、懼終泯泯。先生如念夙昔幸、爲之言。」余謝不得、間踰年、而必宣過呉門跽請者再三、因枚淚而爲君表。

(62) 已丑、予奉使南還、過呉君之墓、草再青矣。（C）

(63) 余宅隣牧之、少聞牧之以情死、不敢問父老、比十年、奉化人之敎、略已定情。乃始許牧之子必宣、作牧之傳。（A）
なお、『陳眉公集』では息子の名は必溶となっている。このことから推測すると、おそらくは初めの名が必宣、後に改名して必溶となったのではないか。

(64) 『明史』巻二百九十八・隠逸にある陳継儒の伝には、「年甫二十九、取儒衣冠焚棄之、隱居崑山之陽。」とある。

(65) 余門生陳仲醇之推言之也、說若謂先輩慕名檢而後進趨風流。故余嘗爲牧之立傳、而茲復增損其詞、傳之以告後進、其以余爲然乎否。（A）

(66) 字は幼清。隆慶三（一五六九）年～泰昌元（一六二〇）年。彼について、拙論「『九籥集』について――新資料を試用した版本及び作者についての再検討」（『古典小説研究』第九号　二〇〇四年五月）に詳しく述べる。
(67) 「袁微之傳」にみえる。『九籥集』巻五（『續修四庫全書』集部、別集類、一三七三・一三七四所収）
(68) 萬曆乙巳首夏、陪馮開之司成游黄山、將返浙甜郡西如意寺、偶語及杜韋事。（M）
(69) 『國語』巻五・魯語下にある。魯の国の公父文伯の母が息子が亡くなったとき、早死にした息子が好色故に死んだと思われたくないために、妾たちに礼に従った振る舞いを求めた故事。馮時可がここでこの言葉を用いたのは、范允謙と杜韋の関係が礼に従ったものであると主張したいためであろう。
(70) 列傳之名始於太史公、蓋史體也。不當作史之職、無爲人立傳者。故有碑、有志、有狀而無傳。梁任昉『文章緣起』言、傳始於東方朔作「非有先生傳」、是以寓言而謂之傳。『韓文公集』中傳三篇、「太學生何蕃」、「圬者王承福」、「毛穎」。『柳子厚集』中傳六篇、「宋清」、「郭橐駝」、「童區寄」、「梓人」「李赤」、「蝜蝂」。「何蕃」僅采其一事而謂之傳、王承福之輩皆微者、而謂之傳。「毛穎」、「李赤」、「蝜蝂」則戲耳、而謂之傳。蓋比於稗官之屬耳。若段太尉、則不曰傳、曰逸事狀。子厚之不敢傳段太尉、以不當史任也。自宋以後、乃有爲人立傳者、侵史官之職矣。（『日知錄』巻十九「古人不爲人立傳」）
(71) 余與牧之子必宣游、生駒俊鶻、抑何其似牧之也。必宣入國而遇平康里、則疾回其車、市有倚門而眺者、恥若面黥、惟恐唾沫形影之及。必宣少孤、心不能記牧之短長肥瘠、而能不失尺度如是。父豈必身爲敎哉。夫曾子子父之相反、而趙括之讀父書也、爲人後者、其奚擇也。（A）
(72) 注（2）前掲書　第一章「情」の思想。
(73) 自君歿、而吾黨之氣日以委靡、擧事少有出入、欲如昔之強諫能乎、以此知君之于吾黨情深矣。又足以明君之爲人矣。（D）
(74) 居恆恂恂、若不勝衣、至譚說古今人奇節獨行、與夫任俠好義之事、卽軒眉抵掌、以爲斯眞男子事、何至齪齪死牖下爲。（D）
(75) 牧之光祿公秦淑人及遇弟長倩、孝友備至斤斤名敎中也。因緣爲祟、卒耗尤物、何哉。（M）
(76) 世俗議君謂、其不自貴、而以情死。（E）
(77) 嗟乎、牧之之言、何其悲也。易曰憂虞莫大乎悔吝、是故從善不遂吝之端也。蹈過知險悔之用也。牧之既謝吾黨、乃不明言痛

斥尤物、其悔吝之介乎。居無何、則買長舸載之、爲乃祖鴟夷之游、而牧之玉碎矣。（F）

袁宏道の詩「答李子髯」二首をめぐって

松村　昂

一　公安の城南文社と「南平社」

袁宏道、字は中郎は、湖広荊州府公安県の人である。一五六八〜一六一〇。その詩「答李子髯」二首（『袁宏道集箋校』巻二『敝篋集』之二詩。銭伯城箋校、一九八一年七月・上海古籍出版社。以下これをテキストとする）は、二十七歳、一五九四・万暦二十二年の、同時期の作とされる。そもそもは個人的な書簡であるが、彼の第一集『敝篋集』で公表された。この集に寄せられた江盈科（字は進之、湖広常徳府桃源県の人、一五五三〜一六〇五）の「敝篋集敍」に年記はないが、第二集『錦帆集』に寄せられた江氏の序の年記が「萬曆丁酉嘉平月朔」、つまり一五九七・万暦二十五年十二月であるから、この詩の公表は、遅くともそれ以前ということになる。

私はこの二首をもって、いわゆる公安派詩文の先声と考える。時に古文辞派「後七子」の李攀龍（一五一四〜一五七〇）の死後二十四年、王世貞（一五二六〜一五九〇）の死後四年、同郷の呉国倫（一五二六〜一五九三）[1]の死の翌年にあたる。

袁宏道は一五九二年・二十五歳で進士の第に登ると、就職未定者の慣例にしたがって休暇をとり、帰省した。前年には兄袁宗道（字は伯修、一五六〇〜一六〇〇）三十二歳が翰林院編修として湖広武昌府に楚王の冊封使に立ったのちに、やはり休暇を与えられていた。

宏道は進士となる前から、郷里で、受験勉強以外に、詩文作成のための二つのサロンに属していた。その一つは若者だけの集まりで、彼がリーダー格であった。二歳下の弟袁中道（字は小修、一五七〇～一六二三）が『珂雪齋集』（銭伯城点校、一九八九年一月・上海古籍出版社）巻十八の「吏部驗封司郎中中郎先生行狀」で、次のように記している。

入郷校、年方十五六、即結文社於城南、自爲社長。社友年三十以下者、皆師之、奉其約束、不敢犯。時于舉業外、爲聲歌古文詞、已有集成帙矣。

郷校に入りて年方《はじ》めて十五六なるに、即ち文社を城南に結び、自ら社長と為る。社友の年三十以下なる者も皆な之れを師とし、其の約束を奉じ、敢えて犯さず。時に挙業の外に声歌古文詞を為《つく》り、已に集の帙を成す有り。

その二つは親族のサロンで、ここでは年長者の講説を拝聴する立場であったろう。袁宗道の『白蘇齋類集』（銭伯城標点、一九八九年六月・上海古籍出版社）巻三・今体には、「南平社六人各一首」と題する、自分を除くメンバーについての七言律詩五首が見える。その中で弟宏道について、「前年　羽猟に長楊を献ず（前年羽獵獻長楊）」というのは、漢の揚雄が成帝の狩猟のさいに「長楊賦」を献上したことをもって進士及第にたとえたもので、この詩の制作は一五九三・万暦二十一年ということになる。(2) その五人とは次のような人々であった。

まず「外大父方伯公」は外祖父龔大器（一五一四～一五九六）のことで、河南布政使を退休し、当時は八十歳であった。詩句に「此の日　南平　白社の長（此日南平白社長）」とあるのは、この外祖父が、南平にある白社というサロンの長であったことを意味するのだろう。これより二年後の一五九五年、呉県知県であった宏道が外祖父にあてた手紙「家報」（巻五『錦帆集』之三・尺牘）の中に、次のような一節がある。

大約趨利者如沙、趨名者如礫、趨性命者如夜光明月、千百人中、僅得一二人、一二人中、僅得一二分而已矣。

大約《おおよそ》利に趨《はし》る者は沙の如く、名に趨る者は礫の如く、性命に趨る者は夜光（の璧）・明月（の珠）の如く、千百人中、僅かに一二人を得、一二人中、僅かに一二分を得るのみなり。

くだんのサロンにおいて外祖父が語る性命の学を宏道らが拝聴していたことをうかがわせるものであろう。性命の学は、陽明心学の流れを汲むものと思われる。また同じころ父袁士瑜あての手紙「家報」（巻五『錦帆集』之三・尺牘）の中で、「（呉県知事を辞任して帰郷し）近いうちに（母方の）叔父さまがたと禅会をもよおさせていただくのが、もっとも楽しみです（近日與諸舅尊作禪會、尤是樂事）」とのべているから、このサロンには座禅の行事もあったらしい。

宗道詩二番めの「考廉舅惟學」は、龔大器の次男龔仲敏（一五四五～一六〇〇）で、一五七三・万暦元年に挙人となったが、一五九三年当時は家居の身であったのだろう（二年後に謁選により山東の嘉祥知県となる）。宗道の詩句に、

懐中明月珠堪售、望裏神仙路不賒

懐中　明月の珠は售《う》りだすに堪え、望裏　神仙の路は賒《とお》からず

という「明月珠」は、先の宏道の手紙の語と同じく性命の学を暗示すると思われる。それは「售りだす」、世間に押しだす、ひいては進士の第に登らせるに十分だ、というのだろう。

宗道詩三番めの「侍御舅惟長」は、龔大器の三男龔仲慶（一五五〇～一六〇二）で、張居正が一五八二・万暦十年に歿すると、その三年後、党争に敗れて貶謫され、家居生活に入っていたと思われる。その死後、宏道の「兵部車駕司員外郎龔公・安人陳氏合葬墓石銘」（巻三十九『瀟碧堂集』之十五・誌）は、「公は性命を精研し、晩に至っては乃ち釈氏に通じ、葷血せざること三年（公精研性命、至晩乃通釋氏、不葷血者三年）」と記している。

宗道詩四番めは「中郎弟進士」、すなわち宏道であり、五番めは「小修弟文學」、すなわち中道である。「文學」とは諸生の身であることをいう。

以上、「南平社」とは、袁家と、その母方の龔家との、三代にわたる家族的なサロンであった。しかし、城南文社とあわせて、袁氏三兄弟を中心とする、いわゆる公安派の中核が形成されていたと、私は見なしたい。

公安派の成立について章培恒氏は、『江盈科集』（一九九七年四月・岳麓書社）の「序二」において、公安派の明代文壇上における正式な形成は、袁宏道が蘇州に任官した時から始まり、袁宏道とともに局面を打開したのは江盈科であった。(3)

とし、その根拠を、宏道が蘇州で提唱した「性霊説」、すなわち一五九六・万暦二十四年二十九歳作の「敍小修詩」に求める。しかしそれより二年早い「答李子髯」詩・其二に見える「心」の字の意味するところは「性霊」に等しく、其二の詩句「当代に文字無し、閭巷に真詩有り」が、銭伯城氏の箋が指摘するように、「のちの情真説・性霊説の先がけとなった（爲後來情眞說・性靈說之濫觴）」と思われる。公安派は袁氏三兄弟が郷里を離れ、北京や蘇州に赴く時点で、新たな展開の段階に入ったと見てよい。ただし展開とはいっても、後七子のような堅い結束はなく、人数も僅少であった。例えば袁震宇・劉明今著『明代文學批評史』（一九九一年九月・上海古籍出版社）が公安派としてあげるのは、袁氏三兄弟のほかでは、陶望齡（字は周望、浙江紹興府会稽県の人、一五六二～一六〇九）、黄輝（字は平倩、四川順慶府南充県の人、一五五四～一六一二）と江盈科（字は進之、湖広常徳府桃源県の人、一五五六～一六〇五）の三人だけである。

二　「答李子髯」二首、其一

袁宏道は、一五八五・万暦十三年・十八歳の時に、同じ公安県の李氏と結婚した。(4) 李子髯はその弟である。名は学元、字は素心、また元善。子髯はその別号である。弟の袁中道は「送蘭生序」（『珂雪齋集』巻九）で、その十八、九歳のころ、二十か二十一歳の兄と、「社を城南の曲に結び、李孝廉元善、焉《これ》に与《あず》かる（予年十八九時、即與中郎結社城南之曲、李孝廉元善與焉）」と回想している。そこでは「相い勉むるに挙子の業を以てす（相勉以擧子業）」とするが、宏道にとってこの義弟は、詩文作法を語るうえで、生涯にわたりかけがえのない存在であった。

さて「答李子髯」其一は次のような五言律詩である。

若問文章事　若し文章（文学）の事を問わば
應須折此心　応須《まさ》に此の心を折《そそ》ぐべし
中原誰掘起　中原（古文辞派のうちの）誰か掘《そび》え起つ
陸地看平沈　陸地 看《み》すみす平沈す
矯矯西京氣　矯矯たる（いさましき）西京の気（に模した文）
洋洋大雅音　洋洋たる（みちみちた）大雅の音（に似せた詩）
百年堪屈指　百年 指を屈《お》るに堪うるは
幾許在詞林　幾許《いくばく》ぞ 詞林に在る

初句の設問にたいして、第2句では宏道の持論をまず掲げる。「心」については、先に「性霊」に等しいとのべたが、細かく検討すれば幾らかの違いはある。そのあたりを宏道自身の発言によって見ておこう。江盈科の「敝篋集引」（『江盈科集』巻八、すなわち『雪濤閣集』巻八）に宏道がのべたこととして引用する部分である（『敝篋集』二巻は詩のみで文はのせない）。

夫性靈竅于心、寓于境。境所偶觸、心能攝之。心所欲吐、腕能運之。（中略）以心攝境、以腕運心、則性靈無不畢達、是之謂眞詩。而何必唐、又何必初與盛之爲沾沾。

夫れ性霊は心（しんぞう）に竅《あな》やどりし、境（かんきょう）に寓《かりずま》いす。境の偶《たまた》ま触るる所《もの》を（環境によって触発されたものを）、心（こころ）能く之れを摂《と》り、心の吐かんと欲する所《こと》を、腕能く之れを運《めぐ》らす。（中略）心（こころ）を以て境を摂り、腕を以て心を運らせば、則ち性霊は畢《ことごと》く達せざる無く、是れを之れ真詩と謂う。而して（古文辞派が主張するように）何ぞ必ずしも唐（の詩）、又た何ぞ必ずしも初（唐）と盛（唐の詩）との沾沾（として執着する）を為さん。

「心（こころ）」が静的な状態であったのにたいして「性霊」は環境に触発された心（こころ）の動きと考えられるが、この詩の「折此心」については、やはり性霊と等しいと見なしていいだろう。なお「折」とは、本来は、熱湯をさますのに二つの碗のあいだをたがいに出し入れすることである。

第3句以降は古文辞派にたいする批判である。

第3・4句は、中央の詩壇・文壇において「前・後七子」やその同伴者がいかにも「掘起」したかのごとく一般には思われがちであるが、宏道はそうは見なさない（「掘」は「崛」として解釈する）。むしろ彼らのために文学の地盤沈下がもたらされたと考えるのである。

第5句の「西京」は前漢を指し、文についていう。例えば李夢陽（一四七二～一五二九）の『空同集』巻六十六・外篇「論學上篇」には、「西京の後、作者聞こゆる無し（西京之後、作者無聞矣）」とある。また王世貞の『藝苑卮言』巻七には、一五四八・嘉靖二十七年、彼が刑部の郎となった時、はじめて李攀龍と交友がなり、「是れ自り詩は（唐の）大暦以前なるを知り、文は西京より上《かみ》なるを知れり（自是詩知大暦以前、文知西京而上矣）」と記す。そして「矯矯」については、同じく王世貞の詩「後五子篇」（『弇州四部稿』巻十四）のうちの「歙郡汪道昆」に「矯矯として先秦に則《のっと》り、東京（後漢）の伍《なかま》と為るを恥ず（矯矯先秦則、恥爲東京伍）」とある。

第6句の「大雅」は、『詩經』大雅の篇に由来する、大らかで正しい詩風をいう。例えば何景明（一四八三～一五二一）の『何大復先生集』巻八の「六子詩」の一つ、「李戸部夢陽」には、「李子　大雅を振るい、百年前を超駕す（李子振大雅、超駕百年前）」とある。また、これも王世貞の「李献吉・何仲黙・徐昌穀三子の詩を読む（讀李獻吉・何仲默・徐昌穀三子詩）」三首（『弇州四部稿』巻十四）の其二に見える。三首は「前七子」の李・何と徐禎卿（昌穀は字、一四七九～一五一一）について順に詠んだものであり、其二は主として何景明への評であるが、初めの六句は李夢陽にもかかわる。

孝皇握鰲極　　孝皇《みかど》　鰲極（天の柱）を握り
萬宇揚休光　　万宇　休《うるわ》しき光を揚ぐ
藝士被天來　　芸士　天（朝廷）に来たるを被《こうむ》り
大雅竟難方　　大雅　竟《つい》に方《くら》べ難し
北地既龍擧　　北地（李夢陽）既に龍のごとく挙《あ》がり
信陽遂鸞翔　　信陽（何景明）遂《か》くて鸞のごとく翔《あまかけ》る

「前七子」から「後七子」へ脈々と伝わる、これら「西京の気」と「大雅の音」を、宏道はもとより評価しない。
第7・8句、「前・後七子」のうち、この百年間において、詩文の壇で評価される人物が、何人いるというのだろうか。「百年」はもとより概数であるが、百年前の一四九四年といえば、李夢陽二十三歳、進士登第の翌年であり、何景明は十二歳である。

ちなみに、「前七子」と「後七子」とのあいだには、いわゆる「唐宋派」が介在するが、宏道は、少なくともここでは考慮の外に置いている。また、過去百年に宏道が「屈指」する人物といえば、ほとんど徐渭（字は文長、浙江紹興府山陰県の人）一人につきるだろうが、彼が徐渭を発掘したのは、この詩が作られてから三年後の、呉県知県を辞して、浙江の会稽を旅していた時である。[5]
次の其二の作では、攻撃の対象を一人にしぼる。

三　「答李子髯」二首、其二

其二は次のような五言古詩である。

草昧推何李 1　草昧（文学の混沌を開く草創の詩人）として（王氏は）何（景明）李（夢陽）を推す
聞知與見知　聞き知る（人たちである前七子）と見知る（人たちである後七子）と
機軸雖不異　機軸（作詩作文の枢要）は（何李と）異ならざると雖も
爾雅良足師　爾雅（楼の主人）は良《まこと》に師（反面教師）とするに足る
後來富文藻 5　後来　文藻に富み
詘理競修辭　（宋詩風の）理を詘《しりぞ》けて修辞（古文辞の修飾）を競う
揮斤薄大匠　斤（大ナタ）を揮《ふる》って大匠に薄《せま》り
裹足戒旁岐　足を裹みて旁岐（よこみち）を戒しむ
模擬成儉狹 9　模擬は倹狹（まずしさと、せまさ）を成し
莽蕩取世譏　莽蕩（おおげさなありさま）は世の譏りを取る
直欲凌蘇柳　「直ちに蘇（軾）柳（宋元）を凌がんと欲す」と
斯言無乃欺　斯の言　乃ち欺《いつわ》り無からんや

當代無文字[13]　当代に文字（文学）無し
閭巷有眞詩　閭巷に真詩有り
却沽一壺酒　却って（むしろ）一壺の酒を沽い
攜君聽竹枝　君を携えて竹枝（詞）を聴かん

第1～4句。「草昧」は『易』屯の卦の「天造草昧」に出る。孔穎達の「正義」に「草は草創を謂い、味は冥昧を謂う。言うこころは、天 万物を造るに、草創の始めに於ては、冥昧の時に在るが如きなり（草謂草創、昧謂冥昧。言天造萬物、於草創之始、如在冥昧之時）」とある。混沌とした創生をいう。それを「後七子」の一人王世貞は特に李夢陽について用いている。先にその第二首をあげた「李献吉・何仲黙・徐昌穀三子の詩を読む」の第一首、つまり李夢陽について次のように詠む（全二十二句の第7句より）。

明興我高帝　明興こりて我が高帝
神武肆蕩滌　神武もて蕩滌（洗いきよめ）を肆《ほしいま》まにす
七葉開人文　七葉（その七代め）人文を開き
疇能承休徳　疇《たれ》か能く休《うるわ》しき徳を承《う》く
是時北地生　是の時　北地（李夢陽）生まれ
草昧發超識　草昧として超識を発す
手挽天河流　手ずから天河の流れを挽《ひ》き
千秋鴻濛坼　千秋の鴻濛（混沌）は坼《さ》かる（切れめが入れられた）

宏道は、王世貞の「是の時　北地生まれ、草昧として超識を発す」の句を李学元も周知のこととして用いている。したがって、「推す」のは王世貞の行為であって、宏道の李学元にたいする行為ではない。

第2句の「聞知」と「見知」は、『孟子』尽心篇下に「孟子曰わく、堯・舜由《よ》り湯（王）に至るまで五百有余歳。禹・皐陶（舜の重臣）の若《ごと》きは則ち見て之れ（堯・舜の道）を知り、湯の若きは則ち聞きて之れを知る（孟子曰、由堯舜至於湯、五百有餘歳。若禹皐陶則見而知之、若湯則聞而知之）」とあることから、「聞知」は、王世貞より約半世紀前の「前七子」を指し、「見知」は、同世代の「後七子」、なかんづく李攀龍を指す。

第4句、「爾雅」は王世貞を、その室名によって呼ぶものと、私は考える。実は、本稿執筆の目的は、ほとんどこのことを言うためにある。王世貞は、江蘇太倉州の屋敷の園庭を記した「弇山園記」八篇（『弇州續稿』巻五十九）の其八の中で、「爾雅樓」、またの名は「九友（樓）」について記している。九友とは、「書（籍）・古帖名蹟・名畫・酒鎗・古（石）刻」の五友に、「二氏の蔵」すなわち仏・道の経典、山（弇山）、水（頖墨池）と、「不腆（拙者）の著わす所の集」を加えたものである。(6) そのうち、「凡そ蓄うる所の書は皆な宋梓にして、班史（『漢書』）を以て之れに冠す（凡所蓄書皆宋梓、以班史冠之）」と記す。

その王世貞を「良に師とするに足る」と表現するのは、もとより逆説で、歿してまだ四年、その厖大な著作と広範な人脈によってなお強い影響力を誇っている彼を、古文辞派の代表と見なして、論難の矢面に立たせようとしているのである。

第5～12句。第5句の「後来」とは、前述したように、王世貞が李攀龍と会って詩文の壇に登場した一五四八年いらい歿するまでの四十年余を指すだろう。あるいは李攀龍が一五七〇・隆慶四年に歿して以降の二十年を、特に意識するかも知れない。

第6句の「理を詘け」るのは、「前・後七子」の「機軸」の一つである。李夢陽は「缶音序」（『崆峒集』巻五十一）で、

「宋人は理を主として調を主とせず、是こに於て唐調も亦た亡ぶ（宋人主理不主調、於是唐調亦亡）」、また「宋人は理を主として理語を作《な》し、是こに於て風雲月露を薄《うと》んず（宋人主理作理語、於是薄風雲月露）」とのべたことがある。[7]

「修辞」、すなわち古文辞による表現も、もとよりもう一つの「機軸」である。例えば、「理」の排斥とあわせて、李攀龍が「送王元美序」（『滄溟先生集』巻十六、一九九二年・上海古籍出版社）で、いわゆる唐宋派の王慎中（一五〇九～一五五九）と唐順之（一五〇七～一五六〇）の文章を批判し、「今の文章、晉江・毘陵ら二三の君子の如きは、（中略）修辞を憚《きら》い、理勝《まさ》りて相い掩う（今之文章、如晉江・毘陵二三君子、（中略）憚於修辭、理勝相掩）」としたし、王世貞は『藝苑卮言』巻四で、欧陽修や蘇軾など宋の文章家九人をあげたあと、自分への送序を転用して、「于鱗云えらく『憚於修辭、理勝相掩』と。誠に然る哉」と記している。

第7句「斤を揮って大匠に薄り」は、『荘子』徐無鬼篇の故事を用いる。左官の鼻先につけた蝿の羽根ほどの壁土を、大工の匠石が「斤《おの》を運《めぐ》らせて風を成し（運斤成風）」、壁土だけを削ぎおとしたというもの。ここでは「大匠」すなわち匠石を文豪になぞらえて、文豪の地位にまで肉薄しようとする、の意味である。「薄」は、うとんずる、とも読めるが、揮斤するのは匠石であるから、せまる、と読むべきだろう。

第8句、「裹足」は、足を布でぐるぐる巻きにして前へ進めないようにする。ここは「旁岐」、よそ道にそれることを警戒しての行為である。

第9句「模擬」、ひきうつし・ものまね、こそは、宏道の古文辞派にたいする批判の根拠である。王世貞の作品も、宏道には「模擬」とうつったのだろう。王氏自身は『藝苑卮言』巻三で、陸機について「病いは（文の）多きに在らずして模擬に在り、自然の致《おもむ》き寡し（陸病不在多而在模擬、寡自然之致）」とか、同じく巻四に、「剽窃模擬は詩の大病なり（剽竊模擬、詩之大病）」などとのべるにもかかわらず、である。

第10句「莽蕩」は、広大無辺というより、おおざっぱ・おおげさ、ということだろう。後になって王世貞を評して「大声壮語」（後出）とするのに一脈通じるだろう。「世の譏りを取る」とは、いかなる事実によるのか分からない。例えば、この詩を作った前の年に、兄弟して訪れたことのある李贄（一五二七～一六〇二、王世貞の一歳下）は、『續藏書』巻二十六・文学名臣の最後に「尙書王公」を立伝しているが、刑部官僚として高く評価するだけで、文学上の褒貶には及んでいない。

第11句の「直欲凌蘇柳」は、『藝苑卮言』巻四の、「詩格は蘇（軾）黄（庭堅）自り変ずるは固《もと》よりなり。黄、意に蘇に満たず、直ちに其の上を凌がんと欲するも、然れども故《もと》より蘇に如《し》かざるなり（詩格變自蘇黃、固也。黃意不滿蘇、直欲凌其上、然故不如蘇也）」とあることのもじりであろう。ただし蘇軾と柳宋元の組みあわせは一般的でない。王世貞にしばしば見えるのは、唐の韓愈と柳宋元、あるいは宋の欧陽修と蘇軾の組みあわせである。次の句で「斯言」ということから、この句が王世貞（か、誰か他の人）の発言のように思われるが、少なくとも王世貞には無い。(8)

第13・14句。詩句の注解ではないが、「眞詩」について附言しておきたい。

ちょうど七十年前の一五二四・嘉靖三年、李夢陽は「詩集自序」において、友人王崇文（字は叔武、一四六八～一五二〇）の次のような発言を引用している。

今眞詩乃在民間。而文人學子、顧往往爲韻言、謂之詩。

今、真の詩は乃ち民間に在り。而るに文人学子は、顧って往往にして韻言を為し、之れを詩と謂う。

その上で李夢陽自身は、半ばそれに賛意を示しつつも、古典文学の種々のスタイルをまねながら、古へ古へとさかのぼっていった経緯を記している。(9)

くだって王世貞は、「鄒黃州鷦鷯集序」（『弇州續稿』巻五十一）で次のように記している。

（鄒）彦吉之所爲詩、……鉉然之音與淵然之色、不可求之耳目之蹊、而至味出於齒舌流羨之外。蓋有眞我而後有眞詩。

（鄒）彦吉の為《つく》る所の詩は、……鉉然の（こーんとひびく）音と淵然の（ふかぶかとした）色とは、之れを耳目の蹊《みち》に求む可からずして、至味は歯舌に流れ羨《あふ》るるの外より出づ。蓋し真の我有りて、而る後に真の詩有るならん。

古文辞派にも「真詩」の追求は切実であった。しかし宏道の理解し評価するところとはならなかったようである。

第15・16句。「竹枝」とは民歌を指す。具体的にはどのようなものであったか。宏道は二年後の「敍小修詩」（巻四『錦帆集』之二-雑著）で次のように記している。

故吾謂今之詩文不傳矣。其萬一傳者、或今閭閻婦人孺子所唱「擘破玉」「打草竿」之類。猶是無聞無識眞人所作、故多眞聲、不效顰於漢魏、不學步於盛唐、任性而發、尚能通于人之喜怒哀樂嗜好情欲、是可喜也。

故に吾は「今の詩文は伝わらざらん」と謂う。其の万が一に伝わる者は、或いは今 閭閻の婦人孺子の唱《うた》う所の「擘破玉」「打草竿」の類ならん。猶お是れ無聞無識の真人の作る所にして、故に真声多く、（古文辞派のごとく）顰みを漢魏に効《なら》わず、歩みを盛唐に学《ま》ねず、性に任せて発するも、尚お能く人の喜怒哀楽・嗜好情欲に通ずるは、是れ喜ぶ可きなり。

また翌年には、辞官後の杭州で、北京にいる兄・宗道にあてて、次のように書き送っている（巻十一『解脱集』之四-尺牘「伯修」）。

近來詩學大進、詩集大饒、詩腸大寛、詩眼大闊。世人以詩爲詩、未免爲詩苦。弟以「打草竿」「擘破玉」爲詩、故足樂也。

近来《ちかごろ》、詩学大いに進み、詩集大いに饒《ゆた》かに、詩腸大いに寛《ひろ》く、詩眼大いに闊《ひろ》し。世人は詩を以て詩を為《つく》り、未だ詩を為るの苦を免れず。弟は「打草竿」「擘破玉」を以て詩を為る、故に楽しむに足るなり。

宏道が民歌の曲調としてあげる「擘破玉」（擘は一に劈に作る）と「打草竿」（草は一に棗に作る）のうち、前者の例をあげておこう。

「劈破玉」（熊稔寰『精選劈破玉歌』より）[10]

蜂針兒尖尖的、做不得繡　ハチの針はつんつんしてても、刺繍はできぬ
螢火兒亮亮的、點不得油　ホタルの火はぴかぴかしてても、油に火をともせぬ
蛛絲兒密密的、上不得箴　クモの糸はみっしりしてても、箴（横糸の織りめを密にするオサ）は使えぬ
白頭翁擧不得鄉約長　白頭翁（ヒヨドリ）は村おさには選ばれぬ
紡織娘叫不得女工頭　紡織娘（クツワムシ）は裁縫がしらにはしてもらえぬ
有甚麼絲線兒相牽也　糸なんかで牽かれあうってことがあるものか（絲は思に通じ、月下老人の「赤縄子」）
把虛名掛在傍人口　あだし名を人の口に掛けられるだけさ

恋愛にやぶれた娘の恨み節である。五つの虫や鳥はいずれも有名無実。自分と相手には「絲線兒相牽（思いが結ばれる）」といった関係はなく、むしろきっぱりと別れて、あたら変な噂をたてられぬほうがまし、というわけだろう。

以上が、「答李子髯」詩・其二にたいする私の試みの解釈である。袁宏道が、王世貞の用語をはしばしに散りばめながら、それらを反転させて批判をおこなった経緯が、見てとれるだろう。

私はかねてより、この詩が袁宏道文学論の基点の一つでありながら、全篇にわたって満足な解釈がなされていないことを遺憾としてきた。最後に、そのあたりを整理しておこう。

松下忠「袁中郎の性霊説」（一九五八年十月『中國文學報』第九冊）一〇五頁、第13～16句の引用のみ。

入矢義高『袁宏道』（一九六三年七月・岩波書店）「解説」九頁、第13・14句の引用。

同「眞詩」（一九六八年三月、『吉川博士退休記念 中國文學論集』筑摩書房）六七頁、第13・14句の引用。

任訪秋『袁中郎研究』（一九八三年九月・上海古籍出版社）六四頁、第13～16句の引用。

李茂肅『三袁詩文選注』（一九八八年七月・上海古籍出版社）は全篇の訳注をほどこす。全体の趣旨として、袁宏道は、李夢陽・何景明が「虚浮な」台閣体に反対したことを肯定するものの、しかし彼らが後に「復古摹擬の創作風気」に走ったことに痛烈な批判をあびせた、とする。第2句は「ただ彼らの作品を聴いたり見たりしさえすれば理会できる（只要聽説或看了他們的作品、就會了解）」とし、第3・4句の解釈を、「早い段階では彼らは新しい作法を示さなかったとはいえ、その作品は雅正に近く（「爾雅」の解釈）、見習うに足る（在早期他們雖沒提出新的寫作要領、但作品近于雅正、可足效法・學習）」とする。

任亮直『袁中郎詩文選注』（一九九三年十二月・河南大学出版社）二二頁では、「爾雅」について「近づきて正を取る可きを言う（言可近而取正）」と注し、『史記』儒林伝序の「文章爾雅、訓辭深厚」を用例としてあげるだけで、第1～4句をどのように解釈するのか、定かでない。

『元明清詩鑑賞辭典』（一九九四年七月・上海辭書出版社、章培恒「序」、沈維藩担当）六九六頁は、全篇の解説をおこなっている。第1～4句は、宏道が何景明・李夢陽を、ともかくも肯定しているとする。第2句「聞知」と「見知」は、復古の説によって漢・唐の文学という風雅の伝統を世に知らしめたことだ、とする（在何李之前、士子大抵只識科擧時文、不知有漢唐文章、風雅傳統、淪喪殆盡、只因何李首創復古之論、始給天下士子帶來了「聞知」和「見知」）。第3・4句、彼らの作法の「機軸」は古人のそれと異ならず、その作品は温文爾雅で、台閣体の浅薄さにまさり、その点では師法とするに足る、とする（至于他們做詩爲文的「機軸」、雖然亦歩亦趨・不異于古人、但他們的作品、溫文爾雅、勝于臺閣體的粗淺浮掠、這一點、也確實是可足師法的）。第５句の「後來」は、継承者である李攀龍・王世貞ら「後七子」を指し、第12句まで、全面的な批判をおこなう、とする。

四　その後の袁宏道

袁宏道は、一五九四・万暦二十二年・二十七歳に「答李子髯」詩二首を制作したのちに上京し、十二月には、謁選によって、蘇州府に附郭の呉県知県に任ぜられた。同じ府下に、四年前まで王世貞が住んでいた太倉州がある。宏道は、翌年三月に着任した。文学の傾向を同じくする人物としては、同年にして十五歳年長の江盈科が、もう一つの附郭の長洲県の知県として、一足先に着任していた。また陶望齡・三十四歳が京官を辞職して会稽に帰る途中に立ち寄ったし、次の年には、宏道の招きによって遊びに来た。弟の中道は、山西の旅行先から訪ねてきた。

宏道は知県時代、二つの重要な文章を著わしている。その一つは、すでにあげた「敍小修詩」で、これによって性霊の文学を鮮明にし、公安派の存在を世に知らしめるに至った。もう一つは古文辞批判であって、「諸大家時文序」（巻四『錦帆集』之二―雜著）で、挙業のための時文、すなわち八股文にかこつけて、古文辞に及んでいる。

且所謂古文者、至今日而敝極矣。何也。優于漢、謂之文、不文矣。奴于唐、謂之詩、不詩矣。（中略）大約愈古愈近、愈似愈贋、天地間眞文澌滅殆盡。

且つ所謂る古文なる者は、今日に至りて敝《やぶれ》（弊害）の極まれり。何ぞや。漢に優《わざおぎ》たりて之れを文と謂うは、文ならざるなり。唐に奴《やっこ》たりて之れを詩と謂うは、詩ならざるなり。（中略）大約《おおよそ》愈いよ古ければ愈いよ近く

（古めかしくなればなるほど卑近になり）、愈いよ似れば愈いよ贋《にせ》にして（似れば似るほどまがまがしくなり）、天地の間に真文は澌滅（消滅）して殆んど尽きぬ。

知県といえば一城の主であるが、宏道にとっては苦労の多い中間管理職でしかなかった。「大約《おおよそ》上官に遇えば則ち奴、過客（訪問客）を候《むか》えれば則ち妓、銭穀を治むれば則ち倉老人（倉庫番）、百姓《じんみん》を諭《さと》せば則ち保山婆（なかだち婆）」と、自嘲気味の手紙を、湖広・麻城県の友人丘坦（字は長孺）に送っている（巻五『錦帆集』之三-尺牘「丘長孺」）。着任後二年めの三月には最初の辞職願いを出し、二回めを出して受理されぬと分かると、今度は教育職への配置換願いを、つごう五回にわたって出した（巻七『去呉七牘』「乞歸稿一」「同二」「乞改稿一」〜「同五」）。吐血して病いに臥することにもなった。その翌年の二月に、ようやく辞任が認められ、家族ともども無錫の華士標（字は之臺）の家に止宿した。

この二年間に宏道が交際をもった蘇州の人士として、特に三人が注目される。いずれも王世貞と何らかの関係をもった人たちである。

張獻翼（字は幼于）は長洲県の人で、兄鳳翼（一五二七〜一六一三）・弟燕翼とあわせて「三張」とよばれる、蘇州の名士だった。一五五三・嘉靖三十二年、二十八歳の王世貞と知りあったが、[11] 郷試にも及第しないまま、すでに六十歳台の老人となっていた。宏道は「張幼于」と題する五言律詩（巻三『錦帆集』之一-詩）で、彼のことを「顚狂」と称し、「高標するは李（攀龍）王（世貞）に属す（高標屬李王）」と詠んでいる。さらに次の年には、止宿先の無錫から、長文の書信を送っている（巻十一『解脱集』之四-尺牘「張幼于」）。この老人とのあいだには幾つもの対立点があり、その釈明に追われたのである。その一つは詩文についてであった。

至於詩、則不肖聊戯筆耳。信心而出、信口而談。世人喜唐、僕則曰唐無詩。世人喜秦漢、僕則曰秦漢無文。世人卑宋黜元、僕則曰詩文在宋元諸大家。

詩に至りては則ち不肖《われ》は聊か筆を戯《もてあそ》ぶのみ。心に信《まか》せて出《い》だし、口に信せて談《かた》る。世人は唐を喜ぶも、僕は則ち唐に詩無しと曰う。世人は秦・漢を喜ぶも、僕は則ち秦・漢に文無しと曰う。世人は宋を卑《いや》しみ元を黜《しりぞ》くるも、僕は則ち詩文は宋元の諸大家に在りと曰う。

いささか極端に走った物言いをしているが、要は古文辞派との対決を鮮明にしたものである。したがって先の詩句の「高標するは李王に属す」も、李・王はもとより、張献翼の作法を評価したわけではなく、単に客観的な事実をのべただけである。

この書信の最後を、宏道は、「然れども王の如く曹の如く、公《きみ》の家の兄弟の如きは、皆な不肖の敬う所の者にして、決して（われの）語を解せざるの列に在らず（然如王如曹、如公家兄弟、皆不肖所敬者、決不在不解語之列）」と収める。

ここで「王」とあるのは王穉登（字は百穀、一五三五～一六一二）のことである。張献翼とならぶ蘇州の名士であった。『明史』巻二百八十八・文苑伝の王穉登伝では、「王世貞 同郡の友と善きも、顧《かえ》って甚だしくは之れを推さず（王世貞與同郡友善、顧不甚推之）」とするが、詩を贈り、序文を撰するぐらいのことはしている。

また「曹」とあるのは曹子念（字は以新、？～一五九七）のことである。王世貞の外甥で、おじの死後は、その悲しみにたえきれず、居を太倉州から蘇州城内に移して隠居してしまった。宏道は五言律詩「曹以新」（巻三『錦帆集』之一－詩）の中の後四句で、

文雅は王世貞、清夷は孫太初（詩人孫一元）。『長慶』（白居易のごとき）名は死せず、子有りて亦た余と為る（文雅王世貞、清夷孫太初。長慶名不死、有子亦爲餘）

と詠んでいる。在任中に吐血した時には、この二人に墓文を頼んでいたし、辞任が内定していた除夕の県斎を二人が訪れてくれたことは、翌年の無錫でも懐かしく思い出されたが、同じ年のうちに、曹子念については、その訃報を受

けとることになった。先にあげた「曹以新」の詩を、銭伯城氏の『箋校』は一五九六年・呉県での作とするが、おそらくはその翌年・無錫での哀悼の作であろう。

宏道は、一五九八・万暦二十六年・三十一歳の四月、順天府学教授を拝命した。ついで翌年の三月には、国子館助教に配置換となった。この異動と前後して「敍姜陸二公同適稿」（巻十八『瓶花齋集』之六-叙）を撰し、蘇州の文芸の歴史について概観している。そのうち徐禎卿（字は昌穀、前七子の一）と、王世貞（字は元美）および十歳下の弟・王世懋（字は敬美、一五三六〜一五八八。後七子にも五つの「五子」グループにも算えられない）に関して、次のようにのべている。

厥後昌穀少變呉歈、元美兄弟繼作、高自標譽、務爲大聲壯語、呉中綺靡之習、因之一變。而剽竊成風、萬口一響、詩道寖弱。至于今市賈傭兒、爭爲謳吟、遞相臨摹、見人有一語出格、或句法事實非所曾見者、則極詆之爲野路詩。其實一字不觀、雙眼如漆、眼前幾則爛熟故實、雷同翻復、殊可厭穢。故余往在呉、濟南一派、極其呵斥、而所賞識、皆呉中前輩詩篇、後生不甚推重者。

厥《そ》の後、昌穀 少しく呉の歈《うた》を変じ、元美兄弟 継ぎ作《お》こりて、高く自ら標誉し、務めて大声壮語を為し、呉中綺靡の習いは、之れに因りて一変す。而して剽窃 風を成し、万口 響きを一《ひと》しくし、詩道 寖《ようや》く弱まる。今に至るも市賈傭児は、争いて謳吟を為し、遞《たが》いに相い臨摹し、人に一語の格を出で、或いは句法事実の曾て見し所に非ざる者有るを見れば、則ち極めて之れを詆《そし》りて野路詩と為す。其の実は一字をも観ず、双眼は漆の如く、眼前は幾《ほとん》ど則ち爛熟せる故実の雷同し翻復するは、殊に厭穢す可し。故に余 往《さき》に呉に在るに、（李攀龍の後継者の）済南一派、其の呵斥を極め、而して賞識する所は皆な呉中の前輩の詩篇にして、後生の甚だ推重する者にあらず。

このあと「使昌穀不中道夭、元美不中于鱗之毒、所就當不止此（使《も》し昌穀をして中道にて夭せしめず、元美をして于鱗（李攀龍）の毒に中《あた》らざらしむれば、就く所は当に此れに止まらざるべし）」と記すことについて、任訪秋氏は、「中郎は力のかぎり復古派を攻撃したが、元美にたいしては寛恕の言葉が無いわけでもなかった（中郎極力攻撃復古派、然于元美不能無寬假之辭）」（『袁中郎研究』一二七頁）とするが、所詮は歴史上の「もし」でしかなく、現実の王世貞にたいして指弾の調子を弱めたことにはなるまい。

以上、宏道が六年前に李学元にあてた詩の内容が、二年の蘇州滞在をへて実証され、いっそうの確信を得る結果となった、といえよう。

かくして一六〇〇・万暦二十八年・三十三歳の初春、国子館助教のおりに、ふたたび李学元に書信を送ることになった（巻二十二『瓶花齋集』之十一尺牘）。

弟才雖綿薄、至于掃時詩之陋習、爲末季之先驅、辨歐・韓之極冤、搗鈍賊之巣穴、自我而前、未見有先發者、亦弟得意事也。

弟　才は綿薄なりと雖も、時詩（現代詩）の陋習を掃きて末季の先駆と為り、欧（陽修）・韓（愈）の極冤（はなはだしい冤罪）を辨じて、鈍賊の巣穴を搗《たた》くに至りては、我自り前に未だ先発する者有るを見ず、亦た弟の得意とする事なり。

錢伯城氏は、この「鈍賊」を王世貞のことだと注記している。(12)

注

（1）　湖広武昌府興国州の人。袁宏道は、一六〇七・万暦三十五年・四十歳、吏部験封主事として、謝鵬挙を武昌府蒲圻県に「存問」する途中に興国州を通り、追懐の作を残している。

（2）任訪秋『袁中郎研究』（一九八三年九月・上海古籍出版社）の「年譜」が一五九二年のこととしているのは解しがたい。
（3）公安派在明代文壇上之正式形成、是從袁宏道在蘇州做官時開始的、而與袁宏道一起打開局面的、則是江盈科。
（4）李氏は一六〇七・万暦三十五年秋に北京で亡くなったが、その時の宏道の「李安人を祭る文」に、「嗟乎《ああ》、二十三年、形は影を離さず（嗟乎、二十三年、形不離影）」と記している。
（5）同じ年、旅行から帰ったあとの無錫での、「呉敦之」あての手紙で、次のように記している。

所可喜者、過越、於亂文集中識出徐渭。殆是我朝第一詩人、王・李爲之短氣。

喜ぶ可き所の者《こと》は、越を過《よ》ぎるに、乱れし文集の中に於て徐渭を識《い》り出だす。殆んど是れ我が朝第一の詩人にして、王（世貞）李（攀龍）も之れが為に気を短くせん（気落ちするだろう）。

（6）『弇州續稿』巻十三に「爾雅樓下頫墨池」と題する五言律詩が見える。
（7）拙稿「李夢陽詩論」九「「理」の排斥」（『中國文學報』第五十一冊・一九九五年十一月、のち『明清詩文論考』二〇〇八年十一月収録）参照。
（8）若い友人に、電子版『四庫全書』のうちの『弇州四部稿』と同『續稿』において「蘇柳」で検索をかけてもらったが、その用例は出てこない、とのことであった。
（9）拙稿「李夢陽詩論」十「「野」への志向」参照。
（10）商礼群選注『歴代民歌一百首』（一九六二年・中華書局）所収。簡体字を正字に改めた。なお「打草竿」については、大木康『馮夢龍「山歌」の研究　中國明代の通俗歌謡』（二〇〇三年・勁草書房）二一一頁に一首、掲出されている。
（11）鄭利華『王世貞年譜』（一九九三年・復旦大学出版社）。
（12）『袁宏道集箋校』巻三『錦帆集』之一‐詩・所収の五言律詩「曹以新」の箋で、曹以新について「曹子念、字は以新。太倉の人。王世貞の外甥」としたあと、「世貞は公安派の攻撃の対象となり、宏道は彼を「鈍賊」と称するに至った（世貞爲公安派抨擊對象、宏道至稱之爲「鈍賊」）」とのべる。

明末の蘇州と揚州の物語
――短篇白話小説集『警世通言』から――

廣澤裕介

はじめに

明代末期の天啓四年（一六二四）に成立した『警世通言』は、古今のさまざまな物語を四十篇集めた短篇白話小説集である。その四十篇は、『警世通言』（以下、『通言』と略称する）に収録されるまでにそれぞれ個別の来歴、歴史を持ち、例えば荘子とその妻をモチーフにした巻二は、ある意味で二千年に及ぶ歴史があるといえる。このような長い歴史を有する作品がある一方で、明代を舞台にした物語が十二篇あり、全体の三割を占めている。この十二篇については、その成立と受容に関して他とは根本的に異なる点がある。それは、基本的に、明代に起こった出来事が、(1)明代の人の手によって作品化され、明代の人々に読まれた、ということである。むろんひとくちに明代といっても、建国から天啓四年まで二五〇年を越える幅がある。その中には、天啓期の読者にとって、ほんの数年前と意識される作品もあれば、二百年以上も昔の話と意識されるものもある。時間の懸隔は作品によってまちまちだが、「我朝」「国朝」の物語とするものに対しては、王朝交替を経るもののような隔絶の意識はなかったはずである。

この十二篇のうち、蘇州や揚州の府下を舞台にした物語が合計九篇ある。蘇州に関しては、かつて稲田孝氏が明代末期の短篇白話小説集「三言」「二拍」の特徴として、「蘇州或いはその近辺を舞台にしたものが多い」と指摘し[2]、また大木康氏にはそれを「三言」に絞って述べた著書『明代のはぐれ知識人　馮夢龍と蘇州文化』がある[3]。ただ、この傾向は『通言』がおそらく参考にしたであろう先行小説集『古今小説』ではさほどはっきりしたものではなく、『通言』において明確に認められる。また、揚州に関しては従来言及されてこなかったようだが、やはり『通言』の特色といえるようないくつかの特徴を持っている。小論は『通言』の明代を舞台にした物語から、蘇州と揚州に関わる記述内容や描写、物語展開などの特徴について考察し、明代白話小説の構成要素としての、明代末期の人々の意識について論じたい。

第一章　蘇州　——物語と読者——

①　巻三十四「王嬌鸞百年長恨」

明代の出来事であると強烈にアピールして始まるのは、巻三十四「王嬌鸞百年長恨」である。

（まくらが二つ続いたあと）ただいまからしますもう一つのお話は、「王嬌鸞百年長恨」と申しまして、恋の裏切りに対しよりしっかり仕返しするものです。このことは、唐でなければ、宋でもなく、我が明朝天順初年に起こったこと。……（如今再説一件故事、叫做王嬌鸞百年長恨、這個冤更報得好。此事非唐非宋、出在國朝天順初年。……）

天順初年は、天啓四年の『通言』出版から百六十七年前である。以下は、その長い物語のあらすじである。

河南南陽衛中所千戸の王忠のむすめ嬌鸞は、隣家の周廷章と密会を重ね、婚約書を交わして夫婦となることを誓う仲だった。しかし廷章は呉江にある実家に戻ると、父親が決めた相手と結婚してしまう。事情を知らぬ嬌鸞は何度も手紙を出すが、返事はなしのつぶて。嬌鸞は人をやって廷章の様子を調べ、すべてを知ると、父が呉江県の役所に出す文書に廷章の裏切りを記した詩を同封し、自縊した。廷章は呉江知県に捕らえられ、杖刑を受けて死んだ。

才色豊かな武門の娘である王嬌鸞と、知識人の子弟でありながら軽薄な周廷章がやりとりする恋愛の詩を軸に物語は進んでゆく。南陽にいたころは誠実であった周廷章は、実家のある蘇州の呉江県に戻ることで、心変わりをして、父が選んだ裕福で美貌の女と結婚をする。

この物語の中には呉江にある周家の所在地が非常に詳しく書かれている。彼が実家に戻らなければならなくなり、嬌鸞と別れる晩に送ったのが次の詩である。

思親千里返姑蘇　親を案じて千里離れた蘇州に帰る、
家住呉江十七都　家は呉江の十七都。
須問南麻雙漾口　南麻の双漾口、
延陵橋下督糧呉　延陵橋のたもと食糧長の呉の家とお尋ねなさい。

このように実家の所在地を詳細にいうことで、結婚の約束を必ず果たすと保証するつもりだったのだろう。この詩に続いて、彼は一家が代々食糧長を受け継いできたことや、もともと呉姓で、周姓は「外姓」であることを打ち明ける。ディテールを描くことに長ける白話小説とはいえ、ここまで詳細に記述するのは稀有といわざるをえない。これには何か意味があるのだろうか。

いうまでもなく呉江は蘇州府の属県であり、蘇州城の西側を占める長洲県に南臨する地区である。周廷章がいう住所を嘉靖『呉江縣志』で調べてみると、呉江県の南部に十七都という地域があり、また十七都に南麻という地名も確ころに京杭運河が通っている。『中国歴史地圖集』第七冊（元明時期）で見れば、当時の運河のメインルートは嘉定に迂回するため南麻の付近を通らず、嘉定に迂回せずにほぼ直線的な近道となる水路（河川）の流域にある。ということは、南麻は明末当時この辺の水路を往来する人々には知られた土地だったのだろう。おそらく、蘇州や湖州、嘉定や杭州など太湖東岸から南岸にかけての住民たちには生活圏内にあるおなじみの地名で、蘇杭間の船旅を経験した人には聞き覚えのある場所だったと思われる。残念なことに嘉靖『呉江縣志』には双漾口や延陵橋までは記載されておらず、それらが実在したのかどうかは分からない。ただこれは呉江を中心とする太湖の東・南岸の住民にとっては実に生々しい、リアルな記述であっただろう。南麻地域をよく知っていたり、あるいは彼がどの一族であるのか勝手に推測する人すらいたにちがいない。

認できる。近年発行の『滬蘇浙地図集』(4)にも、南麻という地名は見え、その南麻の中心から東南へ五キロあたりのところに京杭運河が通っている。『中国歴史地圖集』第七冊(5)

　この物語の成立について譚正璧氏が興味深い指摘をしており、「尋芳雅集」という小説と関連があるという。(6)「尋芳雅傳」（万暦十五、二十五年刊『國色天香』巻四所収）(7)は元末明初を舞台にした湖州の呉廷璋と王嬌鸞をめぐる、一種のポルノ小説である。呉廷璋が王家に住まう女性たちと次々に性的関係を結び、そのたびに詩詞をやりとりし、最終的に王嬌鸞姉妹と結婚し、呉は元末に科挙に合格し、明朝にも仕えるという内容である。つまり「王嬌鸞百年長恨」は、この物語とまったく趣旨が異なり、単に「尋芳雅傳」の登場人物の設定を借りて作られたパロディ作品なのである。成立順に従えば、「尋芳雅傳」が先行して流通し、それを下敷きにして、「王嬌鸞百年長恨」という別の物語が紡ぎ出されたのである。このようにして見れば、前述の周廷章が王嬌鸞に別離の際に詩を贈ったくだりで、もともと呉姓であったことを記すのは、「周廷章＝呉廷璋」であること、この物語がポルノ小説「尋芳雅傳」を下敷きにしたパロディであることを読者にむかってタネ明かしし、ほのめかしているのである。そしてまた物語冒頭で明朝の出来事だと強調し、廷璋の姓についていうのは両作品の異化を図るための仕掛けなのだろう。

そこで他でもない「周」という名字にした理由は、あるいは次のようなことが関係するのかもしれない。明末で呉江の周姓といえば、非常に有名なある宗族が思い起こされる。嘉靖年間に吏部尚書となった周用と、天啓前期に東林党の急先鋒として活動した周宗建を輩出した一族である。吏部尚書といえば、官僚機構のトップであり、朝廷のシンボルであり、士大夫たちが目指すべき頂点である。また、周宗建が魏忠賢率いる閹党を次々と攻撃し活躍したのは、まさに『通言』が出版された天啓前期である。当然、呉江には周姓の家系はいくつもあっただろうから、実際は周宗建の一族ではないのかもしれない。ただ、時にマスコミは火のないところに煙を立て、根も葉もない噂やゴシップを無責任に作り上げ、読者は信憑性の薄い話を興味本位に楽しむ。あるいはこれは有名人を輩出した一族を当て擦ったり、読者が勝手に深読みして楽しむ作品だったのかもしれない。

このようにこの物語は、ただ話の筋を追えばよいというものではない。表面的な筋を読んだだけでは、軽薄な男が女と深い仲になって結婚まで約束しながら裏切り、身の破滅を招くという、教戒性が鼻につく説教くさい内容である。これでは本来のおもしろさは伝わらない。この物語のおもしろさを成り立たせる鍵は、下敷きとなったポルノ小説、登場人物の設定から想像される実在の有名人など、物語の外側に存在している知識である。つまり、それらジャンルの硬軟を問わぬ俗っぽい知識や想像力があってはじめて十分に味わえるのである。この作品は分かる人には分かるといった、遊戯的で、洒落た読み方に支えられているのだろう。逆にいえば、そのような読み方が可能となるのは、呉江近辺の地理や情勢をある程度知っていて、またポルノ小説の流通など出版業の恩恵を享受できる地域の読者である。この物語の読者として想定されているのは、主として江南の人々ではないだろうか。

さて、これを含め蘇州府下を舞台にした物語は四篇ある。

巻十五の話は、蘇州府崑山県の金令史が宿直当番の夜に官倉から二百両の銀が盗まれ、紆余曲折を経て、最後には解決する物語。巻二十二は、次に詳しく見るが、蘇州府崑山県の出身者が主人公である。巻二十六は、呉下四才子である唐寅が、状元になれるだけの実力と名声を持ちながら、大家の召使いの女を得るために、下男に身をやつす、変身物語である。

蘇州府下の物語の中からもう一篇、巻二十二の物語を見てみよう。

② 巻二十二「宋小官團圓破氈笠」

正徳年間、蘇州府崑山の宋敦は四十歳になっても子宝がなく、死んだ僧のために棺桶を買った善事によって息子宋金を授かる。宋金は少年期に父母を失い、一時范知県に仕えたがやがて追い出され、困窮しているところを父の親友劉有才に救われ、劉の船で破れ笠と冷や飯をもらう。宋金は劉の船で働き、二年後その娘の宜春と結婚。だが、生まれた子が病死すると、気落ちした宋金も病に。劉有才夫妻は半死の彼を見離し、騙して池州に置き去りにする。宋金は偶然出会った老僧から金剛般若経を授かり、翌朝それを読むと元気に。また盗賊が隠した宝を発見する。瓜洲へゆく船に救われ南京に行って銭大尽と呼ばれ、豊かな生活する。その後崑山の劉家を訪ねたが不在で、そのあとを追って儀真へ。儀真で、宜春が貞節を守り再婚していないことを知り、銭大尽の名前で、人を介して宜春との結婚話を進める。劉の船に乗り、破れ笠と冷や飯の話をすると、宜春は夫に気づき、二人は抱き合って涙した。二人は金剛経を厚く信じ、幸せに暮らした。

物語の時代設定は正徳年間（一五〇六〜二一）というから、『通言』成立から百二十年ほど遡る。揚子江や運河を行き来する操船業者たちの河川と仏教信仰にまつわる物語である。これには関連する文言資料として『耳譚』巻一「武都尉金三」があり、(8)実話が文言として書かれ、それをもとに白話小説化された可能性が考えられる。

この物語の中には、蘇州の風習について触れるところがある。

聞こえますのは、客間で誰かが咳をする音で、大声で「玉峯は家にいるか」と喚びます。なんと蘇州の風習では、家門の大小にかかわらず、みな号があり、それで互いに呼び合うのです。玉峯は宋敦の号です（只聽得坐啓中有人咳嗽、叫喚道「玉峯在家麼」。原來蘇州風俗、不論大家小家、都有個外號、彼此相稱、玉峯就是宋敦的外號）。

物語冒頭、劉有才が宋家を訪れた場面で、蘇州では市井の人も号を持つ風習を説明するのだが、この「玉峯」が使われるのは物語中ほとんどここだけである。(9)これを説明するなら、物語中で頻繁に使われたり、物語の展開に何らかの関わりがあるのだろうと読者は勝手に予想してしまうが、実際は物語の本筋と全く関係ないのである。このような豆知識や詳細な記述が物語の面白味やリアリティを添えるのだろうが、見方によっては語り手のおしゃべり、知ったかぶりの衒学にも見えよう。

同じような例が前述の巻十五にもある。

それは正月の五日のこと、蘇州の風習では、この日にどの家でも五路大神にお供え物をする祭祀を行い、これを焼利市という。利市飯を食べ終わると、……（是正月初五、蘇州風俗、是日家家戶戶祭獻五路大神、謂之燒利市。喫過了利市飯、……）。

これも、利市飯を食べるとか食べないとかが、物語に関わるわけではない。せいぜいお正月の雰囲気を添える程度である。

蘇州を舞台にする物語に当地の風習が記されることは、別段不思議ではない。ただ、それが物語の展開に関係なく存在するのであれば、それは蘇州からの文化や情報の発信と見るべきだろう。作者にとっては蘇州に関する一定の知識があるため筆に任せて書くのだろうが、その読者について考えると、蘇州の風習を知る者には必要がなく、蘇州という街を知らぬ、遠く離れた地域に住む者にこそ必要である（自己の経験として既知の事柄が物語に登場することで悦にいるというたのしさもあるが）。前述の稲田氏は「三言」「二拍」に描かれる蘇州について、「物資流通の主要地点として、農作物と手工業の豊かな産地の中心地として、殷賑を極めた蘇州は、明代を代表する都市であり、明代庶民にとって何処よりも好ましい場所であったにちがいない。すくなくとも「三言二拍」という文学の世界では、蘇州はそういう都として我々読者の目に映る」と述べている。(10) 当時の人々が文化の都である蘇州に対して憧れを持っていたとすれば、蘇州の風習もはなやかな都会の文化として興味深く、好意を持って受け取られたであろう。この記述は蘇州からの情報発信であると同時に、作品の背後に蘇州に興味や憧れを持つ人々の姿を想像させよう。

もう一つ蘇州に関わる物語に巻三十五がある。これは蘇州を舞台にしたものではないが、本来蘇州とは関係なかった話が、蘇州に関わるよう意図的に改変された可能性が考えられる。

③　巻三十五「況太守斷死孩兒」

宣徳年間、揚州府儀真の丘元吉の妻邵氏は二十三歳で、夫亡き後も貞節を守って暮らしていた。近所のならず者の支助が邵氏に接近しようと、丘家の家童得貴を手なずけ、邵氏を誘惑する手だてを教える。得貴は三夜続けて裸で眠り、それを見た邵氏は春心を動かし、二人は男女の仲に。やがて邵氏は妊娠し、得貴が堕胎させようと支助に相談すると、胎児安定薬を渡される。邵氏たちはそうとは知らず、十ヶ月後に子供は誕生。得貴はそれを殺し、その始末を支助に相談すると、支助は死骸を奪い百両を出せとゆする。四十両だけ払うと、支助は丘家に乗り込み邵氏の肉体を要求。思いつめた邵氏は誤って得貴を殺してしまい、自分も死ぬ。発覚をおそれて支助はしばらく外出を控えたが、死骸を川に捨てるところを知人包九に見られる。偶然、蘇州知府の況鍾が川に浮かぶ袋を見つけ、開けてみると赤児の死骸。包九は支助が捨てたと証言し、支助は捕まり、すべてを白状した。宣徳年間（一四二六―三四）が舞台である。『通言』出版の天啓年間からほぼ二〇〇年も前の話になり、読者にとってさすがに同時代という意識は薄かっただろう。内容は、今でいえば、週刊誌やテレビのワイドショーを賑わすような事件を扱った、いわゆる公案ものである。儀真という場所で起こった、美貌の寡婦と遺産金をめぐる事件を解決に導くのは、蘇州知府の況鍾である。

これと同じ内容を持つ作品として、『皇明諸司公案』巻一第七十一回「顔尹判謀陷寡婦」と『海剛峯先生居官公案』巻四「判謀陷寡婦」が指摘されている。(11)いずれも万暦刊本の公案小説集であるから、『通言』よりも先行していたテキストになる。その作品名などから分かるように、『皇明諸司公案』では「顔縣尹」、『海剛峯先生居官公案』では海瑞が事件を裁いている。つまり『通言』の編纂時には、同じような内容の三種類のテキストが存在していたことになる。内容を比較すると、死んだ子供をどう処理するかという場面以降が大きく異なり、特に裁判官が事件解決にかかわる度合いに差があって、況鍾の場合は関与の度合いがより大きい。

その況鍾のテキストを注意深く読んでみると、彼が事件を裁く経緯は、やや強引な説明になっている。そもそも事件が発生した儀真県は揚州府の属県であるのに、蘇州府の知府が裁くのである。

（況鍾は）一方で人をやって密かに支助を捕らえ、一方で儀真知県を呼び出して、察院でこの事件についてたずねます……（中略）。況太守は、儀真は自分の属県ではないので、自分で取り仕切ることはせずに、儀真知県に尋問するよう譲ります。儀真知県は、況様が勅書をいただいた方であり、人柄に変わったところがあると見て、出過ぎたまねをしようとはせず、しばらく謙遜いたしますので、況様は仕方なく口を開くしかありません。(12)

儀真は揚州府に属するので、蘇州知府がその裁判に口を挟むことは本来ならばできない。況鍾が裁判をすることの不自然さを読者に納得させるには、このまわりくどい説明が必要になる。もともと事件発生の場所を儀真とするのは、『皇明諸司公案』「顔尹判謀陷寡婦」の設定である。こちらは儀真の顔県尹が裁くので、非常にシンプルでスムーズな展開といえる。このような状況から考えると、この物語は、儀真で起こった事件を顔県尹が裁くのが原型で、それを蘇州知府の況鍾が裁くように変え、彼が関わることの正当性をいうためにこの説明を加えたと考えられる。(13)

ただ、主人公を況太守に変えた時期が『通言』制作時なのか、それ以前だったのか、すなわち『通言』に収録するために改変したのか、あるいは以前からあったものをそのまま使用したのかは分からない。いずれにせよ、明末において顔県尹の物語とするテキストと海瑞の物語とするもの、況鍾の物語とするものの三種類が流通していたことになる。

であるとすれば、『通言』はなぜ況鍾のテキストを採用したのだろうか（あるいは先行のテキストから況鍾に書き変えたのか）。これは筆者の憶測だが、やはり蘇州が問題なのだろう。前述の稲田氏は「三言」「二拍」に描かれる蘇州を「物資流通の主要地点」「農作物と手工業の豊かな産地の中心地」としているが、(14)さらに付け加えると、消費地でもある。多種多様なものを大量に生産、流通、そして消費する土地であり、それは小説も例外ではない。つまり『通言』が況鍾を主人公とするテキストを採用したのは、蘇州の人々を読者として想定していたからではないだろうか。

況鍾は蘇州の伝説になった知府である。明代初期に非常に統治しにくかった蘇州を見事に治め、重い税を大幅に減免し、諸悪を排斥し、賢良を推挙するなど、民衆のために心血を注いだ。彼が蘇州を離れる際には二万人が集まり、再任を請願したという。(15)蘇州の歴代の統治官の中でも特筆される人物であり、後述するように、蘇州に関わる大衆的な文芸の中でスター裁判官として登場することになる。

彼の人気にはいくつかの理由が考えられるが、例えば、彼が吏員出身だったこともその一つである。彼は科挙を通過して地方官になったのではなく、胥吏の出身、つまりもともと地方政府の現地採用の役人であった。「科挙に通った人は、天のお星様」とは、白話小説の中でも散見する言葉だが、それに対し明代の胥吏は、一般に世襲であったり、金で手に入れることも可能で、いわゆる科挙官僚とは身分的に雲泥の差があった。彼の人気や名声があがったのは民衆の生の姿を間近で見ていた経験を統治政策に活かしたためであろうが、彼の出身が民衆にとって身近で、親近感を抱かせたのだろう。そもそも、社会通念として身分の高いもの、価値の高いものとされているものが実は偽物（假）で価値がなく、逆に、身分が低く、価値がないとされているものにこそ真実があり、貴重な価値を持つという考え方は、明代の人々が愛好した思考パターンである。況鍾はこの趣向にもあてはまっている。

その一方で、中央政界には彼の後ろ盾となる人物も存在していた。それは永楽・洪熙・宣徳・正統の四人の皇帝に仕え、側近中の側近として政権の中枢にあり続けた楊士奇である。明代前期を代表する大物政治家だが、彼もまた科挙を通過せずに抜擢され、宰輔にまでなっている。彼のような大物政治家との繋がりも、通俗文芸のキャラクターには不可欠であろう。[16]

低い身分から出世して知府となり、民衆のために尽力し、そして政権の中枢の大物政治家とも繋がりがある、まさに況鍾は大衆相手の小説や芸能にふさわしい人物といえる。時代はやや下るが、もともと況鍾と関係なかった話が、彼が裁判官になるよう変化した類例に、「十五貫」物語がある。『醒世恒言』巻三十三「十五貫戯言成巧禍」は、誤解が重なったために多くの死者が出る話で、その最後に名前の記されない「府尹」が登場する。これが清代初期の朱 の「十五貫」伝奇（別名「雙熊夢」）では、況鍾が裁判官となって登場する。その理由を『曲海総目提要』は「況鍾は事蹟がとても多く、彼に及ぶものがなく、それでそのキャラクターを借用してストーリーに花を添えたのだろう[17]」とするが、作者朱皭が呉県人、すなわち蘇州人だったことも見逃せまい。また蘇州とゆかりの深い芸能の弾詞にも「十五貫」があり、これは、朱皭の伝奇に基づいた内容で、やはり況鍾が登場する。[18] このように況鍾は、蘇州人に愛され、まさに蘇州人にとっての父母官なのである。『通言』が況鍾のテキストを採用した（あるいはこの物語の主人公が況鍾に変わった）のは、蘇州人の趣向に合わせたためだろう。

ここまで見たように、蘇州の物語には蘇州に関わる情報が詳しく書かれ、また蘇州人の趣向に合うテキストが選択されている。それらの基底には、作者や読者の間で共有されている、蘇州に対する親近感のようなものがあるように思われる。

『通言』を出版した業者は、封面識語で「金陵兼善堂」と名のり、南京で活動していたようである。ただ、崇禎末年には「閶門兼善堂」と名のる業者も確認されており、こちらは蘇州の業者である。同じ名前の業者であり、あるいは同一業者で両地に店舗を持っていたり、系列関係にあった可能性が考えられよう。[19] 稲田氏は「三言」「二拍」全体を通して作品傾向と江南地域との関係を指摘しているが、『通言』だけを見ても、物語に登場する土地は蘇州、そして次章に見る揚州などに偏っている。[20] この傾向は、『通言』の主たる消費地として、蘇州を中心とする江南地域が想定されているからではないだろうか。

第二章　揚州　——河川と金銭の物語——

『通言』の中の明代を舞台にした物語には、しばしば揚州府下の儀真や瓜洲が登場する。全部で五篇あり、儀真が登場するものが三篇あり、巻十一、前述の巻二十二と巻三十五である。巻二十二は崑山県の人が主人公となるため、巻三十五は況鍾が登場するため、前章で蘇州の物語としたが、物語の山場や事件発生の場所で見ると揚州の儀真の物語である。瓜洲は、巻五と巻二十二、巻三十二の三篇に登場する。

儀真県と瓜洲は、距離としては十五キロメートルほどしか離れていない、隣町である。儀真は揚州の南西方向にある街で、揚子江の北岸にあり、現在の儀徴県にあたる。街を流れる儀揚河は揚州市内を抜け江南から北中国へ向かう運河へ通じる。瓜洲は揚州からほぼ真南に南下した揚子江の北岸の街で、運河の出入り口にある。揚子江を挟んだ対岸には鎮江があって、鎮江との間を渡し船が行き来する渡し場の街である。どちらも地理的に水運の要所であるばかりでなく、古くから詩や文などの作品が多く作られてきた土地である。

まず、儀真が登場する巻十一「蘇知縣羅衫再合」を見てみたい。

④　巻十一「蘇知縣羅衫再合」

永楽年間、北直隷涿州の蘇雲は進士に合格し、金華府蘭渓県の知県に赴任する船旅の途中で、徐能一味の略奪に遭う。蘇雲は川に投げ込まれたが、偶然商人に助けられ、その田舎で塾の教師となる。蘇雲の妻は徐能に連れ去られたが、逃げ出し、尼寺に駆け込んで、身ごもっていた子供を産む。尼寺では育てられぬので、やむを得ず捨て、それを拾い育てたのが徐能だった。その子は徐継祖と名付けられ、十五歳で郷試に合格。会試に赴く際に偶然自分の祖母と出会い、行方知れずの蘇雲らの話を聞く。継祖は十九歳で進士及第、監察御史として南京へ。そこへ蘇雲夫婦がそれぞれ訴え出て、真相を知る。継祖は父母と再会し、徐能一味を刑に処した。帰郷して祖母とも再会し、その後幸せに暮らし、出世をつづけ、息子二人も科挙に登第した。

『通言』には科挙を扱った物語がいくつかあり、巻十七「鈍秀才一朝交泰」や巻十八「老門生三世報恩」など名作ぞろいだが、この物語は科挙に関わるものとしてはやや特殊といえる。一般に白話小説に科挙が出てくる場合、ほとんどは無上の幸福を導くものとして描かれるが、この物語の冒頭にある蘇雲の進士及第は、幸せを導くものではなく、家族離散を招く遠因のように書かれていて興味深い。

蘇雲が赴任地の蘭渓に向かう旅途をたどると、実家を離れたあと、張家湾から船に乗り、運河を下って揚州広陵駅を通過し、儀真に近づいたときに、船が漏水を起こす。そこで乗り換えの船を探していると、現れたのが儀真県の徐能である。徐能一味は山東の王尚書の屋敷の船を使い、旅人の命や荷物を奪う裏家業をしていた。ここから蘇雲一家の運命は急転し、黄天蕩という場所で徐能一味の略奪に遭う。黄天蕩は、隆慶『儀眞縣志』巻二「山水攷」に「(小帆山之東、卽黄天蕩。江流至此甚險。舟人過之、鮮不乞靈者」、「黄天蕩在小帆山北。揚子江至大之處」とあり、儀真界内の揚子江の難所であった。主人公たちの命運が大きく変わる場面は物語の中にいくつかあるが、儀真はその最初の舞台になっている。

次の物語では、儀真が物語のクライマックスとなっている。

② 巻二十二「宋小官團圓破氈笠」(前出)

この物語は、主人公が蘇州府崑山県の出身なので、前章では蘇州の物語としたが、そのクライマックスは儀真で展開する。宋金は妻の父親である劉有才に見捨てられたが、盗賊が隠した宝物の箱を偶然見つけ、南京へ行って裕福な暮らしをする。その後、妻の実家のある崑山を訪ねたが劉一家は不在で、三日前に儀真に向かったことを知り、あとを追う。儀真で劉の舟を見つけて、最後は団円に至るわけだが、ここでの儀真は、再会と復縁の場所であり、まさに「萍水相逢」の土地である。

前述のように、この物語は文言資料『耳譚』巻一「武騎尉金三」との関連が指摘されている。その中で、宋金と劉一家の再会のいきさつは、「ある日川を通っていると、楊の舟がたまたまありました（一日行過河下、楊舟適在）」（義父の姓が劉でなく楊となる）とする。義父の船を追いかけたり、探していたわけではなく、船旅の際に偶然隣り合わせただけで、地名も「儀真」のように特記されていない。つまり、儀真と関係なかった話が、白話小説では結びつけられたのである。白話小説は、クライマックスの舞台として儀真を選んだことになる。

このように儀真が物語の重要な舞台として選ばれるのは、揚子江沿いの主要な港湾の町で、広く人々に知られていたからだろう。「南船北馬」というように、船は江南では最も重要な移動手段である。そのため揚州の物語だけでなく、蘇州の物語でも船や港湾は多く登場し、江南での移動を書く以上、それらを欠くことはできない。江南の揚子江を航行する際には必ず通過する場所であり、また前述のように付近に黄天蕩という江中の難所もあった。多くの人々に知られていたがために、作品創作の際に便利使いにされ、数々の物語に頻繁に登場するのだろう。

その中には当然河川や港湾の風景やその周辺で生活する人々が描かれ、次にみる瓜洲を舞台とする物語にも見ることができる。

⑤　巻五「呂大郎還金完骨肉」

常州府無錫の呂玉は、行方知れずの息子喜児を探す旅の途中、陳留県の便所で二百両の金を拾う。宿で知り合った陳朝奉が二百両の金をなくしたことを知り、揚州の彼の店でそれを全額返した。陳は謝礼を渡そうとしたが、呂玉は受け取らず、そこで小童を養子にと引き合わせると、それが喜児だった。陳は喜児に娘を娶らせ、祝いに二十両を贈った。帰路、呂は遭難した船を見つけ、二十両を褒美として、河に落ちた乗客たちを救う。その中には呂玉を探しに来た末弟の呂珍がいた。家では次男の呂宝が呂玉の妻王氏を売り飛ばそうとして、誤って自分の妻がさらわれてしまい、再度王氏を売ろうとしたところに呂玉らが帰ってきた。呂宝は失踪し、呂玉らは幸せに暮らした。

陳朝奉は揚州の水門（原文「楊州閘口」。『通言』では、揚州は基本的に「楊州」と表記される）付近で食糧を扱う商売を営んでいて、物語の中盤はそこを舞台にする。呂玉が息子に再会したのは陳の家であり、また陳の家から「礼を言って別れ、一艘の小船を雇い、水門の外に出て数里ほどいった」(21)ところで遭難した船と出合う。この時代の揚州には、揚州の街の東と瓜洲にいくつか水門があって、物語が具体的にいわないため特定はできないが、揚州と瓜洲の間か、瓜洲から揚子江に出るあたりだろう。

水に落ちた人は大声で助けを求め、岸にいる人は小船に助けてやれと叫びます。小船はご褒美を目当てにして、そこで言い争っています。呂玉は考えました「一人の命を救うのは七級の宝塔を建てるにまさる、とか。もし僧侶に斎をあげにゆくのなら、この二十両をなげうって賞金とし、彼らを救助する方が功徳があるじゃないか」。そこで人々に向かって「私が賞金を出すから、早く助けてやってくれ。船の乗客全員救えたら、二十両あげましょう」といった。人々は二十両の賞金があると聞いて、小船は蟻のように集まり来て、岸上の人も泳げる人は水に入って救助にゆきます。わずかの間に船の乗客全員を救い出し、呂玉は金を人々に分け与えました。水に落ちて命が助かったものはたいへん感謝します。そこである人物が呂玉を見て叫びます。「兄さん、どこから来たんですか？」。呂玉が彼を見ると、ほかでもないまさに兄弟の三番目呂珍です。呂玉は合掌して言いました。「ああ、ありがたや、天は私に弟の命を助けさせたのだ(22)」。

呂玉は川に落ちた人々を助け、陳朝奉にもらった金を救助した人たちに分け与えている。それによって自分を探しに来た呂珍の命を偶然助け、その劇的な再会によって、次男の悪だくみを知ることになる。この物語でも、揚州府下の港湾が一つの山場、物語の転換点となっている。

このように人々の意外な出会いや、また親しい人との別離や離散は、河川や港湾の日常、実景だったはずである。人々が離合集散する展開は、おのずと河川や港湾を舞台とするときの特徴となる。それをより劇的に、より読者に深い感動を与えるべく、読者の経験や知識、イメージとつながり、わかりやすい舞台を設定するとき、明末の人々は、ほかでもない、瓜洲や儀真といった揚子江北岸の街こそ相応しいと考えたのだろうか。

また、ここには、揚州で商売をしていると思われる小船の所有者たちが、褒美の金を得ようと人助けを渋る姿が描かれている。人間の命が眼前で消えようという状況でも、自分たちの利益を優先しようとする人々である。物語は金にこだわらぬ呂玉と金にこだわる揚州の人々、あるいは揚州という土地柄が対比的に描かれている。

周知のように揚州は近世中国の経済界を席巻した塩商の街であり、蘇州とはまた違った意味での経済の中心拠点であった。そのためか明代を舞台にする十二篇の中で、揚州に関わるものは、実はすべてお金、しかも莫大な資産がからんでいる。

例えば、前述の況鍾の物語に登場する丘家は、「とても裕福（家頗饒裕）」と記される。邵氏が行った夫の法事はとても盛大で、また支助に脅迫されて四十両をすぐさま渡すなど、非常に裕福な家として書かれている。巻三十一「趙春兒重旺曹家莊」の主人公の家はもっと大金持ちである。物語冒頭で「説話楊州府城外、有個地、名叫曹家庄。庄上曹太公、是個大戶之家」と紹介され、主人公曹可成の父親は、家や土地のほかに五千両の銀子を貯め込んでいる。曹可成は、金を払うことで監生の資格を得た「納粟監生」で、放蕩の果てに父親が貯めた五千両をすべて使いきって生活に困窮し、最終的には、妻が妓女だった頃に蓄えていた一千両あまりの金で根回しをして地方官の職を得て、三度の任官で数千両（三任官資、約有數千金）を得て、余生を暮らしたという話である。物語の主題は、妓女から身うけされた趙春児がダメ夫を助けるところにあるのだが、最初から最後までお金がらみで主人公たちの人生が変わるという、ちょっと変な話である。

このように揚州を舞台にする物語には豊富な財産を持つ家が多く登場し、これは明代の末期に、揚州に対して金銭の街というイメージが強くあったことを反映しているのだろう。「大金持ち」は、物語の必須のキャラクターであるが、これほど土地柄と結びついてるのであれば、『通言』の特徴というだけでなく、明末の人々に共有されていた認識なのだろう。揚州府下のイメージを河川、金銭、物語の転換点としてとらえた時、すべてが見事に重なる、明代の白話小説を代表する一篇が思い起こされよう。

⑥　巻三十二「杜十娘怒沈百寳箱」

万暦年間、李甲は北京の納粟監生。遊郭で一番人気の杜十娘と懇ろになって、父親が帰郷を命じても帰らずにいた。一年後李甲の懐は寂しくなったが、依然二人は仲睦まじく、妓楼の杜媽媽は嫌気がさし、十日で三百両用意できたら身うけさせると約束する。李甲は金の工面ができず、十娘はみずから百五十両を出し、残りは李甲の親友柳遇春の手を借りて、身うけさせる。遊郭の仲間から祝福され、李甲の郷里紹興へ旅立つ。船が瓜洲に着いた雪の晩、徽州の富商の息子孫富が十娘を見て、手に入れようとする。李甲を酒屋に誘って、ことの次第を聞き出し、李甲の父は妓女を嫁にしたことに激怒するだろうと惑わし、十娘を手放せば千両を贈るという。李甲は船に戻り、十娘に相談。十娘は孫富の言うとおりにせよという。孫富の船に乗り込むとき、隠し持っていた数千両の宝を川に投げ込み、孫富と李甲を罵り、宝箱を抱いて身を投げた。李甲は後悔に苛まされて死に、孫富は夢で十娘に面罵され死んだ。柳遇春が瓜洲を通ったとき、川から金宝の入った箱を得たが、それは十娘からの謝礼だった。

時代設定は万暦年間（一五七三〜一六二〇）。一六二四年出版の『通言』の読者、特に初版で読んだ人々は、大多数が万暦生まれだったはずである。彼らにとってはほとんど同時代の出来事といえよう。この作品は、基づいた資料が分かっており、万暦末期刊行の宋懋澄『九籥別集』巻四「負情儂伝」とされる。万暦末期から文言や白話で急速に広まった話のようで、当時の人々の人気と注目ぶりを示している。

李甲は、人々の援助によってなんとか杜十娘を身うけして、故郷に戻るため北京を離れ、その船旅の途中で瓜洲に停泊する。

都を出てからずっと舟の中にこもっていて、まわりには誰かがいて、ゆっくり話すこともできなかった。今日は舟には私たちだけで、もう人目を気にすることはない。しかも北方から離れ、やっと江南に近づいたから、ちょっと胸襟を開いて酒でも飲み、これまでの憂さを晴らそうじゃないか。お前はどう思う？(23)。

この李甲の言葉は、北中国からやってきた舟客が瓜洲にたどり着いた時の気持ちを如実に表している。北方から南へ向かう場合、瓜洲は江南の表玄関であり、南方から北へ向かう場合、ここは北中国への入口である。水上の旅客たちにとって瓜洲に着いた際の感慨は、ほかの停泊地とは異なる、特別のものがあるのだろう。北からやってきた李甲たちは窮屈な船旅に飽き、また江南に近づいたことで心持ちが軽くなり、酒を飲みながら、李甲のリクエストによって杜十娘は戯曲『拜月亭』の曲をひとふし唱う。それを耳にしたのが孫富である。

姓は孫、名は富、字は善賚、徽州新安出身の人です。家には巨万の富があり、代々揚州で塩商を営んでおりました。歳は二十で、彼もまた南京の国子監の学生です(24)。

孫富は、揚州を拠点とする徽州出身の塩商の家の子弟である。彼は例によって大金持ちであり、『通言』の明代を舞台にした物語における「揚州人＝お金持ち」というイメージは、ここでも確認できる。

翌日、孫富は李甲を酒に誘い出し、意志の弱い李甲を迷い惑わす。妓女を嫁にしたことが不安で、またずっと懐具合を気にしている李甲の弱みを見透かし、杜十娘と引き替えに千両を贈ると提案する。「婦人水性無常（婦人は水の性、常がない）」と、古いことわざを引用して。「水性無常」とはもともと河川の流れや勢いの不定をいう言葉らしいが、人間の性格について「浮気性」「気まぐれ」を意味する。

何本もの水上の道が会する瓜洲では、人の心の中で何かが変わり、また人々のさまざまな思いが交錯する。心変わりをしたのは李甲であり、孫富から千両を受け取り、杜十娘をひきわたすことにする。翌朝、杜十娘は孫富の舟に移ろうとする時、いったん孫富にわたした化粧箱を舟の先まで戻して持ってこさせ、その引き出しを一つ一つ李甲に開けさせる。

十娘は李甲に一段目の引き出しを引かせ、見れば翠羽明璫、瑤簪宝珥がぎっしり、およそ数百金ほど。十娘はにわかにそれを川の中に投げ込みます。李甲、孫富、二つの舟の船人はあっけにとられ驚きます。そしてもう一段引かせると、なんと玉簫金管。また一段引かせると、古玉紫金の愛玩品、およそ数千金ほど。十娘はすべて水の中へ投げ込みます。船の中、岸の上は見物人で人だかり、声をそろえて「惜しい、惜しい」といいますが、その経緯を知りません。最後にまた一段引かせ、その引き出しには一つの箱がありました。箱を開けて見れば、夜明の珠が一握りほど、そのほかに祖母緑、猫児眼などは、眼にしたことがないのめずらしいものばかりで、一体いくらになるのか見当もつきません。周りの人々は喝采して雷のように騒ぎます。(25)

所持していたすべての財宝を捨てさり、身を投げようとする杜十娘に李甲と孫富はすがりつくが、十娘は自分を裏切った李甲を罵り、孫富を仇と言い放ち、宝の箱を抱いて揚子江の底へ沈んでいった。金のあるなしで一喜一憂し、金で人生が変わる、欲しいものが手に入ると思い、信じる人々の前で。「見れば、雲が河の真ん中に暗く影を作り、波濤は滾々と絶えることなく、まったく跡形もなかった（但見雲暗江心、波濤滾滾、杳無踪影）」。

このように杜十娘の物語には、揚州の物語としてここまで見てきた要素がほとんど揃っている。まず物語の転換点として、意外な出会いがあり、主人公たちの人生が予想もつかない方向へと大きく動き、意外な別離を迎える場所となっている。そして揚州の金持ちや河川の周りにいる人々も登場する。

瓜洲は、揚子江北岸の大きな港湾の街であり、中国の北と南の地理的、地域的な分界地点であり、各地へ向かう水路がここで会する。この物語は、瓜洲のそのような地理上の位置、地域的な特徴を活かし、登場人物たちの心理に反映させ、揺れる感情や気持ちの変化を巧みに織り込んで描く。儀真や瓜洲における人の心の変化は、ほかの物語にも書かれているが、これに比するものではなく、この物語の白眉といってよい。また瓜洲は塩商の拠点である揚州府下の街である。その地域性を背景に、人生の意味と金銭の価値を問う内容となっているのである。杜十娘が身を投げる舞台が瓜洲であるのは、基づいた文言小説の設定に従ったものだが、明末の人々にとって大きな説得力と意味を持っていたのだろう。

むすび

小論は、『通言』の中の明代を舞台にした十二篇の物語に、蘇州と揚州に関わるものが数篇ずつあることから、両地域に関する記述内容や物語展開における傾向について見た。

もう一度整理しておくと、蘇州に関わるものは巻十五、巻二十二、巻二十六、巻三十四、巻三十五の五篇、揚州に関わるものは巻五、巻十一、巻二十二、巻三十一、巻三十二、巻三十五の六篇がある。両方に関わるものは巻二十二と巻三十五である。

第一章では蘇州近辺の土地や風習に関わる記述から、また物語の変遷の過程から、この小説集が蘇州を中心とした江南地域の人や蘇州に憧れる人々を読者として想定している可能性を指摘した。思い起こせば、『通言』の序文には、玄妙観で三国志物語の語りもの芸能を聞いたという一節がある。[26] この玄妙観はこれまで蘇州のそれと漠然と考えられてきたが、『通言』のこのような傾向からすると、やはり蘇州のものとみて間違いないのかもしれない。明末の蘇州は文化の中心地であり、また出版業が栄えた有数の情報発信地でもある。筆者はかつて、この時代の蘇州が白話小説制作の中心地となっていることを念頭に、蘇州の出版業者たちの動向について論じた。[27] この時代の白話小説に関わる諸々の事柄が、蘇州の文化や蘇州人の趣向に照準を合わせて作られ、蘇州が一つの基準、一種のスタンダードになっているのかもしれない。これら蘇州の物語は、「ご当地もの」であったのだろう。

第二章では、儀真と瓜洲の揚州府下を舞台とする物語について論じた。儀真や瓜洲は、何本もの水上の道が交差する水運の要所であり、南北中国の分界地点でもあり、その地理的な条件、特徴が物語に反映され、物語の重要な転換点となり、人の心に変化をもたらす場所として描かれている。これらの大半は一種の港湾の文学である。そもそも河川では数々のドラマが生まれ、停泊所や操船業者、流域の人々に語り継がれ、それに取材したものが小説や演劇となり、さらに出版物となって船旅の間に読まれたりしたのだろう。そして、そこには裕福な徽州商人や小さな利益に躍起になる操船業者たちが描かれ、金銭の街としてのイメージを見ることができる。近世の揚州といえば、清朝になって「揚州八怪」ら文化人、芸術家たちが現れ、文化の中心地となってゆくが、明朝滅亡の二十年前に成立する『通言』

の物語の中には、はなやかな文化のイメージを見ることはまだできない。ここに蘇州を中心とした江南の人々の意識を読み取ろうとすれば、揚子江を境とする彼らのテリトリーの境界であり、そこを舞台に人々が離合集散し、悲喜劇が生まれるというイメージがあったのだろう。そこには生死の狭間で生活する気性の荒い操船業者が住まい、そしてそこから遠くない所にある揚州に、金満家があふれていることを想っていたのだろう。

最後に、明代を舞台にした十二篇で、蘇州と揚州のいずれにも関わらない、三つの物語について簡単に見ておこう。それは、巻十七「鈍秀才一朝交泰」、巻十八「老門生三世報恩」、巻二十四「玉堂春落難逢夫」である。これらの特徴をしいていえば、科挙及第が物語の展開上大きな意味を持つ、特に及第までの苦難を多く描く作品である。巻十七と巻十八は、合格までの苦しみを描いた明末の代表作であるし、巻二十四もかなりの紙幅を費やしている。(28) 前述した蘇州ものの巻十一も、蘇家の父子らの及第が描かれ、物語の重要な要素になっているが、及第までの苦労がまったく書かれず、その三篇とは大きく異なる。

さらにこれを逆に見れば、蘇州や揚州のほとんどの作品は、科挙に主題を置いていないことが分かる。科挙は人生においてさして重要ではないといわんばかりに、科挙合格に対して淡泊に見える。むろん実際の知識人にとっては無上の喜びであったはずだが、フィクションの世界では、そのような日常や現実とはあえて一線を画し、異なる価値観に基づく世界観を描いているようにも見える。人間の幸福や人生の意味はそこにはないという意識があるのだろうか。『通言』における科挙に関する問題は稿を改めることにするが、かりにこのような見方が正しいとすれば、巻二十六の唐寅の物語はその代表といえよう。

以上、明代を舞台とする物語に関して、物語と地域性の関係から、蘇州と揚州の物語の特徴について論じた。ただ、小論が論じたのは明代の物語が持つ特徴のほんの一部にすぎず、ここで考察できなかった問題については、後日の課題としたい。

注

（1）一部の物語については来歴がはっきりとせず、また来歴とされる資料が時代を記さぬものもあり、すべてが明代の出来事と確定できるわけではない。ただ、作品中で、特に冒頭部分などで明代の出来事だという以上、読者はひとまずそれを前提に物語世界に入ると思われる。

（2）「中国の風土――「三言二拍」中の明代蘇州物を通しての考察――」（『研究紀要』第三十号、日本大学人文科学研究所、一九八五年三月）参照。

（3）講談社メチエ四六、一九九五年四月、講談社。

（4）中国地図出版社・中華地図学社、二〇〇四年七月。

（5）地図出版社、一九八四年十月。

（6）譚正璧氏『三言兩拍資料』上海古籍出版社、一九八〇年十月、三六〇頁参照。

（7）上海古籍出版社『古本小説集成』所収。『國色天香』はいわゆる建陽刊本で、一般的に考えれば、蘇州を中心とする江南地域での流通量はさほど多くはなかったと思われる。ただ譚正璧氏の前掲著書の指摘では、この作品の異名「懷春雅集」が、『金瓶梅詞話』欣欣子序で言及されており、『金瓶梅詞話』は蘇州で出版され、また欣欣子も自ら「東呉」の人というから、この作品は蘇州でも相当知られていたと思われる。

（8）このほか『情史』巻一「金三妻」があり、タイトルから分かるように妻を主人公にしているが、テキストは『耳譚』とほとんど同じといってよい。

（9）劉有才の号「順泉」はこのあとで登場し、そのあとにもう一度出てくるが、それも物語の展開に大きく関わるほどのものではない。

（10）注（2）前掲論文参照。

(11) 小川陽一氏『三言二拍本事論考集成』(新典社、一九八一年十一月)一五二頁参照。『皇明諸司公案』、『海剛峯先生居官公案』にはいずれも万暦刊本が伝存している。

(12) 一面差人密拿支助、一面請儀眞知縣到察院中同問這節公事。(中略)況爺因這儀眞不是自己屬縣、不敢自專、讓本縣推問。那知縣見況公是奉過勅書的、又且爲人古怪、怎敢僭越、推遜了多時、況爺只得開言、……。

(13) 北方から蘇州に向かう場合、運河は揚州から瓜洲へ向かうのが近道だが、況鍾が乗った船はなぜか儀真に向かって遠回りしている。この点について物語は何も説明していない。

(14) 注(2)前掲論文参照。

(15)『明史』巻一六一、況鍾伝参照。

(16)『明史』巻一四八、楊士奇伝「而于謙、周忱、況鍾之屬、皆用士奇薦、居官至一二十年、廉能冠天下、爲世名臣云」。

(17) 巻四六「雙熊夢」「按鍾事蹟頗多、亦不及此者、乃借以點綴」(人民文学出版社、一九五九年五月)。「十五貫」伝奇は『古本戯曲叢刊』第三集(一九五七年、文学古籍刊行社)所収。

(18) 譚正璧・譚尋氏『弾詞叙録』二九頁、上海古籍出版社、一九八一年七月。

(19) 拙著「兼善堂本『警世通言』の成立——長澤規矩也氏の問題提起に対する一回答——」(『汲古』第三九号、汲古書院、二〇〇一年五月)参照。

(20) 北京や南京も多く登場するが、これは実際の都であり、また北京は科挙が関わる物語では書かざるを得ない地域である。よって、ここでは除外する。

(21) 作謝而別、喚了一隻小船、搖出閘外、約有數里。

(22) 落水的號呼求救、崖上人招呼小船打撈。小船索要賞犒、在那裏爭嚷。呂玉想道「救人一命、勝造七級浮屠。比如我要去齋僧、何不捨這二十兩銀子做賞錢、敎他撈救、見在功德」。當下對衆人說「我出賞錢、快撈救。若救起一船人性命、把二十兩銀子與你們」。衆人聽得有二十兩銀子賞錢、小船如蟻而來、連崖上人、也有幾個會水性的、赴水去救。須臾之間、把一船人都救起。呂玉將銀子付與衆人分散。水中得命的、都千恩萬謝。只見內中一人、看了呂玉叫道「哥哥、那里來」。呂玉看他、不是別人、正是第三個親弟呂珍。呂玉合掌道「慚愧慚愧、天遣我撈救兄弟一命」。

（23）自出都門、困守一艙之中、四顧有人、未得暢語。今日獨據一舟、更無避忌。且已離塞北、初近江南、宜開懷暢飲、以舒向來抑鬱之氣、恩卿以爲如何？

（24）姓孫、名富、字善賚、徽州新安人氏。家資巨萬、積祖楊州種鹽。年方二十、也是南雍中朋友。

（25）十娘叫公子抽第一層來看。只見翠羽明璫、瑤簪寶珥、充牣於中、約値數百金。十娘遽投之江中。李甲與孫富及兩船之人、無不驚詫。又命公子再抽一箱、乃玉肅《ママ》金管。又抽一箱、盡古玉紫金玩器、約値數千金。十娘盡投之於水。舟中岸上之人觀者如堵、齊聲道「可惜、可惜！」、正不知什麼緣故。最後又抽一箱、箱中復有一匣。開匣視之、夜明之珠、約有盈把、其他祖母祿《ママ》、猫兒眼、諸般異寶、目所未睹、莫能定其價之多少。衆人齊聲喝采、喧聲如雷。

（26）『通言』無礙居士敍「我頃從玄妙觀聽説三國志來。關雲長刮骨療毒……」。

（27）拙著「明末江南における李卓吾批評白話小説の出版」『未名』第二十四号、二〇〇六年三月、中文研究会。

（28）巻二十四の巻頭にある作品名には付記があり、「古いエディッションの『王公子奮志記』とは異なる（與舊刻王公子奮志記不同）」とあり、旧刻の『王公子奮志記』では王公子（王景隆）の苦労に焦点をあてたものと考えられる。『通言』での作品名が与えるコードに従えば、玉堂春の苦難を中心に読むべきであろうが、この作品はある程度王景隆の苦労を描くことにも紙幅を割いている。

［付記］本稿は、平成二十年度科学研究費補助金を受けた研究成果の一部である。

『龍會蘭池録』について――もう一つの『拜月亭』――

大賀晶子

一　長篇文言小説『龍會蘭池録』

人気のあるストーリーは、しばしば複数のジャンルにまたがって共有される。明代後期以降、商業出版の発達とともに娯楽のための読み物が多数刊行されるようになると、新たに物語を作るより、既存の物語を流用し加工するほうが簡単なこともあって、読み物におけるストーリーの共有や使い回しが頻繁に見られるようになった。小説や戯曲、説唱の形態による読み物などの間で、あるいは文言作品と白話作品の間で、物語が翻案・改作されることが多く見られる。

ある文言小説が異なる文体・ジャンルの作品とストーリーを共有している場合、白話文学作品のほうが文言小説を原作として利用したと認められるケースが一般的である。これに対して、白話作品が先行し、それが後で文言小説に改作された例はなかなか見いだされない。その珍しい例として、戯曲から改作された小説『龍會蘭池録』がある。戯曲から白話小説への改作は「三言二拍」などにも見られるが、これは戯曲『拜月亭』のストーリーを用いて、長篇の文言小説に改作したものである。このような長篇文言小説は、明末にいわゆる通俗類書に収録されて刊行されたものが多い(1)。互いによく似た手法で書かれ、内容もほとんどが大同小異で、いずれも才子と佳人の恋愛ものである。

岡崎由美氏によれば、これら長篇文言小説の文体には、直接話法の膨張、白話文体の混交、白話的スタンスによる文言の操作（「蓋」が白話の「原来」と同じ用法で使われるなど）、場面転換の表現における白話的な饒舌さなどが見られ、それらの点から、文言小説の言語表現が、長篇化の過程で「白話的ストーリーテリング」への変質を起こしていることが見て取れるという。(2)『龍會蘭池錄』については取り上げられていないが、この作品の場合、そもそも白話文学を原作に持つという事情がある。また、後述するように直接話法による会話文の膨張が顕著に見られる一方、詞などの語句を除けば白話文体の混交は見られない。

では、『龍會蘭池錄』の場合、語り口のどのような面に通俗文学的性格が、あるいは文言小説としての性格が見いだされるであろうか。また、それらの背景にはどのような文学の土壌があり、従来の文言小説との関係はどのようなものなのだろうか。本稿では、『龍會蘭池錄』の事例から、長篇文言小説の語り口を構成する要素とその背景を考察し、明代文言小説の性格の一端について考えてみたい。

二　『龍會蘭池錄』の構造

通俗類書は多く上下二層に分かれ、原則として片方に長篇文言小説、もう片方に古今の詩文や短篇小説（基本的に文言）を収める。『龍會蘭池錄』は、通俗類書の一つ『國色天香』巻一の下層に収められている。この他『繡谷春容』にも収録されているが、『國色天香』に比べて詩文が一部削除されており、『國色天香』所収のもののほうが古い形をとどめていると見られるので、底本にはこれを用いる。(3)

最初に、『龍會蘭池錄』のあらすじをまとめておく。（〔　〕内は『拜月亭』での設定）(4)

金・汴梁〔中都〕の書生蔣世隆は、金の逃将蒲瘵興福〔冤罪を着せられた宰相の子陀満興福〕と交遊があった。興福は追っ手を逃れ山塞に拠る。元が金に侵攻して一帯は混乱に陥り、世隆は妹瑞蓮とともに杭州〔汴梁〕を目指すが途中ではぐれてしまう。黄〔王〕尚書の娘瑞蘭も同様に母とはぐれ、蘭と蓮の聞き違いによって世隆と瑞蘭、瑞蘭の母と瑞蓮が出会い、それぞれともに旅することになる。世隆と瑞蘭は山賊に遭遇するが、首領が興福だったので助かり、その後瀟湘鎮〔広王鎮招商店〕の仮の宿で結婚する。世隆は病気になり医者が呼ばれる。その後尚書が娘を発見し、無理に連れ去る。瑞蘭は去り際に彼に浣火衣を贈る〔『拜月亭』になし〕。瑞蘭は瑞蓮を伴った母に再会する。庭で月を拝して世隆の無事を祈る瑞蘭の姿を瑞蓮が見とがめた結果、互いの恋人と兄が同一人だと判明。尚書は世隆が死んだと言って瑞蘭をだますが、これは瑞蘭が瀟湘鎮に祭文を送ったことから、すぐに露見する〔『拜月亭』になし〕。世隆は興福とともに杭州に赴き、世隆は文科挙、興福は武科挙に応じる。世隆は「龍會蘭池之圖」を作り、尚書宅に入るよう仕向けると、瑞蘭はこれを見て意味を悟り、乳母張氏を使いに出して浣火衣を買い取らせるとともに、手紙を交換する〔『拜月亭』になし〕。世隆は状元及第し〔世隆は文状元、興福は武状元に及第〕、瑞蘭と結婚。瑞蓮は探花賈士恩〔興福〕と結婚する。

『龍會蘭池録』は『拜月亭』のストーリーをおおまかな線でのみ踏襲し、あらすじだけを見ても異同はかなり多い。物語の背景については、文意の判然としないところがあってやや確定しづらいが、『拜月亭』の蔣世隆は金の遷都に従って中都から汴梁へ逃れるのに対し、『龍會蘭池録』では金の支配地域であった汴梁から南宋の都杭州へ逃れることになっているようである。史実では、この時点で金の滅亡は目前だが、南宋の滅亡はかなり先のことなので、『拜月亭』の設定では世隆・瑞蘭が団円しても、史実にてらせばすぐに国が滅んでしまうことになり、それではハッピーエンドにならないわけである。もとより戯曲においてそのような厳密さは追求されないのが普通だが、かりに『龍會蘭池録』

が意識的に設定を変えたとすれば、歴史的合理性を考えてのことであろう。

『龍會蘭池錄』の特徴として、一見して分かるのは詩文の挿入が多いことである。長篇文言小説ではしばしば、大量に挿入される詩詞と、直接話法による長い会話文とが主な構成要素となり、これらがおおむね一定の密度で、起伏の乏しい恋愛模様を綿々と綴っていくことが多い。(5)『龍會蘭池錄』はこの二つの要素をともにそなえているが、同時に作品中の部位によって語り口に不統一が見られる。

まず、冒頭の蔣世隆の紹介から、彼が瑞蘭と共に安全な瀟湘鎮へ逃げるくだりまで一貫しているのが、簡略な地の文と詩詞との組み合わせである。この部分は『拜月亭』とほぼ同じ筋立てであり、内容的には波乱の連続なのだが、淡白な文章のために見せ場としての印象は非常に薄い。例として、世隆と瑞蘭が初めて出会う場面を見てみよう。

……大散關上、瑞蘭失母、世隆失妹。適宋孟珙・趙方克金兵、人定相尋、莫知去向。瑞蘭母湯思退女、得世隆妹林下、偕住《ママ》和州。世隆遍尋妹、蓮蘭音似、瑞蘭聞名、自石竇中出、一見世隆、方知其非母氏。……乃偕入浙。瑞蘭徐行、口占一調寫懷。世隆聞之嘆曰、吾只爲卿有國色、不意又有天才。千載奇逢、間世之數也。口占一詩以戲之。瑞蘭亦和之。

瑞蘭調云　　虞美人　　（略）

世隆詩　　（略）

瑞蘭詩　　（略）

……大散関のところで瑞蘭は母とはぐれ、世隆は妹とはぐれた。ちょうど宋の孟珙、趙方が金軍に勝って人心は定まったが、捜しても行方が知れなかった。瑞蘭の母は湯思退の娘で、世隆の妹を林の中で見つけて共に和州へ行った。世隆は妹を捜し回っていたところ、蓮と蘭は音が似ているので、瑞蘭はその名を聞いて岩穴から出てきて一目世隆を見、初めて母でないことに気づいた。……そこで共に浙江に入った。瑞蘭はゆっくりと進みつつ、詞を口ずさんで思いを記した。世隆はこれを聞いて感嘆して言った。「あなたを絶世の美女とばかり思っていたが、何と才能もおありとは。千載の奇遇、世に稀なさだめだ。」詩を口ずさんで彼女に戯れた。瑞蘭もこれに和した。（以下略）

二人の出会いは『拜月亭』では重要な場面の一つだが、『龍會蘭池録』ではごく簡潔にまとめられている。冒頭から二人が瀟湘鎮に入るまでの内容はほぼ全て、この場面と同様のテンポで書かれ、簡潔な叙述の一区切りごとに、七律ないしそれと同程度のボリュームの詞を並べるパターンを繰り返す。本来主要人物の一人である興福の存在感が『龍會蘭池録』では希薄なのは、彼の出番がほぼこの範囲に集中しており、従って詳細な描写がほとんどないからであろう。全体としてこの逃避行のくだりは、登場人物達が作る短い詩詞をほぼ一定のリズムで並べ、その間を簡単なストーリー説明でつなぐスタイルで書かれている。文の簡潔さに対して詩詞の量が多く、鑑賞の中心は物語でなく詩詞のほうにあると言えよう。

この後、二人が瀟湘鎮で仮の宿に落ち着くあたりから語り口が変わる。これ以降、『拜月亭』にはないエピソードがいくつも登場するようになり、また散文部分の大半を、直接話法による会話文が占めるようになる。ここで現れるのが、執拗な会話文と長篇の詩詞との組み合わせ、そしてその反復であり、これは世隆が瑞蘭をくどく場面で最も顕著になる。世隆に迫られた瑞蘭が部屋に立て籠もり、扉ごしに押し問答となる場面である。

……世隆笑曰、吾儒家書中金屋車馬、等閑事耳、奚重寶爲。蘭曰、書中有女顏如玉。何用妾之棄人。世隆曰、國色非書中有也。瑞蘭覘世隆意篤、佯如厠、兎脱東房。世隆忿不自勝、如焚如割、即房窗間諭以一歌。瑞蘭亦製一調以寛之。

世隆歌云

生平不識亦風流、偶遇神仙下楚州。……今朝平歩入瀟湘、擬將雲雨遍牙床。誰知酒後機心變、翻身兔走入東房。……心頭悸亂渾如醉、身上慌忙骨自寒。嗚呼已矣蔣世隆、無限恩情一夢中。……窻前咫尺天涯遠、唱破人間薄倖歌。

瑞蘭調云　水龍吟

強胡百萬長驅、邊城瓦解人如草。……送我歸家下落、把全身從容圖報。……看人間野合鴛鴦、羞殺我、君休道。世隆曰、卿欲歸家圖（按脱「報」字）、不惟劉備寛荆州歳月、亦張儀以商于誑楚耶。瑞蘭曰、豈敢爲是哉。所以歸家者、正欲白雙親備六禮、百歳咸恆。……（世隆）則曰、崔鶯非相女耶。自送佳期、至今稱爲雙美。今娘子所遭之難、固大于崔氏、獨不念我耶。蘭曰、崔氏自獻其身、乃有尤物之議、卒焉改適鄭恆、今以爲羞。妾欲歸家圖報者、正以此患耳。世隆曰、卿言乃鷓鴣啼耳。蘭曰、何也。世隆曰、行不得哥哥。蘭曰、無患也。至則行矣。……世隆曰、如卿言、我絶望矣。遂製瀟湘夢一詞、以別之。詞曰、

笳鼓喧天、猊貅無數。玉仙子桑下相逢、再三懇怙。醜豺狼不諳光景、把親妹丟開忘顧。……不念我一途風露、好多辛苦。……明月三更、卿也西去、我也東走。……嗚呼一曲瀟湘詞、今宵懊恨爲誰奏、送卿去也、永作欺人話譜。

……世隆は笑って「わが儒家には書中に金屋車馬ありです。そんなことはどうでもよい。どうして宝物を重んじましょう。」瑞蘭「書中に玉の如き美女ありとか。なぜ私のような見捨てられた者にかまうのです。」世隆「絶世の美貌とは書中のものではない。」瑞蘭は世隆の意気込みようを見て、厠に行くふりをして東の部屋に逃げ込んだ。世隆は憤りにたえず、焼き裂かれる心地。そこで窓のところから歌をもって説得しようとした。瑞蘭も

詞を作って、彼をなだめようとした。

世隆の歌にいう、

日頃から見知っていたのではないがあなたは素晴らしい、たまたま楚州に下りし仙女に出会ったというもの。……今日何事もなく瀟湘に入り、寝床一杯雲雨の交わりを期待した。思いがけず交杯の後に心変わり、身を翻して東の部屋に逃げ込んだ。……心は乱れ全身酔ったよう、身はうろたえ骨は冷える。ああもうだめだ蔣世隆よ、無限の恩愛はただ夢の如し。……窓のすぐ前にいながら天の果てほど隔てられ、人の世の薄情の歌を歌い尽くそう。

瑞蘭の詞にいう、　　水龍吟

蛮族が大挙して押し寄せ、辺境の城市は瓦解して人は草のよう。……私を送って家に落ち着かせて下されば、この身をあげてゆっくりとお礼を致しましょう。……世の野合する鴛鴦を見るにつけても、私はひどく羞ずかしい、あなたもうおっしゃいますな。

世隆「あなたが家へ帰って報恩がしたいというのは、劉備が荊州を返すのを引き延ばしたようにするだけでなく、張儀が商於の地をもって楚を騙したようにするんでしょう。」瑞蘭「どうしてそんな。家へ帰るのは、両親に告げて六礼を備え、百歳まで正道を守りたいからです。……」……（世隆は）そこで言った。「崔鶯鶯は宰相の娘ではないですか。自分から逢い引きをし、今日まで二人とも立派と称えられています。今お嬢様の難儀はもとより崔氏より大きいのに、あなただけは私を想われぬのか。」瑞蘭「崔氏が勝手に身を捧げると、罪作りの美人との議論が起き、遂に鄭恒に嫁ぎ替えました。今も恥としています。私が家へ戻ってからお報いしたいのは、正にこれを恐れるからです。」世隆「あなたの言葉はただの鶻鴣啼ですね。」瑞蘭「何ですの。」世隆「『いけませんよ、お兄さん』と鳴きます。」瑞蘭「心配いりません、帰り着けば大丈夫。」……世隆「あなたの言うようなことなら、私には望みがない。」ついに瀟湘夢詞をなして別れを告げた。詞にいう、
軍鼓天に響き、野獣の如き兵は無数。桑の木のもとで仙女に逢い、懇ろに頼られた。愚かな狼めは情況を考えてもみず、実の妹を棄て忘れた。……私が道中の雨風に耐え、どれほど難儀したか思いもせぬ。……明月照らす深夜、あなたは西へ、私は東へ行くのだ。……ああ一曲の瀟湘詞、今宵の恨みを誰のために奏でよう。あなたを送り出そう、永く噓いつわりの物語とするのだ。

台詞による二人の掛け合いと詩詞による訴えかけとが執拗に反復され、会話と詩詞とがからみあって、ひとつながりのやり取りを形作っている。会話はおおむね「世隆曰……蘭曰……」という、台詞が前面に出た形で典故を引きながら語られる。

また秘密結婚の後、二人の甘い日々が会話と詩詞とで綿々と語られる中に長い弁舌の台詞が挿入されている。一つ目は世隆の病気の場面である。世隆の病気は『拜月亭』にもあり、藪医者が登場して滑稽なやりとりをする。所謂院本挿演（金代に流行した単純な笑劇を院本と称し、その影響によると思われるパターン化した滑稽な場面が、演劇の中に幕間狂言のように入っているもの）だが、演劇では定番のこのパターンを、『龍會蘭池錄』では世隆による弁舌に差しかえている。海神に平癒祈願をしようとする瑞蘭を世隆が制止し、神仏の名を列挙しつつ、それらが頼むに足りないことを述べる。

世隆雖病、語瑞蘭曰、世豈有禱于神而不死者乎。蓋今之神、古之人。神嘗不能自宥其死、況能宥其死于人乎。瑞蘭曰、何以見之。世隆曰、予嘗稽董狐搜神鬼記、釋迦乃維摩王子、觀音妙莊王女。達摩至盧能、托蘆傳鉢六葉、卒于漢溪。佛祖則宜春縣人、曰卽肅。老君則楚縣人、曰李耳。張眞人道陵乃漢張良後、許眞人遜、晉零陵令、……既不能靈于海盜、顧能靈于我耶。卿勿復言。

世隆は病気の身ながら瑞蘭に語って言った。「世の中神に祈って死なずにすむ者があろうか。思うに今の神は昔の人なのだ。神は以前自分の死を救えなかったのに、まして人の死を救えるはずがない。」瑞蘭「どうしてそうと分かりますの。」世隆「私は以前董狐の捜神鬼記を読んだが、釈迦は維摩王の子、観音は妙荘王の娘だ。達磨から盧能に至るまで、衣鉢を伝えること六代、漢渓に死んだ。仏祖は宜春県の人で即粛といい、老子は楚県の人で李耳という。張真人道陵は漢の張良の後裔で、許真人遜は晋の零陵の令で、……海賊退治に霊験がないのに、私に霊験があるものか。もうお言いなさるな。」

この後さらに彼が病床で詠む七律二首が続く。「薬名詩」「薬方詩」と題し、己れの状況と引っかけて薬の名を詠み込んだものである。弁舌の落ちとして詩をつけた形であり、背景に何らかの芸能のイメージがあるようにも思われる。病気の場面は、実質的にはこの弁舌と詩だけでできていると言ってよい。さらにそのすぐ後には快気祝いの宴席の場面（『拝月亭』にはない）があり、ここで世隆は芝居の中で演じられる話はみなでたらめだと述べ立てる。この台詞も、通俗文芸でおなじみの物語を列挙しては否定するという形での弁舌になっており、快気祝いという場面設定はこの弁舌を引き出す以外の役割を持っていない。

世隆曰、傀儡制自師涓以怒紂、陳孺子竊之以助漢。何爲禍、何爲福。況梨園所演、一皆虚誕。蔡伯喈孝感鶴烏、指爲無親。趙朔亡而謂借代于酒堅《ママ》、韓厥立趙後而謂伏劍于後宰門、……

世隆は言った。「傀儡を作ることは師涓がそれで紂王を怒らせたことから始まり、陳平はこれでひそかに漢を助けた。どうして禍を起こしたり福をなしたりしようか。まして芝居で演じることは皆でたらめだ。蔡伯喈の孝心は鶴や烏を感動させたのに親不孝者にしたてたり、趙朔は死んだのに周堅が身代わりになることになっていたり、韓厥は趙家の跡継ぎを立てたのに後宰門で自刎することになっていたり、……

瑞蘭が尚書に連れ去られた後にも、仇万頃なる友人が世隆を訪ね、詩についての議論を交わす場面がある。仇万頃は他の場面にも登場するが、議論や詩文を引き出すためだけの存在であり、物語の進行とは全く関係がない。これらの弁舌はみなストーリーと無関係に唐突に展開され、物語の中に割り込むような形で存在している。

仇万頃との議論のすぐ後から、散文に対する韻文部分の構成が変化する。これより前の韻文部分が全て詩か詞なのに対して、これ以降は大量の長文が詩詞とともに挿入されるようになる。また瑞蘭による拝月の場面、状元及第と結婚、兄妹再会など後半の山場はごく簡単に述べられるのみで、地の文に対する詩文の比重の大きさが際だっている。さらにこのくだりでは『拜月亭』にはないエピソードがいくつも語られるが、いずれも登場人物から詩文、特に長文を引き出すことに主眼が置かれていると思われる。まず、世隆が瑞蘭を想って作る「送愁文」がある。これは「愁鬼」との対話形式で、風流の鬼と愁悶の鬼は表裏一体であり、風流（恋）を求めながら愁いを退けようとするのは不合理だと愁鬼によって諭されるという内容である。次に拜月の場面の後で、瑞蘭は尚書にだまされて世隆が死んだと思いこみ、祭文を書くが、それを瀟湘鎮へ持って行かせた使いが当の世隆に出くわしたために、尚書の計略は物語を発展させることなく破れてしまう。その後に「但其祭文、負心義氣、秋霜烈日、世隆友人多瞻視之（ただしその祭文は、心に義気を負い、秋霜烈日のごとく、世隆の友人は大勢これを見た）」と言い添えて祭文が挿入されている。次に世隆が杭州で、二人の名前の音（隆と蘭）に引っかけて「龍會蘭池圖」を描き、それに付ける小引文が挿入される。そして、これをきっかけに二人が交換する手紙の文章がそれぞれ「瑞蘭書曰」「世隆書曰」として挙げられる。瑞蘭の乳母張氏が恋の使者となるのは、侍女が令嬢の恋を応援する才子佳人もののパターンに当てはまるが、ここで大きなウェイトを占めるのは、張氏の助けで二人が交わす手紙のほうである。結婚による団円の場面では、仇万頃が書く「婚書」に始まり、大量の詩文がたたみかけるように並べられて終わる。要するに「送愁文」以降のくだりでは長文を主体として詩文の比重が非常に高く、地の文（会話文を中心とする）は詩文の間をつなぐ役割に終始している。

このように、『龍會蘭池録』は全体として物語より詩文と会話が中心の読み物であり、恋物語は作品をまとめるために利用されているだけと言ってもいい。『拜月亭』の豊かなドラマ性は、典故を多用した会話のスタイルや、叙述の簡略さによって後退し、詩文や会話、弁舌がメインになっている。[6] 拜月の場面が簡単にすまされる一方で、「拜月」と銘打った詩文が三度にわたって出てくるのも、その現れと言えよう。

三　背景にあるもの

このように長篇文言小説『龍會蘭池録』は部位によって語り口の特徴が異なっており、それらは次のように整理することができる。

		ストーリー内容	構成要素	
①		冒頭から二人の逃避行まで	簡略な地の文 一区切りごとに並べられた短篇の詩詞	
②	1	瀟湘鎮での日々、特にくどきの場面	会話と詩詞の組み合わせとその反復 弁舌の挿入	直接話法による会話文 長篇の詩文
	2	「送愁文」以降、最後まで	長文と詩詞の羅列	

まず言えることは、おおまかな筋立て以外の点で『拜月亭』の影響を受けた形跡がなく、そしてそのことが、詩文

が前面に出て物語性が希薄であることと関係している、という点である。有名な話を借用する場合、読者にアピールするのはストーリーではなく、既存のストーリーの枠を利用して新たに盛り込まれる別の要素ということになるだろう。以下、右の区分に沿って、それぞれの背景に想定される事情を考えてみる。

①ここでは先述のように舞台設定に違いがあったり、『拜月亭』には出てこない実在の人物名が登場したりする。これらには内容を史書に沿ったものにしようという意図が想像される。

詩詞の挙げ方について言えば、この作品は、物語が段落のように細かく分割され、一区間語り終わるごとに、登場人物が作った詩詞をまとめて載せるというスタイルをとる。たとえば先に挙げた二人の出会いの場面では、二人が合計三首の詩詞を作るまでの内容を先に語っておいてから、「瑞蘭調云……」と三首を並べ、次の場面に移る。このような手法は、地の文が簡略な場合に意味を持つように思われる。描写が詳細な場面では、詩詞も吟じるつど一つずつ挙げるほうが無理がない。全篇このパターンが続くのは、書き手が出だしの部分の形式を基準に、意図的に全体を統一したためではないかと思われる。

このように物語の内容を簡潔に語ってから詩詞をまとめて並べる手法からは、本来詩詞とセットで語られるべき長い物語があったが、ストーリーのほうは詳細に書きとめる必要を認められなかったという状況が想像される。そういう文章の極端な例では、講談の種本に由来するとされる元代・羅燁の『醉翁談錄』已集巻一がある。(7) 巻一全体にわたって、梁意娘と李生がひそかに詩を贈りあって交際し、やがて親の許しを得て結婚する顚末を収めるが、これは先に「梁意娘與李生詩曲引」と題してストーリーを簡単に記した後、「意娘與李生小帖」「意娘復與李生二首」「意娘復與李生批」「意娘與李生相思歌」「意娘與李生相思賦」と詩文を並べる構成を取る。種本においてはストーリーの細かい説明は不要であることから、このような書き方がされたのだろう。これが読み物として出版されていたわけで、この種の書き方がパターン化したものを、『龍會蘭池錄』はさらに増幅させて用いているのではないだろうか。

　また、詩文を導入する際の表現にも特徴的なパターンがある。冒頭、世隆と興福が詩を贈りあうところでは「各有詩贈、具錄於此（各々詩を贈りあった。つぶさにここに記す）」、興福が山塞で詠む詩は「口記詩詞甚多、聊記一二附覽（口ずさんだ詩詞は甚だ多い。いささか一、二を記して上覧に入れる）」として挙げられる。詩文の挿入箇所三十のうち、同類の表現が使われているのは十三箇所にのぼり、「具錄於此」「聊記一二」が繰り返し使われる。中でも「時有口占詩詞甚多、聊記一二、以表龍會蘭池之行實（その時口ずさんだ詩詞は甚だ多い。聊か一、二を記し、龍会蘭池の行跡を表す）」「嘗有拜月詩詠甚多、聊記一二、以表瑞蘭氷霜之守（拝月の詩を詠んだのが甚だ多い。聊か一、二を記して、瑞蘭の堅き貞節を表す）」、あるいは「夜宿林薄間詩詞甚多、不能盡錄、聊記虞美人詞（夜に林にやどった時の詩詞は甚だ多いが、記しつくせない。聊か虞美人詞を記す）」などは常套表現になっていると言えよう。これらによって導入される詩詞はどれも、雰囲気のある語を連ねただけで、物語を展開させる上では特に意味を持たないものである。

　これらと類似する表現は、明代文言小説の代表格と言うべき瞿佑『剪燈新話』の後続作である、李昌祺『剪燈餘話』にも見える。巻一「聽經猿記」にある「其題詠者甚衆、多不悉錄、紀其一二尤者爲（題詠したものは甚だ多いが、多くは記しつくせない。優れたものを一、二記しておく）」、および巻二「連理樹記」にある「詩與序多不錄、姑載一二以傳好事者（詩と序は多くは記さない。とりあえず一、二を載せて好事家に伝える）」がそれである。一方、現存する中では最古層の公案小説『百家公案』の第十二回に、「尙静閑時吟詠尙多、未及盡述、姑錄春夏秋冬四景於左（尚静がひまな時作った詩はまだ沢山あるが、述べきれないのでとりあえず春夏秋冬の四景の詩を左に記しておく）」という表現が見える。いずれも、ストーリー上は必要のない詩の導入に使われている点で共通する。ともに詩文の比重の高い文言小説である『龍會蘭池錄』と『剪燈餘話』はともかく、全く性質が違うはずの『百家公案』に同種の例があるのは、単なる偶然なのだろうか。『百家公案』全百回のうち第一回から第二十四回は、他の部分との語り口の違いから芸能の種本との関係が推定されており、上記の例もその根拠となる特徴の一つである。(8) この表現そのものが語り物のフレーズから来たと速断はできないが、少なくとも、高級知識人である李昌祺の『剪燈餘話』と、通俗的な『百家公案』に同じパターンが見え、『龍會蘭池錄』にも使われているわけで、この常套表現が共有される範囲の広さが分かる。

②　この範囲での大きな特徴は、会話文の占める割合が多いことである。直接話法による会話文の多さは長篇文言小説全体に共通する特徴であり、先に挙げた岡崎氏の論考によって、文言小説長篇化の主因であるとともに、文言小説の文体がここにおいて白話文的発想への変質を起こしたことを示すものであるとの指摘がなされている。

②-1　直接話法の多さは、瀟湘鎮でのくどきの場面で特に顕著となるが、それは登場人物による発言が多いことを示すにとどまらない。会話の合間に挿入される詩詞にも、①の範囲では見られない台詞的な饒舌さが見られるようになる。この場面では、まず世隆が詩を作り、瑞蘭が詞を返し、二人のやり取りがあって、先に本文を挙げた箇所に入る。再び世隆が歌を作り、瑞蘭が詞を返し、再び押し問答の末、世隆がまた詞を作る。「生平不識亦風流」で始まる世隆の歌を見ると、「偶遇神仙下楚州」と二人の出会いから始め、以下道中の苦難を述べ、「今朝平步入瀟湘、……」と瑞蘭に拒絶された経緯を述べてから、「心頭悖亂渾如醉」以下、己の誠意が報われないことをあれこれと嘆いてみせる。瑞蘭の詞はこれに応えて「強胡百萬長驅、邊城瓦解人如草」と戦乱に逃げまどったところから始め、彼に救われた恩を述べてから、「送我歸家下落、把全身從容圖報」云々と、親元へ戻った上で彼の恩に報いたいと告げ、改めて野合を拒む。どちらもそれ以前の事情を改めて説明した上で具体的に自分の立場を相手に訴えており、韻文であると同時に、会話文の一環ともなっているようだ。世隆の「卿欲歸家……」以下の台詞が、瑞蘭の詞の「送我歸家下落、把全身從容圖報」という句への返答であるのも、この詞自体が登場人物の発言としての性格を持っていることの現れと言えよ

う。

このように、くどきの場面の詩詞は、読者が既に知っていることを再度語り直すとともに、登場人物の具体的な発言内容を意味として持つ。このような性質の詩詞は『剪燈新話』にも見え、たとえば巻三「愛卿傳」では、三年ぶりに帰郷した夫の前に妻愛卿の幽霊が現れ、次のように歌う。

見趙子、施禮畢、泣而歌沁園春一闋、其所自製也。詞曰、

一別三年、一日三秋、君何不歸。記奪姑老病、親供藥餌、高塋埋葬、親曳麻衣。夜卜燈花、晨占喜鵲、雨打梨花晝掩扉。誰知道、把恩情永隔、書信全稀。干戈滿目交揮、奈命薄時乖履禍機。向銷金帳底、猿驚鶴怨。香羅巾下、玉碎花飛。要學三貞、須拚一死、免被旁人話是非。君相念、算除非畫裏、得見崔徽。

毎歌一句、則悲啼數聲、悽惶怨咽、殆不成腔。

趙子を見て、礼をすると、泣いて自作の沁園春詞を一つ歌った。詞にいう、

一別より三年、一日三秋の思いで待てど、我が君はなぜお帰り下さらぬ。母君は老病の御身、親しくお薬を差し上げ、手厚く葬り、麻の喪服に身を包む。夜は灯花に占い、朝は鵲に占い、雨は梨の花を打って昼も扉を閉ざす。誰か知らん、恩愛を永く隔て、便りは絶え果てぬ。戦さは世に充ち満ちて、命運は儚く禍に陥る。綺羅の帳のうち、猿は驚き鶴は怨む。うすぎぬのきれの下、玉は砕け花は散る。貞操を学び、命を抛つべし、世人のそしりを免れん。思いたまえ、かの崔徽のように、絵姿でなくばお会いするはかなわずなりぬ。

一句歌うごとに幾度もむせび泣き、物寂しく嗚咽して、ほとんど曲調をなさない。

この時点で、夫と読者は既に賊に絞殺されたという彼女の最期を知っている。この詞はそれを改めて繰り返している点、相手に向かって訴えかける内容である点、基本的に『龍會蘭池録』のくどきの場面の詩詞と類似の発想で書か

れている。さらにこの後で愛卿は「妾本倡流、素非良族、……（私は元来娼家の生まれ、もともと良家の者ではなく、……）」以下の長台詞によって、過去のいきさつをもう一度おさらいし、自分の心情を語って聞かせる。このように見れば、『龍會蘭池錄』の語り口は正統的な文言小説の流れを受け継いでいると言えよう。一方で、くどきの場面における語り口の大きな特徴は、「世隆曰……蘭曰……」の繰り返しによる二人の掛け合いと台詞的な内容の詩詞という組み合わせの反復にある。先に述べた「生平不識亦風流」以下の世隆の歌と「強胡百萬長驅」以下の瑞蘭の詞は、その前のやりとりの結果を受けたものであり、次の世隆の詞も、押し問答の結果を受けて過去の経緯をもう一度始めから述べ、瑞蘭のつれなさを非難し、以後の同道を拒否してみせる。その結果、慌てた瑞蘭が秘密結婚に同意するのである。詩詞と会話は同じ内容を表現を変えては反復しつつ交互に現れ、少しずつ先へ展開していく。逆に「愛卿傳」の詞と台詞には、そのような掛け合いの一環としての性格は見いだされない。

このような展開のしかたは、芸能に由来する通俗文学のそれに一致するところがある。戯曲においては、台詞と曲の繰り返しが全体としてひとつながりの場面、大抵は複数の人物による掛け合いを形成する。また、既に語られた内容を韻文で何度も繰り返すやり方は、詩話など講唱文芸系の読み物にしばしば見られる代言体の唱詞（語り手の立場からでなく登場人物の発言として唱われる唱詞）に通じる性格があると言えないだろうか。その例は白話小説にも多く、たとえば『西遊記』の第十九回には、孫悟空の挑発の台詞に対して、猪八戒が「……只因王母會蟠桃、開宴瑤池邀衆客。那時酒醉意昏沈、東倒西歪亂撒潑。逞雄撞入廣寒宮、風流仙子來相接。……（ただ西王母が蟠桃会を催すとて、瑤池に宴して客を招く。その時酒に酔いどれて、東も西も滅茶苦茶。広寒宮に暴れこめば、風流の仙女お出迎え。……）」と、既に説明されている彼自身の出自を、改めて詩の形で名乗って聞かせる場面がある。(9)『西遊記』では同じ事の説明を台詞や詩で何度でも繰り返すことは珍しくなく、これはもとになった芸能の影響によるとされる。『龍會蘭池錄』におけるくどきの場面の語り口は、台詞と詩詞がともに直接話法の会話を形成することで、戯曲や詩話などの、韻文が台詞の役割を兼ねる芸能由来の文学と共通の構造を持っていると考えられる。

長篇文言小説の共通項である饒舌さが別の形で現れているのが、世隆の台詞の中で展開される弁舌の部分であり、世隆一人の長台詞で、固有名詞を列挙しながら俗説を次々と否定していく。同様の弁論は『剪燈新話』にも見られ、その巻四「鑑湖夜泛記」では、織女神が処士成令言を天界に呼び寄せ、七夕伝説から厳君平の逸話に至るまで、神々に関する通説を、あれは後人の妄説だがこれは正しいという具合に、様々に論じて聞かせる。『龍會蘭池録』はこのような文言小説における議論の伝統を受け継いだのであろう。

同時に世隆の弁舌にはもう一つの背景が考えられる。彼の二つ目の弁舌は、芝居がいかに史実に反しているかという内容だが、岩城秀夫氏によれば、明代には小説や戯曲の筋が史書に一致するかどうかを論じ、それを基準に価値判断を下す風潮があって、謝肇淛『五雜組』、呂天成『曲品』などには、そうした傾向に対し批判的な言辞が見えるという。(10)とすれば『龍會蘭池録』の弁論場面は、通説や文学作品が史実に沿っていないことをあげつらう風潮に便乗して、この小説は教養レベルが高いのだとアピールしてみせようとしたものとも考えられる。作品の時代背景が『拜月亭』と比べて史実と矛盾しないものに変わっているのも、同じく知識人向けという方向での操作であるかもしれない。ただ、弁論の場面を挿入する例は白話文学にも見られ、(11)通俗文学と文言小説の双方に属しうる両面的な傾向のようである。

また世隆が霊験を否定する弁舌の落ちに病床で作るのは、さまざまな薬の名前を詠み込んだ「藥名詩」「藥方詩」である。薬名詩は六朝以来の伝統を持ち、芸能・通俗文学の分野では早くは敦煌変文に見え、雑劇にも見られることが指摘されている。(12)世隆の「藥名詩」「藥方詩」も、そうした薬名詩の流れを受けているのであろう。

②-2　ここでは詩文が大半を占め、特に長文の挿入はこの範囲に集中している。詩詞や祭文、書簡などの挿入は、文言・白話を問わず小説にはよく見られ、時には『剪燈新話』巻一「水宮慶會録」のように、詩文が中心でストーリーは付け足しにすぎないような作品もあるが、ここではそれがさらに肥大化して、全体がほとんど詩文の羅列に近いものになっている。こうした詩文の列挙は、読み物としての性格から言うと、『國色天香』の上層に収められているような、詩文の文例集（『龍會蘭池録』は下層に収録）のそれに近いのではないだろうか。たとえば世隆の「送愁文」は、『國色天香』巻三上層に載る「送窮文」や、『繡谷春容』巻九に同じ「送窮文」とともに見える「送疥文」などと同類の作品と言ってよいであろう。

先述した『醉翁談録』の梁意娘と李生の話は、『國色天香』巻二に「意娘寄柬」（「小帖」「二首」「批」を含む短篇小説）と「相思歌」（意娘の作とする。『醉翁談録』より句が多いので出典は別）、巻三に「女相思賦」（「男相思賦」と対をなし、意娘とは関連づけられていない）と、ばらばらに収録されており、複数の詩文が一つの物語によって結びついたり分離したりする様子をよく示している。『龍會蘭池録』は全体を通じて会話や詩文が中心の読み物だが、この部分は詩文の比重が極端に大きく、なかば詩文のアンソロジーに近い。通俗類書の読者にとって詩文と小説の区別は非常に曖昧なものであり、詩文文例集に求めるものと、小説に求めるものとがここでは一致しているのである。

四　おわりに

このように長篇文言小説『龍會蘭池録』には、『剪燈新話』などの正統的な文言小説から引き継がれた要素と、通俗文芸に通じる要素とが混在している。これは戯曲に基づいたために白話文学的な特徴を残しつつ、文言小説への換骨奪胎をはかった結果と考えれば当然のように思われるが、『龍會蘭池録』の通俗文芸的性格は『拜月亭』の影響によるものとは考えにくい。『龍會蘭池錄』は『拜月亭』からストーリーの大枠を借りているにすぎず、『拜月亭』の影響を受けて通俗的になっているというよりも、戯曲や、場合によっては詞話系の小説などの通俗文学が背景にあるのだと考えたほうがよいであろう。

本筋と無関係の弁論場面をわざわざ挿入するなど、恐らくは意識的に『剪燈新話』的な文言小説の伝統を継ごうとしており、俗説の否定や、史実に合わせて物語の設定を改変するなどのペダントリーともとれる傾向を見せるところからすれば、編者は知識人的な好みに応えうるものとしてこの小説を作ろうとした可能性がある。しかしその一方、より通俗的な読み物と共通する語り口が見られ、全体の語り口も統一されていない。剪燈二話から一般読者向けの詩文文例集、芸能の種本との関係が想定される読み物や、戯曲や講唱文芸の類まで、文言小説的な背景と通俗文芸的な背景の両方に属する様々な要素が、『龍會蘭池錄』にはいわばごた混ぜになって含まれていると思われる。つまり、それらの様々な読み物は、別々の系統として互いに独立して存在していたのではなく、共通の土壌の中から、その時どきの需要に応じた体裁で制作されたのであろう。その一部が、それなりに教養はあるが高級な知識人とまでは言い難い中間的な一般読者というべき存在が増加する中で、長篇の文言小説や、あるいは日用類書から読み物に特化した通俗類書といった形に発展し、続々と刊行されることになったのであろうと考えられる。白話文学に基づいて文言小説を作るという、従来見られなかった行為も、このような読み物のボーダーレス化によって起きたものであろう。『龍會蘭池錄』は、通俗的な娯楽読み物というフィールドの中に、白話文学と文言小説の制作がともに含まれていたことを、ストレートに示している事例と言える。(13)

このようなごた混ぜの文言小説が生まれたということからは、文言小説の一部が通俗文芸に向かって変質していこうとする状況が窺われるが、それはまた通俗文芸のほうにも文言小説に向かって変質しようとする動きがあることと、同じ事象の両面であると言えよう。通俗的な娯楽読み物が、ストーリーや人物造型の面白さではなく、詩文や議論を楽しむための、いわば知的な遊びとして提供されるようになってきているとも言え、これは通俗文芸の側からすれば、ある意味で小説としてのグレードアップということになるであろう。明代に起きた文言小説と通俗文芸のクロスオーバーと言うべき状況を、ここに見いだすことができる。

『龍會蘭池錄』は多くの長篇文言小説の中の一つにすぎず、これ自体として突出した作品というわけではない。今回はもとになった白話作品が分かっていることから『龍會蘭池錄』を取り上げたが、対象を幅広く取って検討していく必要があるだろう。詩文と会話文の多さはどの長篇文言小説にも共通する傾向だが、その他の特徴も常に一致するとは限らないようだ。たとえば詩詞を導入する際の常套句は、『鍾情麗集』では『龍會蘭池錄』と同種のものが「文多不載、聊錄歌詩以傳好事者（文は多くは載せない。聊か歌詩を記して好事家に伝える）」を始め四回、『天緣奇遇』でも三回現れるのに対し、『劉生覓蓮記』や『雙卿筆記』などには一度も見えないなど偏りがある。[14]長篇文言小説を、総体として通俗読み物のフィールドの中にどう位置づけるのか、今後の課題としたい。

注

（1）通俗類書の用語は、孫楷第『日本東京所見小說書目』（人民文学出版社、一九五八）の『國色天香』の解題による。通俗類書の内容は一般の日用類書と異なり、小説や種々の詩文、書簡文などの読み物を提供することに特化しているのが特徴である。

（2）岡崎由美「明代長編伝奇小説の文体」（『中国文学研究』第十七期・早稲田大学中国文学会、一九九一）。

（3）『國色天香』は『古本小説集成』所収の万巻楼本影印を用いた。これは万曆二十五年の重刊本である。通俗類書の定義及びその版本については、大塚秀高「明代後期における文言小説の刊行について」（『東洋文化』第六十一号、一九八一）に詳しい考証がある。

（4）『拜月亭』には、施恵によるとされる南戯の前に関漢卿作の元曲があるが、これは曲辞のみの元刊本しか伝わらないので、ストーリーについては南戯に従う。『古本戯曲叢刊』所収の世徳堂本『重訂拜月亭記』影印によった。

（5）注（2）参照。

（6）①瀟湘鎮での結婚の後、共に月を拝して「拜月亭賦」を作る。②瑞蘭が杭州で庭の亭を拝月と名付け「拜月詩」を作る。③正式に結婚した二人が庭に遊び、拜月亭で世隆が「拜月亭記」を作る。

（7）『醉翁談錄』は古典文学出版社の活字本（一九五七）を用いた。

（8）小松謙「『百家公案』の構成について」（『集刊東洋学』第九十七号、二〇〇七）。『剪燈新話』『剪燈餘話』『百家公案』のテキストは、古本小説集成所収のそれぞれ内閣文庫蔵『剪燈新話句解』影印、天理大学蔵本影印、万暦朱氏与畊堂本影印を用いた。

（9）『西遊記』は古本小説集成の世徳堂本影印を用いた。

（10）岩城秀夫「万暦年間にみられる演劇虚実論」（『中国古典劇の研究』第二部第二章、創文社、一九八六）。

（11）たとえば『董解元西廂記諸宮調』巻二には、張生が「生者死之原、死者生之路。生死乃人之常理。向者佛祖亦須入滅。況佛書分明自說因果。……（生とは死の源、死は生に赴く道とやら。生死は人の常にほかなりませぬ。さきにはお釈迦さまとて入滅されました。まして仏書には因果の理がはっきりと説かれております。……）」以下の長広舌をふるい、大師と議論を戦わせる場面がある。（訳は金文京他著『「董解元西廂記諸宮調」研究』（汲古書院、一九九八）による）

（12）田中謙二「薬名詩の系譜」（『田中謙二著作集』第二巻（汲古書院、二〇〇〇）。

（13）長篇文言小説の嚆矢とされる『嬌紅記』は『剪燈新話』より早い元代の作と見られ、この分野が明一代をこえる長い期間にわたって書き続けられたことを示している。小松謙氏の「読み物の誕生――初期演劇テキストの刊行要因について――」（『吉田富夫先生退休記念中国学論集』汲古書院、二〇〇八）によれば、明代にこの作品が白話を用いて戯曲に改作された際、登場人物による詩詞のやり取りなど、もとの小説にあった要素をまともに取り込んだ。その結果、戯曲でありながら上演を想定せず、最初から読み物として制作したとしか思えないスタイルになっているという。『龍會蘭池錄』の場合とは改作の方向が逆だが、文言小説と戯曲が同じ次元で制作されていたことを示す好例と言えよう。

(14)　古本小説集成の万暦二十六年刊『萬錦情林』所収のテキストによる。但し『雙卿筆記』のみ『國色天香』による。

孫臏と龐涓の物語

田村　彩子

はじめに

中国の白話歴史小説の多くは、その成立過程において芸能や民間伝承などと深い関係を持っている。そのため、近世の一般の市井の人々には「よく知られていた」内容が、実は史書の記述とは全く異なっていることがままある。春秋戦国時代の名軍師・孫臏とそのライバル龐涓の物語は、古くは『史記』に見られる。その孫子列傳の内容は、およそ次のようなものである。

孫臏は龐涓とともに兵法を学んだことがあった。龐涓は魏の将軍となり、孫臏を呼び寄せたが、孫臏の才能へのねたみから彼を罪に落とし、足斬りといれずみの刑にして人前に出られないようにした。斉の使者が魏にやって来た時、孫臏はこっそり面会し、使者の車に乗って斉へ逃れ、田忌の客となった。孫臏は斉で才能を存分に発揮した。のちに韓が趙と魏に攻められて斉に助けを求めた時、孫臏は田忌とともに救援に向かった。孫臏は逃走の際に竈の数を減らして龐涓をおびき寄せ、大木の幹に「龐涓此の樹の下にて死す」と書き、龐涓がその文字を読もうと火をかかげるのを合図に一斉に弩を放って大勝をおさめた。龐涓は自刎した。

この物語は人々の間で受容されつづけ、やがて登場人物が仙術を使ったり、山賊を部下にしたりするような、『史記』

とかけ離れた内容も含むようになる。小論では、孫臏と龐涓の物語を扱った白話による諸作品を扱い、特に明末に出版された小説『孫龐闘志演義』を中心に論じてゆきたい。

まず、孫臏と龐涓の物語を扱った白話作品について論じる上で触れなければならないのは、『全相平話』であろう。『全相平話』は、『三國志演義』などの中国歴史小説の先祖ともいうべき存在として文学史の上でも重要な地位にある。白話で書かれ、史実に沿わない民間伝承を多く含んでいるのが大きな特徴である。現存する『全相平話』は以下の五種である。

『新刊全相平話武王伐紂書』（以下、『武王伐紂平話』と称する）　殷の滅亡を描く

『新刊全相平話樂毅圖齊七國春秋後集』（以下、『平話後集』と称する）　戦国時代を描く

『新刊全相秦併六國平話』　秦の天下統一を描く

『新刊全相平話前漢書續集』　前漢を描く

『至治新刊全相平話三國志』（以下、『三國志平話』と称する）　三国時代を描く

このうち『三國志平話』の封面には「至治新刊」とあり、そこからこのシリーズは元朝後期（一三二一～一三二三年）に出版されたと考えられている。年代が特定でき、なおかつ現存する白話の読み物としては、最古の部類に入るものである。これら『全相平話』シリーズについて早くから言われているのは、失われた『七國春秋平話前集』の存在である。孫楷第は『日本東京所見小説書目』(1)の中で、『平話後集』が現存しているということは「前集」も存在したはずであると指摘している。現存しない以上、その具体的な姿は知るべくもないが、現存する資料からある程度復元することは可能だと考えられてきた。孫楷第は明末の小説『孫龐闘志演義』こそが失われた『七國春秋平話前集』（以下、『平話前集』と称する）の物語であるとし、その根拠として『孫龐闘志演義』は『平話後集』と登場人物が共通すること、

内容がつながっている点などを挙げている。また、同じく明末に出版された歴史小説『列國志傳』や、雑劇「燕孫臏用智捉袁達」、「馬陵道射龐涓」[2]にも同様の内容があることも指摘している。[3]また、曾良『東周列國志研究』[4]も、『武王伐紂平話』と『列國志傳』は内容が一致し、『平話後集』と『列國志傳』も内容が一致することから、同様に『平話前集』も『列國志傳』と内容が一致すると推測できると述べている。

以上の先行研究をまとめると、『全相平話』シリーズには、本来『平話前集』が存在したはずであり、その内容は小説『列國志傳』、『孫龐闘志演義』や雑劇「龐涓夜走馬陵道」、「燕孫臏用智捉袁達」などで語られる、孫臏と龐涓の物語だったと考えられる、ということになろう。しかし、これらの諸作品は『平話前集』の内容を残していると言われてはいるが、どの作品にどのように残っているのかなどの整理はいまだ十分になされていないようである。また、それぞれの資料によって物語も微妙に異なっている。これらの資料を精査して整理すれば、失われた『平話前集』の具体的な姿が明らかになるのではないだろうか。

以下、前半に諸作品を比較検討して『平話前集』の復元を試み、その後、孫臏と龐涓の物語がそこからどのような変化を遂げていったのか、その様相を考察したい。

第一章　資料について

まずはじめに小論で扱う諸資料について紹介しておきたい。

1　小説類

○1・1『列國志傳』

殷の滅亡から秦の天下統一までを描いた歴史小説。『全相平話』と共通する内容が随所に見られ、『全相平話』の内容と史書の内容を適宜つなぎ合わせて作られたものと考えられる。(5) 現存する最古のテキストと思われる万暦三十四（一六〇六）年の序を持つ福建の余象斗本を使用した。(6)

○1・2『孫龐闘志演義』

孫臏と龐涓が義兄弟のちぎりを結び、ともに鬼谷先生の弟子になってから、孫臏が龐涓を殺して恨みを晴らすまでを描く。史書の内容を無視し、登場人物たちが仙術を使い、獣が喋るなど、荒唐無稽な要素が少なくない。これまで本格的に扱った研究はほとんどされていないようである。『古本小説集成』所収、内閣文庫蔵。二十回。成立時期に関わるものとしては、崇禎九（一六三六）年の戴民主人の序がある。清代にも『樂田演義』と合わせ、『前後七國志』として出版される。崇禎九年序刊本は、作品の内容に即した挿絵がつけられ、その挿絵の水準は低くはない。よって、一般に低い品質とコストで作られた建陽本ではなく、江南地域で出版されたものと推測される。

2　雑劇類

雑劇は、もとは滑稽な寸劇であったが、歌と台詞をともなう演劇として大成され、元代に最も隆盛した。明代に衰微するが完全に消滅したわけではなく、宮廷で上演されたり、テキストが出版されたりした。内容には古い民間伝承を保存していることがあり、『三國志演義』や『水滸傳』関連の雑劇の中には、小説版とは異なる設定やストーリーを持つものがある。また、いくつかの雑劇が平話を直接の種本としていた可能性も指摘されている。(7)

◯2・1「龐涓夜走馬陵道」　二種類のテキストがあり、部分的に異同があるが、あらすじはほぼ同じ。
楔子　　龐涓が鬼谷先生のもとを辞す。
第一折　龐涓は孫臏を推挙し、模擬戦を行うが失態を演ずる。
楔子　　鬼谷先生が孫臏の未来を予言する。
第二折　孫臏は龐涓に罪を着せられ、足を切られる。
第三折　孫臏は狂ったふりをして生きのび、斉へ逃げる。
第四折　龐涓を殺して恨みを晴らす。
2・1・a脈望館抄本　明の宮廷で上演するための劇本だった内府本を趙琦美が抄写したもの。(8)
2・1・b元曲選本　　万暦四十三・四十四（一六一五・一六）年刊『元曲選』所収。刊行者兼編者である臧懋循による校勘・書きかえがあり、それ以前の諸作品と異なる点が多くある。特に、『孫龐闘志演義』では主要登場人物である袁達が登場しない点など、一部に異同あり。

脈望館抄本にあって元曲選本にない設定やエピソードが、『孫龐闘志演義』や『列國志傳』にある場合、『孫龐闘志演義』や『列國志傳』の作者が、宮廷上演用テキストという特異な性格の脈望館抄本を見て書いたとは考えにくい。むしろ、そのような設定やエピソードは、それぞれが参考にしたより古い内容によるものと考えるべきだろう。後に述べる「袁達」という人物の活躍はその一例である。

◯2・2「燕孫臏用智捉袁達」
王国維『曲錄』に題目が見られ、明抄本の残本があるというが、(9)筆者未見。作品名から察するに、山賊の袁達が孫臏に三度捕らえられて心服する内容か。

3　南戯類

南戯は、南方系曲調を基調とした歌劇で、北方系曲調の雑劇とは異なる。明代以降は雑劇にとってかわるまで発展する。地域や時代によって流行した声腔（メロディー）が異なる。主役一人だけが歌を歌う雑劇と異なり、複数の俳優が歌を歌う。また、一般的に長編である。

○3『天書記』

『古本戯曲叢刊』二集所収『環翠堂樂府重訂天書記』。万暦期に活躍した汪廷訥の刊行。(10)『天書記』の大筋は小説や雑劇とほぼ同じだが、一部に異同もある。特に孫臏の母や妻が登場する回数がほかに比べ多く、これは南戯が歌劇である以上、観客や俳優への配慮から女役の見せ場が必要であるためと思われる。

第二章　『列國志傳』と『孫龐闘志演義』

本章では、『列國志傳』と『孫龐闘志演義』を比較し、適宜雑劇と南戯を参考にしながら最終的に『平話前集』、すなわち現存しない『七國春秋平話前集』の復元作業を試みてみたい。

まず、先行研究ですでに『全相平話』との関係を指摘されている『列國志傳』と『孫龐闘志演義』では、一体、どちらの方が古い内容（『平話前集』に近い内容）を残しているのだろうか。現存のテキストに記された出版時期としては『列國志傳』の方が古いことになるが、内容面では同じことがいえるだろうか。以下に、比較してみよう。

まず最初の例としては、『孫龐闘志演義』巻之十（『列國志傳』七巻「茶車竊孫子歸齊」）に見られる、孫臏が龐涓のもとに囚われ、そこから逃れる際に彼を助けに来た斉の使者（人物）の違いがある。『列國志傳』では、以下に示すように、助けに来るのは淳于髡である。

淳于髡は命令を受け、三十六台の茶を積んだ車を従えて大梁［＝魏の都］までやってきました。（中略）髡が申します。「先生、どうしてここにいらっしゃることができたのですか。」孫子は事情をつぶさに話しました。髡が申します。「私がこのたびやって参りましたのは、実は斉王の命を受けて先生をお迎えするためなのです。」[11]

一方『孫龐鬪志演義』では、助けに来るのは卜商（＝子夏）である。

さて斉の大夫卜商［＝子夏］は、五十台の茶を積んだ車を従えて臨淄城［＝斉の都］を離れ、ずいぶんかかって魏の国に到着しました。（中略）孫臏はようやく出てきて子夏に会いました。子夏が申します。「我が主は先生の大徳をかねてより耳にしておられ、特別に私をお迎えに遣わされたのです。」[12]

淳于髡は斉の出身で、魏の恵王の時の人、つまり孫臏らと同時期に活躍した。卜商は衛の出身で、孔子の弟子の一人であり、魏の文侯の師となった。魏の文侯とは恵王の二代前の君主であるから、孫臏らの時代よりも何世代か前の人物である。魏に仕え、しかも生きた時代が異なる卜商が、斉の使者として孫臏を助けに来るのは不自然である。

雑劇「龐涓夜走馬陵道」でも、この場面で助けに来るのは卜商となっている。わざわざ不自然な内容に直すとは考えにくいので、ここは『孫龐鬪志演義』と雑劇が古い内容を留めていると考えるべきであろう。とすれば、『列國志傳』は時代考証を行い、古い内容から改めたものと思われる。これと全く同様の例は『列國志傳』の他の部分にも見られ、古い民間伝承の内容を残していると思われる雑劇「十八國臨潼鬪寶」に登場する秦の穆公と百里奚の主従が、『列國志傳』では時代的に合致する哀公と子鍼に改められている例がある。

第二の例としては、『孫龐鬪志演義』巻之二十（『列國志傳』七巻「馬陵道萬弩射龐涓」）にある、龐涓の死が挙げられる。

『列國志傳』では、孫臏の計にはまった龐涓が木を火で照らすと、それをめがけて一斉に弩が放たれ、龐涓は死ぬ。以下にその場面を引用する。

兵が言うには、「木に一行白い字が書いてあるのですが、日も暮れてきたのでよく分かりません。将軍、調べてくださいませんか。」龐涓は火で照らしてこれを読み、心中大いに驚いて言いました。「はめられた。」すぐに後軍に引き返すように命じます。田勝・田忌は木の下に火がつくのを見ると、ただちに万の弩を一斉に発射させ、矢は雨のように降り注ぎました。龐涓は「こぞうに名を上げさせたな。」と言うと、身に重傷を負って万弩の下に果てました。(13)

一方『孫龐闘志演義』では、孫臏が龐涓を捕らえた後に会合を開き、七国立ちあいのもと、孫臏、田忌、韓王、廉頗がそれぞれ受けた恥の報いを龐涓に与え、最後に彼の死体を七国で分ける。以下にその場面を引用する。

さて、秦・楚・燕・韓・趙の五国の諸侯は、それぞれ期限通り、遠きも近きもまもなくやって来ましたが、ただ魏王だけは来ませんでした。［筆者注：ただし名代として朱亥を行かせている。］五国の諸侯は斉の宣王と会って挨拶し、そのまま斉を上国として宣王を首座につかせました。各国代表は順序通りに座って酒宴を開きました。（中略）孫臏は兵士に、龐涓の賊めを連れてくるようにと命じました。兵士たちはただちに囚人を護送する車を王侯たちの前に押して来ました。（中略）七国がどのように死体を分けたのかと申しますと、龐涓を七つに切り分け、斉は上国ということで首を取り、秦は左手を取り、楚は右手を取り、韓は左足を取り、趙は右足を取り、胴体は二つに切って分け、燕が一つ取り、魏が一つ取りました。(14)

雑劇「龐涓夜走馬陵道」を見てみると、やはり龐涓は各国代表によって裁かれ、死体を分けられている。さらに『平話後集』の冒頭を見ると、「これまでのあらすじ」すなわち『平話前集』のあらすじが記されている。

『後七國春秋』（＝『平話後集』）は、魏国が龐涓を司令官として遣わし、兵を引き連れて韓と趙の二国を伐った所から始まります。韓と趙の二国は敵わず、すぐに斉に救援を請う使者を送りました。斉は孫子と田忌を司令官として遣わし、兵を率いて韓と趙の二国を救いに行かせました。かくして韓と趙の二国とともに魏と戦い、その将龐涓を馬陵山の下で破りました。（中略）その夜、孫子は計を用いて龐涓を捕らえると、魏の地にのりこんで六国の君主と会合を開き、龐涓を斬って足切りの恨みを晴らしました。(15)

明記されてはいないが、この「あらすじ」から察するに、『平話前集』では『孫龐闘志演義』や雑劇と同様に、龐涓は各国代表の会議の場で裁かれ、殺されたようである。あるいはその後死体を分けられたのかもしれない。

『史記』には龐涓の処遇について各国代表による会合が行われたという記述はない。また、この場面で直接関係のない秦や楚や燕が出てくるのも不自然である。『列國志傳』はここでもやはり史実に近づけるために古い内容から改めたのであろう。このように、史書の記述に沿うように改めたと思われる例は『列國志傳』の随所に見られる。もう一例を挙げると、『武王伐紂平話』（巻中）では、紂王が西伯を羑里に幽閉する場面で、紂王に讒言するのは妲己である。しかし『列國志傳』（一巻「西伯侯陷囚羑里」）でこの場面で紂王に讒言するのは崇侯虎になっており、やはり『史記』の記述に従って改められたものと考えられる。

このように『列國志傳』の方が『孫龐闘志演義』よりも史書の記述に近い例は複数見られるが、逆に『孫龐闘志演義』の方が史書に忠実な例は見あたらない。これは、史書の記述に沿うように改められる前の形を『孫龐闘志演義』が残しているということになるのではないか。つまり、『列國志傳』よりも『孫龐闘志演義』の方が内容的に古い、すなわち失われた『平話前集』に近い内容を残している可能性が考えられるのである。

しかしながら、『孫龐闘志演義』がそのまま『平話前集』の内容であるとは言い切れまい。『孫龐闘志演義』は『列國志傳』とも戯曲とも共通しない内容をいくつも含んでおり、これらはおそらく後から付け加えられたものであると考えられる。たとえば、次のような例がある。

・人語を話す鹿「白鹿大仙」を捕まえて食べようとした龐涓が、逆に雹を浴びせられる。（『孫龐鬪志演義』巻之二）

> 孫臏が申します。「この鹿の姿は普通ではない。もしかしたら仙人が飼っているものかもしれない。」龐涓が申します。「そんなはずあるものか、俺が打ち殺してやる。鹿の干し肉をいくらか作ったら、明日のいい酒の肴になる。」孫臏が申します。「大きくても小さくてもみな生命があるのだよ。他を損なって自分の利益とする、などというむごいことはできない。」龐涓は孫臏の言葉を聞きません。大きな石を持ち上げて、白鹿に打ちかかりました。白鹿は身を翻して逃げました。龐涓は一、二里追いかけましたが、瞬く間に白鹿は見えなくなってしまいました。帰ろうとした途端、にわかに一陣の狂風が吹き、多くの雹が降りそそいで龐涓の顔を打って青く腫れ上がらせ、龐涓は地面に倒されてしまいました。（中略）白鹿がまたやって来ました。孫臏はまた酒を注いで飲ませてやりました。白鹿は突然人の言葉で言いました。「孫先生、ありがとう。私はただの鹿ではない。じつは上界の白鹿大仙なのだ。」[16]

このほかに、楚王が斉に難題をふっかけてくるが、孫臏が見事に解く話（巻之十～十一）、孫臏と蘇家の娘の結婚をめぐる騒動（巻之十二～十三）、魏王の妹魏陽公主との戦い（巻之十五）、楽人張蒨奴らの活躍（巻之十八）などの例もある。『孫龐鬪志演義』にのみ存在して『列國志傳』、雑劇、南戯のいずれにもないエピソードは枚挙にいとまがない。これらのエピソードは『列國志傳』、雑劇、南戯のいずれとも共通しないため、『孫龐鬪志演義』がおそらく独自に後から追加したものである可能性が高い。特に大幅に追加されている可能性が高いのは、孫臏が魏を脱出してから龐涓と最後の決戦をするまでの、巻之十三から巻之十八あたりである。この間のエピソードはほとんど『孫龐鬪志演義』にしかない。孫臏が魏を脱出してから龐涓と最後の決戦をするまでには時間的に間があるので、あるいはこの部分に新しいエピソードを追加して読者の興味を引こうという思惑があったのかも知れない。

　これまで見てきた問題を総括すると、失われた『平話前集』の復元がある程度可能になる。すなわち、『列國志傳』が史書の記述に忠実になるように手を加えた部分を元に戻し、『孫龐闘志演義』が脚色とつけ足しを行った部分を元に戻したものが、おおよそ『平話前集』の内容となるだろう。これは、あくまで一試案に過ぎないが、諸作品の中から古い内容と考えられるものを抜き出して並べ、作成した復元案である。表の一番上は復元した内容、その下はそれぞれの資料におけるそのエピソードの有無を表す。

表　『七國春秋平話前集』復元案

○：復元案のエピソードが存在する　△：異同がある（備考欄に異同の内容を附記）　×：復元案のエピソードが存在しない

復元案	列國志傳	孫龐闘志	雑劇	南戲	備考
孫臏と龐涓は鬼谷子のもとで修行していた	○	○	○	○	
鬼谷子は孫臏と龐涓を試し、龐涓を先に下山させる	△	○	○	△	列國志傳と南戲には謎かけをする場面がない
龐涓は先に斉へ行くが仕官できず、魏へ行く	×	△	○	×	孫龐闘志では斉の前に燕にも行っている
魏と斉は宝珠のことが元で仲が悪くなっている	○	○	○	○	
龐涓が斉との戦で手柄を立て、出世する	○	○	○	○	

王敖が龐涓が立てた立て札を壊す	○	○	×	○	
孫臏は天書を授けられ、下山する	○	△	○	△	孫龐闘志と南戯では白猿が天書を授ける
孫臏と龐涓は模擬戦を行い、龐涓は失態を演ずる	△	○	○	○	列國志傳では孫臏に雨乞いをさせる
龐涓は孫臏を恨み、罠にはめる	△	○	○	○	列國志傳では孫臏が斉と内通していると讒言する
孫臏は足切りの刑に処され、狂ったふりをして糞を食べる	○	○	○	○	
朱亥が孫臏をかくまう	○	○	×	×	
卜商が茶を献ずる車で孫臏を助けに来る	△	○	○	△	列國志傳と南戯は淳于髠が来る
孫臏は卜商の助けで脱出する	△	○	○	△	列國志傳と南戯は淳于髠が手助けする
袁達や独孤陳などの山賊と会い、三回とらえて部下にする	○	○	○	○	「燕孫臏用智捉袁達」雑劇？
孫臏は龐涓に呪いをかけられ、死んだといつわる	○	○	×	×	
孫臏は竈を減らす計を用い、木の下で龐涓をとらえる	○	○	○	○	
各国代表が集まって龐涓を裁き、死体を分ける	×	○	○	×	

それでは次に、孫臏と龐涓の物語が『平話前集』からどのような変化を遂げていったのかを考えてみたい。『列國志傳』の改作の意図は明らかに「史書の記述に近づけること」であったが、『孫龐闘志演義』の行った改変とは一体いかなるものだったのであろうか。それについては、次章で考察することにする。

第三章　袁達について

先に述べたように、『孫龐闘志演義』は『平話前集』の内容に大幅な追加を行っていると考えられ、その内容はおおむね歴史を無視した虚構である。なかでも特に目を引くのは次の二点である。

一つめは、仙獣が登場したり、孫臏らが妖術を使う『封神演義』のような場面である。たとえば、前述した、人の言葉を話し、龐涓に雹を浴びせかける鹿「白鹿大仙」が登場する場面（巻之二・前述）や、孟嘗君の食客である馮驩が空を飛んで孫臏を助ける話（巻之十六）などは、いずれも『列國志傳』、「龐涓夜走馬陵道」、『天書記』には見えない。しかし、もともと『武王伐紂平話』や『平話後集』は大妖術合戦が繰り広げられる内容のものであった。シリーズ作品のそのような作品傾向から推し量ると、おそらく『平話前集』も孫臏と龐涓が妖術合戦をする話であったと思われる。よって、『孫龐闘志演義』がおおげさな脚色を行ったというよりは、本来の路線に従って敷衍していったと言うべきかも知れない。

二つめは、袁達という人物の形象である。この人物はテキストによって登場回数やキャラクター設定が異なるという、興味深い現象が見られる。

袁達という名前は、『史記』や『戰國策』などの史書には見られない。ずっと時代を下ると、清の雍正十二年序刊本の『山西通志』（『四庫全書』所収）巻六十古蹟、郷寧県の項に、

袁達寨は、南に六十里行ったところにあり、七国時代に袁達が拠点としていた。清平寨、八角寨もある。三寨はそれぞれ三十里ずつ離れている（袁達寨、南六十里、七國時袁達所據。有清平寨・八角寨。三寨相距各三十里）。

という記述が見られる。山西にある、その名のついた遺跡の説明で、七国の時（＝戦国）と明記されているので、これは『孫龐闘志演義』に登場する袁達のことを指すのであろう。さらに時代を下って、乾隆四十九年序刊本『郷寧縣志』[17]には、以下のような興味深い記述がある。

袁達寨は百里行ったところ、旁通峪の西にある。旧志によると、清平と八角の二寨とそれぞれ三十里ずつ離れているという。現在、県の南には寨が最も多く、三つだけにとどまらないので、二寨は名前が分からなくなった。また、七国の袁達が拠点としたともいうが、その人物は『史記』や『戰國策』には名前が載っておらず、これは小説に因った誤りである。思うに、寨は県から遠く離れており、地元民が伝えるところでは河津人は明末に賊から逃れてここに住んだという。今河津の寨近くには原という名字が多く、もしかすると彼らが築いたのかもしれない。それならば袁は原とすべきだろう。あるいは円大寨なのかもしれない。[18]

『水經注』などの古い地理書をはじめ、万暦年間修・崇禎二年刻本『山西通志』[19]や、康熙二十一年序刊本『山西通志』[20]にも「袁達寨」は見られないため、この遺跡は、袁達の活躍する物語が明末から清初にかけて人々に浸透したために、その名前がつけられた可能性が高いと思われる。袁達が土地の伝承と関係のあるキャラクターである可能性はあるが、実在した人物であるかどうかは定かではない。

それでは、袁達は白話の作品ではどのように描かれているのだろうか。『平話後集』においては、袁達は孫臏の第一の家来として大活躍する猛将である。愛用する武器は、斧。斧といえば『水滸傳』の李逵が有名だが、山賊が持っていることが多い。また、孫楷第が『日本東京所見中國小說書目』の中で指摘しているように、『水滸傳』の中の韻文にも袁達の名が見える。第十三回、楊志と索超という二人の豪傑が手合わせする様子を描いた場面に、「かなた『七國』の袁達の生まれ変わり、こなた『三分』の張飛の再来（那個是七國中袁達重生、這個是三分内張飛出世）」という一節がある。

当時の人々の感覚では袁達は張飛と並び称されるほどの豪傑だと認識されていたことが分かる。

雑劇「龐涓夜走馬陵道」脈望館抄本では、袁達は第四折で登場し、自分が孫臏の配下になったいきさつを語る。その内容は、彼はもともと九仙山で山賊稼業をしていたが、孫臏に何度も捕らえられては放たれ、ついに降参して家来になった、というものである。雑劇「燕孫臏用智捉袁達」は、題名から考えると、孫臏が袁達を降参させる物語であろう。

『列國志傳』、『孫龐闘志演義』、『天書記』でも袁達の設定は同じく山賊で、孫臏に三度捕らえられ、降参して部下になる。その後、孫臏の腹心として主に合戦で活躍するのも同様だが、『孫龐闘志演義』にだけあって他にはないエピソードが複数ある。そのうち特に袁達が活躍するシーンの一例を挙げる。

・孫臏の婚礼を邪魔しようとする鄒家の人間を欺くため、袁達が花嫁に変装して大暴れする。（『孫龐闘志演義』巻之十三）

女中頭は急いで一皿の純肉饅頭を取り、三十個ばかりあるのを、そっと輿の垂れ布をかかげて開け、皿ごと手渡して中に入れ、「お嬢様、おやつをどうぞ。」と言いました。袁達は手を伸ばし、一皿の肉饅頭をすっかり腹の中に収めてしまいました。女中頭が皿を取り出して見ると、皿には一つも残っていません。ひそかに驚いて言うことには、「この花嫁は大食らいだわ。一皿の肉饅頭をぺろりとたいらげてしまうなんて。」しばらくすると、鄒太師が陰陽官に良い時間を選んで花嫁に輿を降りてもらうようにと言いつけました。陰陽官は答えて申します。「牛羊出圏が花嫁が輿を降りるのにちょうどようございます。」牛羊出圏とは、丑未の時のことです。袁達はこの言葉を聞いても本来の意味が分かりません。怒りは心臓からわき上がり、憎しみは胆に生じて、口の中で呟きました。「こいつめ、何が陰陽官だ、話にならん。牛羊出圏だと。俺様を畜生にたとえているのは明らかだ。」短気を抑えることができず、輿を飛び出してしまいました。バキッという音が響き、まず輿を殴って粉砕したかと思うと、やる気満々で一路まっすぐ太師府内に突入します。[21]

・魏の援軍に来て帰る途中の秦将白起の前に立ち塞がり、魏王が賜ったものを奪う。（『孫龐闘志演義』巻之十五）

さて、かの武安君白起は、兵を率いて一路秦に帰る途中でした。ちょうど黒峰山にさしかかった時、銅鑼の音が聞こえたかと思うと、一人の山賊の親分が飛び出し、一隊の子分を引き連れて前の道をふさぎ、大声で怒鳴るには、「とっとと通行料を置いて行きな。」白起が申します。「見誤るでない。わしはな、秦国の武安君白起であるぞ。我が威名を知らぬか。通りがかりの商人でもあるまいに、お前にやる通行料などあるものか。」親分が申します。「官兵だろうと官将だろうとみんな頂戴する。もし通行料を払わないのなら、かぶととよろいをここに置いていってもらうぞ。」（中略）聞こえてきたのは馬の後ろからまた響く銅鑼の音。再び二人の親分が飛び出し、無数の人馬を引き連れて、魏国が白起に賜った綾錦や絹織物、金銀の路銀を、軍中のすべての糧秣ともども奪い去っていきました。白起は前を見ることもできず、後ろを顧みることもできず、馬に鞭打ってまっすぐに一本の脇道へ逃げていきました。親分は声高に言いました。「白将軍、逃げなさるな。我らは強盗ではありません。実は斉将の袁達、李牧、独孤陳なのであります。孫軍師の命でやって参りました。[22]」

むくつけき大男が花嫁の身代わりになるという滑稽なエピソードや、堂に入った山賊ぶりなど、袁達のキャラクターを生き生きと描くことに成功している。これらのエピソードは、いずれも孫臏が魏を脱出してから龐涓と最後の決戦をするまでの間（巻之十三〜巻之十八あたり）にあり、『孫龐闘志演義』が後から追加したものである可能性が高い。

一方、雑劇「龐涓夜走馬陵道」の元曲選本では袁達の存在は抹消されている。元曲選本では本来袁達が言うはずだった台詞の一部や、逃げたふりをして敵をおびき寄せる役回りが、袁達のかわりに付け加えられたとおぼしき田忌のものになっている。『元曲選』は臧懋循がそれ以前のテキストから大幅な書きかえを行ったテキストであり、読者には知識人が想定されていたようである。[23]おそらく知識人の歴史観に沿わなかったために、袁達は削除されてしまったのであろう。同じく知識人向けの色あいの強い小説『新列國志』でも、袁達はほとんど登場しない。『新列國志』は、明末に馮夢龍が『列國志傳』を史書に忠実になるように改変した作品で、その後の「列国もの」の流布本となったものである。[24]この『新列國志』に袁達の名前が出てくるのはわずか五回だけで、彼が言葉を喋ることは一切ない。「もともと山賊だったが孫臏に降参した」というような記述も一切見られない。以下に袁達の登場する場面を列挙する。

- 先使牙將袁達引三千人截路搦戰。（先に牙将袁達に三千人を率いて道をふさがせ、戦いを挑ませました。）第八十八回
- 袁達詐敗而走、龐葱恐有計策、不敢追趕。（袁達は負けたふりをして逃げましたが、龐葱は計略を恐れて追う勇気がありませんでした。）第八十八回
- 令部將袁達・獨狐陳各選弓弩手五千左右埋伏。（部将の袁達と独狐陳に、それぞれ弓弩兵五千人ばかりを選んで潜伏させました。）第八十九回
- 那袁達・獨狐陳兩支伏兵、望見火光、萬弩齊發箭如驟雨。（かの袁達と独狐陳の二組の伏兵は、火の光を見ると、万の弩をまるで驟雨のように発射しました。）第八十九回
- 袁達・獨狐陳將龐涓父子屍首獻功。（袁達と独狐陳は龐涓父子の屍を献上しました。）第八十九回

もはや袁達は何の個性もない武将になってしまっており、エキストラ程度の働きしかしていない。

袁達は、もともと山賊上がりの豪傑であり、孫臏の一の家来として活躍するキャラクターであった。しかし、「列国もの」の小説が流布本になっていく過程で出番を削られ、雑劇のテキストの改訂で消されてしまったのである。

『三國志演義』の張飛にも、これと同様の現象が見られる。張飛は、雑劇や『三國志平話』においてはアウトローの

ような側面が強く、暴れん坊のキャラクターであった。雑劇では、張飛は『水滸傳』の石秀と同じ職業「屠戸」であったとされている。また『三國志平話』では、督郵の一家を大虐殺したあげくに劉備や関羽を巻き込んで山賊になり、その後朝廷の招安を受けている。しかし、『三國志平話』から『三國志演義』となり、さらに流布本の毛宗崗本に定着する過程で、屠戸の設定や落草招安に至る大暴れなどは削られ、張飛はかなりおとなしくなってしまった。張飛は歴史上実在した人物であるためか、おとなしくなっただけですんだが、史書に記述のない袁達の場合は、本来は重要な登場人物であったにもかかわらず、『元曲選』では存在を抹消されるまでの憂き目にあうのである。

馮夢龍の『新列國志』は『列國志傳』を史書に忠実になるように改変した作品だが、『孫龐闘志演義』とほぼ同じころに出版された可能性があり、同時期に出版された同じ題材を扱った物語が全く違う方向性を持っている点はたいへん興味深い。一方に『平話』→『列國志傳』→『新列國志』という、歴史に忠実な方向へ進む流れがあり、他方にこの流れに逆行するような、虚構の要素が強いものを求める人々もいたということだろう。もっとも、彼らがそれを虚構（フィクション）と認識していたかどうかは分からない。彼らにとっては、それは史書の記述よりもずっとなじみの深いものであったのかも知れない。

元来『平話前集』では、アウトロー的側面を持った豪傑、袁達が大暴れし、仙術合戦が行われるような内容であったはずである。本来の民間伝承の雰囲気をそのまま敷衍し、虚構を発展させていったものが『孫龐闘志演義』であると言えよう。

結　論

同じ孫臏と龐涓の物語を扱っている小説・雑劇の中でも、『列國志傳』には歴史に近づけようという姿勢が見られた。『列國志傳』をもとに改作された『新列國志』では、史書に近づける志向がますます強くなっていった。しかし『孫龐鬪志演義』にはそのような傾向は見られず、それどころか山賊あがりの袁達や、妖術使いたちが活躍する場面が増えていた。以上のことを考えると、『孫龐鬪志演義』は、史書に忠実な歴史小説として発展していく『列國志傳』、『新列國志』とは目指すものが異なっていたと考えられる。『孫龐鬪志演義』が目指したのは、通俗的で、娯楽を重視し、正当な歴史観には沿わないものであった。これはかつての『全相平話』の流れを汲むものと言ってよいだろう。『孫龐鬪志演義』には、生き生きしたキャラクターや奇想天外な展開など、正統な歴史観の枠にがんじがらめにされたテキストにはないおもしろさがある。俗を嫌い、知的レベルの高い読み物へと発展を遂げていく読み物が排除したものは、『孫龐鬪志演義』の中に生き残ったのである。そこに、おもしろさの一つの形を求めた明末の人々の姿を垣間見ることができる。

明末は出版が盛んになり、発展した次期であった。それにともなって読書をする人々が増加し、読書の目的も多様化した。『孫龐鬪志演義』が『列國志傳』や『新列國志』と同じ題材を扱いながらも、それらと異なる、より通俗的な方向性を持つに至ったのは、そのような時代の流れの中で、読者のニーズに合わせた小説の住み分けが為されるようになったことを表しているといえよう。

注

（1）国立北平図書館、一九三一年。
（2）管見の限りでは「馬陵道射龐涓」という題の雑劇は存在せず、おそらく「龐涓夜走馬陵道」のことであろうと思われる。
（3）孫氏の指摘を跡づける研究としては、胡士瑩『話本小説概論』（中華書局、一九八〇年）「『全相平話樂毅圖齊七國春秋』上中下三巻」、趙景深『中國小說叢考』（斉魯書社、一九八〇年）「『七國春秋後集』与『前七國志』」がある。
（4）巴蜀書社、一九九八年。一章「従全相平話到『列國志傳』」参照。
（5）小松謙『中國歷史小說研究』（汲古書院、二〇〇一年）第一章「『列國志傳』の成立と展開――『全相平話』と歴史書の結合體――」参照。
（6）大塚秀高「講史小説の出版と改変――『列國志』をめぐって――」（『中國古典小說研究動態』第三号、一九八九年十二月）によれば万暦乙卯（万暦四十三年、一六一七年）叙の蘇州の刊本で『古本小説集成』所収の朱篁本の方が内容的には余象斗本よりも古いテキストの形に近いが、『古本小説集成』の朱篁本は第四巻以降が龔紹山本にすり替わっているという。龔紹山本はやはり蘇州の刊本で、朱篁本に基づくテキストと思われる。確認したところ確かに『古本小説集成』の第四巻以降は龔紹山本にすり替わっているようである。ただし、『列國志傳』のいずれのテキストも細部の言葉の違いはあるものの内容に関わる大きな異同はない。本稿は『列國志傳』の版本の系統ではなく内容を問題とするものなので、単純に刊行年が最も古いと思われる余象斗本を使用した。
（7）小松謙『中國古典演劇研究』（汲古書院、二〇〇一年）Ⅲ第一章「『賺蒯通』雜劇考――平話と雜劇の關わり――」参照。
（8）小松謙『中國古典演劇研究』Ⅱ第三章「『脈望館抄古今雜劇』考」参照。
（9）『曲錄』曲三に「燕孫臏用智捉袁達一本　錢塘丁氏善本書室藏明鈔殘本」と著録される。
（10）彼の出身地の徽州一帯は明清の中国経済を牛耳っていた新安商人の故郷であり、また版画や版木彫りの高度な技術も伝わっていた。汪廷訥は塩の売買に携わり、それを元手に環翠堂の名で戯曲や詩文などを大量に刊行し、自作の戯曲も刊行している。
（11）淳于髡領旨帶茗三十六車、至大梁。（中略）髡曰「先生何能至此。」孫子具情實告。于髡曰「吾此擧實奉齊王詔迎先生。」

（12）話表齊國大夫卜商、帶五十輛茶車、離臨淄城、行勾多時、到得魏邦。（中略）孫臏方纔出來、見了子夏。子夏道「我主久聞先生大德、特着某來相請。」

（13）小卒曰「樹有一行白字、昏暮難辨、請元帥驗之。」龐涓以火照而讀之、心中大驚曰「中其陷也。」速令後軍抽回。田勝・田忌望見樹下火起、卽令萬弩齊發、箭如雨下。龐涓曰「遂成竪子之名。」身被重傷死于萬弩之下。

（14）且說、秦・楚・燕・韓・趙五國諸矦、各依限期不日裡、遠近俱致、止有魏王不來。五國諸矦與宣王見了禮、遂以齊爲上邦、通讓宣王坐了首席。各國依次敍坐、擺下筵宴。（中略）孫臏分付軍士把龐涓那賊子帶出來。衆軍士隨卽連囚車推到衆王矦面前。（中略）要見七國分尸、剐龐涓爲七塊、齊爲上邦、取了首級、秦邦取了左臂、楚邦取了右臂、韓邦取了左腿、趙邦取了右腿、把腰筋剐爲兩塊、燕邦取一塊、魏邦取一塊。

（15）夫後七國春秋者、說着魏國遣龐涓爲帥將兵伐韓・趙二國。韓・趙二國不能當敵、卽遣使請救于齊。齊遣孫子・田忌爲帥、領兵救韓・趙二國。遂合韓・趙兵戰魏、敗其將龐涓于馬陵山下。（中略）其夜、孫子用計、捉了龐涓、就魏國會六國君主、斬了龐涓、報了刖足之仇。

（16）孫臏道「此鹿形像非常、或是仙家馴養、也未可知。」龐涓道「豈有此理、待我打殺了。造些鹿脯、明日好做下酒之物。」孫臏道「大小俱性命、殺他肥己、此心何忍。」龐涓不聽孫臏之言。提起大頑石望白鹿打去。白鹿折身就走。龐涓趕去一二里之地、霎時不見白鹿。正待轉身、忽一陣狂風、降下許多氷雹、把龐涓打得面青臉腫、倒在地上。（中略）白鹿又走將來。孫臏又打點餚酒與他吃。白鹿忽口吐人言道「孫先生、生受你。吾非凡鹿、乃上界白鹿大仙。」

（17）京都大学漢字情報研究センター蔵。

（18）袁達寨百里、在旁通峪西。舊志謂與清平・八角二寨相距各三十里。今縣南寨堡最多、不止三寨也、二寨失名。又謂七國袁達所據、其人不見史策、因小說誤耳。按寨距縣遠、土人傳河津人明末避寇居之。今河津近寨原姓者多、或爲所築、袁當作原、抑或作圓大寨。

（19）『稀見中國地方志彙刊』第四冊（中国書店、一九九二年）所収。

（20）京都大学蔵。

(21) 管家婆連忙取一盤純肉包子、約有三十來个、輕輕揭開一綫轎簾、連盤遞將進去、叫說小姐請用個點心。袁達伸出手把一盤肉包子光光吃了下肚。管家婆取出盤來、見盤內不剩一個、暗自吃驚道「這新人食腸大、怎的把一盤肉包子通吃光了。」小頃、鄒太師分付陰陽官揀個好時辰、請新人下轎。陰陽官回答說「待牛羊出圏新人便好下轎。」牛羊出圏、乃丑未時。袁達聽這句話、不解就裏。怒從心上起、悪向膽邊生、口中說「這廝好教他做個陰陽官、不會說話。什麼牛羊出圏。分明把我比做畜類。」按不住火性、跳出轎來。豁刺一聲响、先把乘轎子打得粉碎、磨拳擦掌、一路直打進太師府內。

(22) 說那武安君白起、統兵一路回秦。正行到黑峯山、只聽得一棒鑼鳴、閃出一個山王、帶領一隊嘍囉在前擋路、大喝道「快留下買路錢。」白起道「不要錯認人。吾乃秦國武安君白起、誰不知我威名。又非過路經商、有甚買路錢與你。」山王道「不管官兵官將、通是要的。如無買路錢、把頭盔衣甲、卸在這里。」（中略）只聽得馬後又一聲鑼响、又閃出兩箇山王、帶領無數人馬、把魏國賜與白起的綾錦段帛・金銀路費、併軍中一應糧草、罄盡却了去。白起顧前不能、顧後不得、策馬徑往一條斜路就走。山王高叫道「白將軍不要走、我等不是强人。乃齊將袁達・李牧・獨孤陳的便是。奉孫軍師之令差來。」

(23) 小松謙『中國古典演劇研究』Ⅱ第四章「明刋本刋行の要因」参照。

(24) 厳密には流布本となったのは清代に出版された『東周列國志』だが、これは『新列國志』に大量の批評を加え、名前を変えたもので、内容はほぼ『新列國志』と同じである。馮夢龍の『新列國志』における改作態度については、拙稿「『新列國志』成立考」（『中國古典小說研究』第十三号、二〇〇八年十二月）参照。

『平妖傳』成立考

小松　謙

『平妖傳』は、明代に成立した長篇小説である。北宋の慶暦七年、王則を指導者に発生した貝州の叛乱を題材とし、叛乱に関係した「妖人」たちの履歴からはじまって、鎮圧に至るまでの経過を興味深く語るものとして、日本でも江戸時代以来広く読まれてきた。各種版本はいずれも羅貫中を作者と称するが、多くの羅貫中著と題する小説同様、真偽の程は定かではない。

その最古のテキストである二十回本については、叙述に不十分な点があるといわれてきた。このことは、続いて刊行された天許齋批點四十回本の叙において、早くも指摘されている。

余昔見武林舊刻本止二十回、首如暗中聞砲、突如其來。尾如餓時嚼蠟、全無滋味。且張鸞・彈子和尚・胡永兒及任・吳・張等、後來全無施設、而聖姑〻竟不知何物、突然而來、杳然而滅。疑非全書、兼疑非羅公眞筆。

私は昔武林（杭州）で刊行されたテキストを見たことがあるが、それは二十回しかなく、出だしはまるで闇の中で砲声を聞くかの如くに突然始まり、終わりは腹を空かせたときに蠟をかむかの如くに何の味わいもない。しかも張鸞・彈子和尚・胡永兒や任遷・吳三郎・張琪といった面々については、後の方では何も設定されておらず、聖姑姑も結局のところ何だったのか分からずじまいで、急に現れたかと思うと、すっと消えてしまう。

完全なテキストではないのではないか、更には羅貫中の真筆ではないのではないかと疑わしく思われるのである。

実際、訳の分からないうちに始まり、あれよあれよという間に終わってしまうというのは、二十回本を読んだ者が等しく抱く印象であろう。第一回で現れる美女の絵と、それを持参した道士とは何物なのか、なぜその絵から胡永兒が生まれるのか、聖姑姑とは何者なのかといった問題に解決が与えられず、手間暇掛けて登場させた人物の多くについても、最終的にどうなったかがはっきり書かれていない。これらの問題を解決するため、すべてに整合性を持たせた四十回本が現れ、通行本となるに至ったのも、当然というべきであろう。

なぜこのような問題点が生じたのか。その点について考えるためには、どのようにして『平妖傳』が成立したのかについて考える必要があろう。しかし、テキスト以外に手がかりがない状態で、そのようなことが可能なのか。

二十回本『平妖傳』を読んで奇妙な印象を受ける理由はもう一つある。物語を読み進めて行くにつれて、明らかに感触が変わっていくのである。これは、部位により文体や語り口が変化することに由来するものであろう。本論では、この点を手がかりに、『平妖傳』の成立過程を探るとともに、四十回本に隠された問題点をも明らかにしてみたい。(1)

一　四十回本に関する問題――「叙」の日付の謎をめぐって

『平妖傳』のテキストは二系統に大別される。一つは、『三遂平妖傳』と題する四巻二十回本（以下二十回本と略称）であり、天理図書館と北京大学図書館に所蔵される二本を残すのみである。(2)両者は、残欠の状況等まで一致する点から見て、同版と推定されるが、天理図書館本の方がやや状態がよい点から考えて、北京大学図書館本は後刷りではないかと思われる。(3)刊行年は不明である。(4)刊行者については、巻一～三の巻頭には「銭塘（杭州のこと）王慎脩校梓」、巻四巻頭には「金陵（南京のこと）世徳堂校梓」と見える。この点について胡萬川氏は、世徳堂の旧版に基づいて補刻重印したものとされるが、(5)天理図書館本についていえば、巻四の刊行者名の部分には、埋木改刻を行った形跡が認められるように思われる。なお、封面には「馮猶龍先生增定」とあるが、曲亭馬琴が天理図書館本の跋文でつとに指摘しているように、これは明らかに後述の四十回本が刊行された後に付されたものと思われる。また、長澤規矩也氏以来、(6)しばしば巻一のすべてと巻二の第十七葉までは清代の補刻であろうという推定がなされており、北京図書館本についても同様のことがいわれる。(7)筆者にはこの点について意見を述べる能力はないが、補刻といわれる部分についても内容的には明らかに四十回本より古く、おそらくはその原拠となったものと推定される本文を持つこと、版式が一致し、字形も比較的似ていること、後述するように用字法が完全に一致すること、第一回の挿図に、第十一回の挿図同様「金陵劉希賢刻」という刻工名が見えることなどから考えて、補刻であるにせよ、原本の忠実な覆刻と見なしてよいのではないかと思われる。

もう一系統は、明代末期に刊行された四十回本である。現存する二種の明刊本は、ともに内閣文庫に蔵されている。「天許齋批點」と題する『北宋三遂平妖傳』（以下天本と略称）と、本文には同様に「天許齋批點」と題しながら、封面には「墨憨齋手授　新平妖傳」と題する嘉會堂本である。

現存最古の四十回本とされるのは天本の方である。ただ、このテキストの刊行年代については再検討を要するように思われる。従来、冒頭に掲げられた「明隴西張無咎」なる人物の叙に見える「泰昌元年長至前一日」の日付に依拠して、この書は泰昌元年（一六二〇）刊とされてきた。序の日付を刊行年と同一視することが危険であることはいうまでもないが、更にこの日付自体にも実は大きな問題がある。

「長至」とは夏至のことをいう。ところが、泰昌元年には夏至は存在しないのである。万暦四十八年七月に神宗万暦帝が死去し、八月一日、光宗泰昌帝が即位する。しかし、「紅丸案」として知られる怪事件の末に、九月一日、在位わずか一ヶ月で泰昌帝は死去し、熹宗天啓帝が即位することになる。やむなく、この年のみ逾年改元の定めを破って、万暦四十八年八月以降を泰昌元年とすることが定められた。(8) この年の八月一日は、陽暦の八月二十八日に当たる。夏至が陽暦六月二十二日ごろであることはいうまでもない。つまり、「泰昌元年長至」は存在しないのであり、事実この年の夏至に書いたものであれば「萬曆四十八年長至」でなければならないはずである。この点から考えても、この叙が現実に一六二〇年に書かれた可能性はない。とりあえず刊行年は不明とせざるをえない。

一方嘉會堂本は、天本とほぼ完全に同じ版面を持つ。ただ、詳細に見れば同版ではないことは明らかであり、おそらくは一方が他方に基づいて覆刻したものと思われる（もとより部分的に版木を流用した可能性は否定できない）。では、どちらがどちらに基づいたのか。

この点について考える上で鍵となりうるのは、挿絵と避諱である。まず挿絵について見ると、天本の挿絵が一回につき二枚、合計八十枚あるのに対し、嘉會堂本の方は二十枚しかない。従って、天本の方が数ははるかに多いわけだが、嘉會堂本にあるが天本には該当するものが存在しない挿絵も二枚ある。残り十八枚は、明らかに一方が他方を踏襲していると思われるもの十一枚、ある程度似ているもの四枚、題材は同じだが図柄は異なるもの二枚、天本の二枚を一つにしたような挿絵が嘉會堂本にある例が一つとなる。特に嘉會堂本のはじめの二枚は、天本の該当する挿絵と酷似する。

全体に、天本が人物を大きく描くのに対し、嘉會堂本は人物を小さく、背景を細かく描くという違いはあるが、どちらが先行するものであるかは、図柄だけからは定めがたい。しかし、二十回本の挿絵と比較してみれば、両者の関係はただちに明らかになる。

天本の八十枚の挿絵のうち、十枚は明らかに二十回本の挿絵をもとにしたものであり、また四枚は完全に一致はしないものの、比較的図柄が似ている。そして、これらのうち嘉會堂本にも類似した絵柄の挿絵が存在するのは、前者十枚のうち三枚のみなのである。天本が嘉會堂本に依拠しながら、嘉會堂本を飛ばして二十回本と一致する挿絵を持つことはほとんど考えられないであろう。とすれば、挿絵については嘉會堂本は天本に依拠し、天本は二十回本に依拠しつつ、一部の挿絵を差し替え、更に大量の挿絵を加えたに違いない。

では本文はどうであろうか。ここで注目されるのが避諱の状況である。

明朝最後の二帝、天啓帝と崇禎帝は兄弟にあたり、諱を前者は由校、後者は由検という。そして、天本と嘉會堂本を見比べると、天本が「由」字をそのまま用いているのに対し、嘉會堂本においては、「由」が「繇」に書き換えられている。更に、「校」と「檢」について調査すると、「校」はいずれにおいてもそのまま用いられているが、「檢」は、天本がそのまま使用しているのに対し、嘉會堂本は原則として「簡」に改めている（第七回の回則「楊巡檢迎經逢聖姑」は改められていないが、目録では「楊巡簡」となっており、本文も「巡簡」となっている点からして、これは単なるミスであろう）。

沈徳符『萬暦野獲編』巻一「避諱」に、「古來帝王避諱甚嚴、……唯本朝則此禁稍寛（古来帝王の諱を避けることは非常に厳格に行われていたが、……本朝だけはこの禁が少しゆるやかである）」とあるように、明王朝は、宋や清とは対照的に皇帝の諱を避けることについては寛容であるが、ある程度の避諱はやはり行われていた。実際、天啓・崇禎年間に刊行もしくは刊行準備された「三言」・崇禎本『金瓶梅』・金聖歎本『水滸傳』においては、「由」を「繇」に書き換えることが、ある程度実行されている。嘉會堂本第七回の回則で「檢」が放置されていることからも分かるように、取り締まりは甚だ不徹底なものであったようであるが、避諱が意識されていたこともまた間違いない事実である。そして、天本では全く避諱がなされておらず、嘉會堂本では「由」「檢」が避けられている。これは、嘉會堂本が崇禎年間に刊行されたこと、一方、たとえ清朝に入って印刷されたものであろうと、金聖歎本『水滸傳』などの例から見ても避諱をわざわざ元に戻すことは考えがたい以上、天本は避諱をしなくてもよい時期に刊刻されたものであることを示すものであろう。つまり天本の本文は嘉會堂本に先行することになる。

では、なぜ天本の叙は日付を偽っているのか。嘉會堂本の叙の内容を考えれば、この点について考えることがいかに重要であるかが見えてくる。

嘉會堂本にも張無咎叙が付されているが、文面は天本とは一部異なる。そして、その末尾の部分には、「書已傳于泰昌改元年、子猶宦游、板毀于火、余重訂舊敍而刻之（この書は泰昌改元の年に伝えられていたが、子猶（馮夢龍の字）が地方官として赴任している間に、版木が焼けてしまったので、私がもう一度前の叙に手を入れて刊行することにした）」とあり、叙の後に置かれた「引首」のはじめにも「宋　東原羅貫中　編／「明　東吳龍子猶　補」と、馮夢龍の筆名龍子猶が記され、更に題名にも「墨憨齋批點」と馮夢龍の号が冠されている。ところが、天本の叙には馮夢龍の名はどこにも見えず、「引首」にも「宋　東原　羅貫中　編　／明　隴西　張無咎校」とあるのみなのである。つまり、通常四十回本『平妖傳』の増補者とされる馮夢龍の名は、嘉會堂本において初めて現れることになる。そして嘉會堂本は明らかに天本に基づき、遅れて刊行されたものである。つまり、嘉會堂本の位置づけは、『平妖傳』の増補者は本当に馮夢龍なのかという問題にも関わってくることになる。

この点について陸樹崙氏は、天本より前に馮夢龍の名を出したテキストがあり、その版木が泰昌元年に焼け、それを再度刊行したものが嘉會堂本であって、天本はその叙を書き換えて刊行したものとされる。(9) 嘉會堂本の叙に「泰昌改元年」と見える点から考えて、天本がこの記述に合わせて原本に見せかけるために、叙に手を加えて泰昌元年の日付を入れたと見れば、確かに辻褄は合う。従って、天本の叙が泰昌元年に書かれたと偽装しているという事実は、陸氏の説を補強するもののようにも思われる。しかし、この場合決定的な問題となるのは、嘉會堂本の本文と挿絵が明らかに天本に依拠して改変を加えたものであることである。つまり、天本が嘉會堂本をもとに刊行されたことはありえないわけであり、陸氏の説は成り立ちえない。

では、なぜ天本は泰昌元年刊本を偽装せねばならなかったのか。ここでもう一度避諱について考えねばならない。先に述べたように、明王朝における避諱の取り締まりは非常にゆるやかであった。もっとも、万暦年間に刊行された容與堂本『水滸傳』などには、万暦帝の諱に当たる「鈞」が平然と使用されており、どうやら万暦までは取り締まりはなきに等しかったようである。実際、『明實錄』（「崇禎實錄」を含む）を通見すると、皇帝・諸王の諱を避けることに関する記事は全部で十六条にすぎず（CD-ROM『明實錄』〈雕龍古籍全文檢索叢書―シリーズ⑫　凱希メディアサービス〉による）、しかもその多くは、臣下が自分の名が諱を犯すため改名したいと願い出たという記事と、上奏文・科挙の試験問題において諱が犯されていたことに関する処理の記事である。このうち、改名を求めるのは、皇帝の側近く仕える官僚としては当然のことであろう。問題になるのは上奏文・科挙試験問題の事例であるが、その多くは政敵を失脚させる口実として用いられているケースであり、また同じような例が何度も見えることから考えて、こうした皇帝の眼に直接触れる可能性のある文献においてすら十分な避諱がなされないことが日常化していたものと思われる。

この点について、避諱研究の古典である陳垣『史諱擧例』（一九二八年初刊、一九五六年改訂版刊行。ここでは一九七一年漢文出版社版による）は、「第八十一　明諱例」で「按明律雖有上書奏事犯諱之條、然二字止犯一字者不坐。明諸帝多以二字爲名、故不諱也（明律には上奏にあたって諱を犯すことの条があるものの、二字のうち一字だけを犯した者はおとがめなしであった。明の諸帝には二字名が多いので、避けなかったのである）」としている。このことを公式文書で確認することは可能であろうか。

さきにあげた『明實錄』に見える十六の記事のうち、洪武十四年七月乙酉の項に早くも『禮記』「曲禮」に見える「二名不偏諱」、つまり二文字の諱については、一文字ずつで避諱を強要することはしないという原則が示されており、文字の獄が続発した洪武年間において、すでに避諱については非常に寛容な態度が表明されていたことが分かる。そして、太祖洪武帝が定めた祖法であった以上、この原則は以後も受け継がれていった。実際、宣徳元年七月壬子には、このことを踏まえて「今各處錄進、或以他字代之、不成文理（各地からの文書において、〔諱を〕他の字に換えたために意味をなさないものがある）」ので、「不偏諱」の原則に従って改めさせたいという礼部からの上奏を裁可したとの記事が見えるのである。これは、むしろ厳格な避諱を禁じた事例といってよかろう。

つまり、明代にあっては、高級官僚の世界においてすら避諱はあまり意識されていなかったものと思われる。まして、「二名不偏諱」であれば、よほどのことがない限り諱を犯す危険自体なかったであろう。これは、明に先立つ元代、皇帝がモンゴル人であった以上当然のこととして、避諱がほとんど意識されなかったことを承けたものかもしれない。

ところが、陳垣が前掲書で「萬曆而後、避諱之法稍密（万暦以後、避諱の規則は少し厳密になった）」と述べているように、状況に変化が生じ始める。では、その変化は具体的にはいつ発生したのか。

前述の通り、崇禎本『金瓶梅』や金聖歎本『水滸傳』においては、不完全ながら「由」が避けられている。そこで『明實錄』を検証すると、果たして「熹宗實錄」巻五、天啓元年正月甲戌に次のような記事が見えるのである。

禮部奏准、凡從點水加落字者、俱改爲雒字。凡從木旁加交字者、俱改爲較字。惟督學稱較字未妥、改爲學政。各王府及文武職官、有犯廟諱御名者、悉改之。

礼部の上奏が認可された。「氵偏に『落』字（洛のことであろう）は、すべて『雒』字に改める。木偏に『交』

を付けたもの（校）は、すべて『較』に改める。ただ、督学が『較』ではよくないと申し立てるので（督学の正式名称は提督学校官である）、学政に改めることにする。各王府と文武の官職で、先帝及び今上の諱を犯すものは、すべて改める。

実は、これが『明實錄』に見える最初のはっきりと避諱を命じた法令なのである。『明史』巻五十一「禮志五」の「廟諱」の項にも、唯一この記事のみが記録されている。ここで問題になっている「洛」は泰昌帝の諱「常洛」の一字、「校」は天啓帝の諱「由校」の一字である。そして、ここに明記されてはいないが、実際の出版物の状態から見て、「由」も避諱の対象になったことは間違いない。つまり、天啓年間に至ってはじめて、「二名不偏諱」の原則は破られ、一字単位でも避諱が要求されるようになったのである。もとよりその厳しさのレベルは宋や清とは比較にならない域にとどまるもので、前述の通り嘉會堂本には崇禎帝の諱「檢」を改め忘れている箇所があり、また天啓帝の諱「校」や泰昌帝の諱「常洛」が避けられている様子もない。これだけ見ると、先の天啓元年の勅令の規制力は天啓年間に限られ、崇禎年間には崇禎帝の諱「由檢」以外を避けることは求められなくなっていたように見える。

実際、顧炎武『日知錄』巻二十三「已祧不諱」に「崇禎三年、禮部奉旨、頒行天下、避太祖成祖廟諱、及孝武世穆神光熹七宗廟諱、正依唐人之式、惟今上御名、亦須廻避（崇禎三年、礼部が勅旨を承けて天下に実施した。太祖・成祖の諱と、孝宗・武宗・世宗・穆宗・神宗・光宗・熹宗の諱を避けることについては、唐人のやり方に従う。ただ、今上陛下の御名はやはり避けねばならない）」。「唐人之式」が何をさすものかが問題だが、今上の諱は避けよという以上、必ずしも避けなくてよいということであろう。顧炎武は「已祧不諱」、つまりすでに専門の廟を設けなくなった皇帝の諱は避けないことの事例としてあげているようである。実際、太祖・成祖を別格とすることはそれを思わせるが、ただ先代の熹宗に至るまでそれに含まれることは少々不可解に思われる。あるいは、同じく『日知錄』巻二十三「二名不偏諱」に見えるように、唐代にはやはり「不偏諱」の原則が行われていたようであるから、それに従うが、今上だけは二字とも避けよということかもしれない。とすれば、天啓初年の変更が、基本的には元に戻されたことになるが、この解釈は先に見た実例とも合致するようである。ともあれ、天啓年間から一文字単位で避諱が要求されるようにはなったものの、その厳格さはそれほどのものではなく、新たな出版物が当代の皇帝の諱を避けねばならない程度であったらしい。

とすれば、天本が泰昌元年刊であることを偽装した理由も見えてくる。おそらく取り締まりは天啓以前に刊行された書籍にまでは及ばなかったのであろう。天本の刊刻は万暦年間にある程度進行していたが、先の勅令により思いがけず避諱の必要が生じたため、「由」「校」「洛」（もしかすると「常」も）を改めることから生ずるコスト増を避けるために、天啓帝即位前に刊刻したものと偽装しようとしたのではないか。

では、馮夢龍は『平妖傳』の増補者ではないのか。この点について明確な結論を出すことは困難である。二番目の版本になってはじめて馮夢龍の名が現れるということは、実は増補者が馮夢龍ではないことを意味するようにも見える。しかし、元来馮夢龍が増補したものを、最初の刊行に当たっては何らかの理由でその名を伏せねばならず、彼の名を入れずに刊行したという可能性ももとより否定はできない。四十回本の増補の出来映えがかなりすぐれたものであることは衆目の一致するところであり、増補者は白話小説制作について相当高い能力を持っていたと考えるべきであろう。その点でも、馮夢龍が増補者にふさわしいことは事実である。

馮夢龍が増補者だとすれば、なぜ名を秘す必要があったのか。想定しうるのは、この時期まで馮夢龍が自分の名を出して白話文学の作品を刊行したことはないという事実と関わる可能性である。万暦四十八年（泰昌元年）、彼は李卓吾がかつて滞在したことで知られる黄州麻城に赴き、『麟經指月』を刊行しているが、これは『春秋』に関する科挙受験参考書である。『古今譚概』もこのころ刊行されたようであるが、これも文言による笑話集である。つまり、当時ようやく本を出すことができるようになりつつあった馮夢龍にしてみれば、白話文学に自分の名を載せて評判を落とすことを避けようとしたことは十分に考えられる。また書坊としても、まだ大物とはいいがたい馮夢龍の名前を大書したところで、宣伝効果はあまりなかったのではあるまいか。嘉會堂本が刊行されたであろう崇禎年間には、すでに馮夢龍は戯曲関係の編著を幾つも出しており、著者の側にも自分の名を出すことをいとう必要性は乏しく、出版者にとっては馮夢龍の名は宣伝材料としての意味を持つものに変わっていた。そこではじめて馮夢龍の名が表に出たと見ることも可能であろう。

このように『平妖傳』の増補者が馮夢龍であるか否かについては、決定的な証拠がない以上、断定することは困難であるといわざるをえない。とりあえず現状では、馮夢龍が増補者ではない可能性がある一方で、おそらく馮夢龍の在世中に、彼のお膝元である蘇州で嘉會堂本が馮夢龍を増補者であると明記したテキストを刊行している以上、馮夢龍が増補者である可能性も十分にあるというにとどめるべきであろう。

では四十回本は、何に増補を加えたものなのか。天本の叙には「余昔見武林舊刻本止二十回」、即ち「舊刻本」は杭州で刊行された二十回本であったという記述がある。そして、現存する二十回本は、回数においてこの記述と一致するのみならず、巻一〜三に「錢塘王愼脩校梓」と杭州刊であることが明記されている点からして、刊行地についても一致すると考えてよいであろう（前述の通り、巻四巻頭には「金陵世德堂校梓」と南京刊であることを示す刊記があるが、この部分には明らかに埋木改刻の形跡が認められる）。つまり、天本は二十回本に依拠している可能性が高いことになる。

この推定が正しいとすれば、四十回本と二十回本の関係から、二十回本についても新しい事実を引き出すことができるのではなかろうか。

二　二十回本に関する問題

冒頭にも述べたように、二十回本を読むと、部位により文体や語り口が変化している印象を受ける。これは、二十回本の本文が均質なものではないことのあらわれであろう。本文の性格が部位により異なるということは、各部位が異なった時期に現在の形になったことを示すものである。つまり、既存のものに付け加えたか、異なるものをつなぎ合わせたか、あるいは既存のものに部分的な改変を加えたか、そのいずれかということになるであろう。

しかし、印象を目に見える形で客観的に証明することは容易ではない。そこで、文体や語り口の差異を具体的に反映するものとして、二つの基準により分析を加えることにしたい。

まず一つは、白話小説に用いられるさまざまなテクニカルタームや定型表現の使用分布を調査すること。これは、筆者が以前『水滸傳』の分析に当たって用いた手法である。(10) テクニカルタームや定型表現をどのように用いるかは、明末清初に固定したパターンができあがる以前においては、成立事情や時期をある程度反映して明確な相違を示すことが多い。

もう一つは、四十回本との異同を調査することである。臧懋循の『元曲選』、金聖歎の『水滸傳』など、明末清初に行われた白話文学作品の編集作業においては、当時確立しつつあったものと思われる白話文の語法や表記法、更には編者が考える白話文学作品のあるべき姿に合致する方向への改変がなされるのが常である。やはり馮夢龍の手になるといわれる「三言」においても、『清平山堂話本』などとの比較の結果として、そうした傾向をはっきりと見て取ることができる。(11)『平妖傳』の改作者（馮夢龍であるか否かはここでは問わない）も、おそらく同様の意識を持って作業を行ったに違いない。つまり改作者は、長篇白話小説の文体とスタイルについて、そのあるべき姿を頭の中に持った上で、原本を書き改めたのであろう。とすれば、逆にいうと、どの部分が多く改変を加えられているかを見れば、改作者がどの部分により大きな違和感を抱いたかを明らかにすることができるのではないか。そして、改作者が規範と見なす文体との距離の差によって、それぞれの文体の相違、どちらが改作者にとって拙いと感じられるものであったかが浮かび上がることになろう。規範から遠い文体、それは通常白話文の書き方が安定する以前の舌足らずなスタイルを意味する。

ただし、四十回本は二十回本のストーリーを大きく改変しており、二十回本には存在しない脇筋なども付け加えているため、単純に違いだけを見るわけにはいかない。真に原文に改変を加える必要を感じて改めた箇所と、ストーリーの都合上改めた箇所は本来区別せねばならないが、この点について明確な線引きを行うことは困難である。ただ、ストーリーの都合による改変は、一段丸ごとの変更になることが多い。そこでここでは、異同箇所を数え上げていくに当たっては、一段すべてについて全面的に文章を書き換えた部分や、二十回本にはない一段を挿入した場合は別に計算し、その他の異同をすべて拾うことにした。ただし、一文字単位の違いを全部カウントすると、誤差範囲程度の違いまで数に入れることになり、かえって混乱する恐れがあるので、四文字以上の事例だけを数え、更に十文字以上とそれ未満で異同の長さを区分している。また、回の切れ目が異なる場合、当然回末の決まり文句の有無などで違いが生じるが、これはカウントしないことにした。表には、回の切れ目が一致しているか（一致すれば○）、用字の問題として、「箇」を「个」と表記している箇所があるか（混用されていれば「△」、「箇」のみなら「×」）も示してある。

以上の二点について調査した結果が次の表である。

表①

回数	葉数	回頭詩曰の後	只見	只聽得	話休絮煩	話說	話分兩頭	且說	却說	不在話下	四六	詩（回頭回末以外）	但見	怎生・怎見得	その他
1	11.5	話說	7	2		1			3	4	4		2	怎生打扮・怎見得有許多好處	且不說×2・說不盡・一日×2
2	7.5	當夜	4					1		1	2			怎見得這火大・怎見得這雪大	
3	12	當夜	4	1						1					古人原說
4	10?	缺	3		1				1						
5	16?		3		1（絮煩）			1	3	1	2		1		双注あり
6	10.5	豈不聞	4	2				1	1						
7	10.5	衆人	3						1	1	3		3		且不說・不見〜只見〜
8	12	當時	7	1					2		1		1		且不說卜吉・董薛の說明詳しい
9	8.5	且說	5	4				1				眞箇是7×2・何謂〜7乙×2			

10	15.5	當下	20	5							4		4		
11	14.5	話說	10	1			1		2		1				可霎做怪・いきなり四六
12	17	溫殿直	14	5					1						說話的・千不合・詳しい報告1、省略2
13	16	這李二	14	1				1	1	1	1		1	不射時萬事倶休	
14	7	那王則	4	1								滿郡人罵他7×2			一夜無話
15	6.5	當日	3						1	1					不見〜只見〜
16	4	却說							2	1					
17	7	却說	2						2	1	1		1	怎見得早朝	則見1あり
18	6.5	却說	10						2	1					
19	17.5	且說	5	驀聽得	1			1	1	1	2		1		正似（四六）・可霎做怪・可煞做怪
20	?	當夜	2								1		1		

表②

回数	内容	減少	増加(長)	増加(短)	変更(同)	変更(長)	変更(短)	移動	話の追加	一段改変	个	切れ目
1	焚仙畫	5	17	10	6	8	5		1		△	×
2	傳授玄女法	4	18	10	11	11	1		2		△	○
3	燒如意冊	3	18	8	9	10	1	1	1		△	×
4	剪草爲兵	1	9	4		2			1		△	×
5	嫁憨哥走鄭州	8	7	4	5	3		2	2		△	×
6	客店變相・落井	3	8	5	4	2					△	×
7	卜吉遇聖姑姑	1	9	7	3	5	1				△	○
8	張鸞救卜吉		6	3	5	3					×	○
9	任張吳追左黜		3	2		1					×	○
10	莫坡寺入佛肚	1	1	2	3(但見)	3					×	○
11	攝善王錢・杜七聖		5	1		1					×	○
12	李二哥跌死		1		1	1					×	○
13	賣泥燭	1	2	2	2(但見)		2				×	○
14	王則被拿		6	3	1	2			1		×	○
15	救王則・劉彥威	2	12	4	5	7	2		3	1	×	×
16	王則造反	2	1	1		4			2	3	×	×
17	文彥博下貝州	2	2	3	1	6	2	1	1	3	×	×

18	飛磨打文彦博	2	2	3	2	2	2	1	1	4	×	×
19	遇諸葛遂智	4	13	10	8	15	2		3	3	×	×
20	平妖									ほぼ全体	×	

まず顕著に認められるのは、四十回本との異同のありように大きな偏りがあることである。具体的には、第一～三回においては文章が改められている箇所が非常に多いのに対し、第四回から異同が減少し、第八～十四回は少ない状態が続く。特に異同が少ない第十～十三回は、第十九回を別にすれば最も葉数が多く、この部分における異同出現の割合は、それ以前の部分とは比較にならないほど低いといってよかろう。しかし第十五回から異同が激増し、特に第十六回以降は、文面が全く異なる部分が多く、第二十回に至っては、二十回本原文が不完全であることを差し引いても、ほとんど同じ箇所はないといっても過言ではない。

そして興味深いことに、こうした異同レベルの違いによる区分は、他の要素の区切れ方と一致しているのである。

二十回本は四巻二十回からなる。長篇白話小説の分巻は機械的になされることが多く、この場合も二十回を四巻に区分するのであれば、一巻を五回単位で分けるのが普通であろう。事実、一巻は第五回まで、二巻は第十回までと、五回ずつを一巻にまとめている。ところが、三巻は第十四回までの四回、五巻は第十五～二十回の六回となっているのである。これは不自然といってよかろう。

これだけならば、三巻に含まれる四回のうち、第十一～十三回が特に長いという分量による説明も可能であろう。しかし、三巻と四巻の間で切れている要素が他にも存在するのである。

四十回本においては、二十回本にない挿話などが書き込まれていることもあって、回の区切れの位置が二十回本とは必ずしも一致しない。しかし、全体を通してみると、区切れが一致する箇所にもまとまりがあることが明らかになる。区切れが一致するのは第七～十四回、つまり三巻はすべて一致し、四巻はすべて一致しないことになる。そしてこの切れ目は、先に述べた不自然な巻数の切れ目と合致する。

一方、前半についていえば、第二回を例外として、回の区切れは第六回までは一致せず、第七回から一致しはじめる。そしてこの切れ目は、「箇」と「个」の使い分けの切れ目とほぼ一致しているのである。

量詞「ge」については、「个」「箇」「個」という三通りの表記が用いられる。佐藤晴彦氏が指摘しておられるように(12)、このうち「個」は明代後期になってはじめて用いられるようになる新しい表記である。残る二つは早くから使用されてきたものであるが、元刊雑劇や「全相平話」のような元代の白話文献では「个」が用いられている。そして二十回本『平妖傳』においては「个」と「箇」が併用されているが、その使い方にははっきりとした区分が存在するのである（ちなみに、天本では「個」に統一されている）。

具体的にいえば、第八回以降においては、「个」は一つも使われていない。一方、第七回までは「箇」と「个」が混用される傾向にある。混用といっても、完全に区別なく用いられているわけではなく、同じ回の中で「箇」が用いられるまとまりがしばらく続いた後、「个」のまとまりにかわり、しばらくするとまた「箇」に戻るといったパターンで周期的に変化するのである。全体的に見ると、各回のはじめの部分では「箇」が用いられ、途中で「个」に変わるという例が多いことから考えて、本来「箇」と書くべきであるという規範意識はあるものの、書きやすい方に流れているという傾向があるのではないかと推定される。ところが、第八回以降こうした傾向はぴたりと影をひそめることになる。

先にも述べたように、二十回本の二巻第十七葉までは清代の補刻ではないかといわれており、「个」が用いられている範囲がちょうどこれと一致する点からすると、清代補刻の際に起きた混乱に由来するという考え方も成り立つ。しかし、二巻第十七葉までの他の用字法は、使役の「jiao」にすべて「交」を使用するなど、清代の文献ではありえないものが多く、二十回本の他の部分と見比べても特に矛盾はない、というより、容與堂本『水滸傳』に認められる不統一な用字法と比較すると、はるかに矛盾の少ない一貫したものとなっているのである。従って、この部分は仮に補刻本であっても、原本に忠実に覆刻されたものと考えるべきであろう。(13)

そして、「个」が現れなくなるのは第七回途中からである。これは、前述の通り、回の切れ目が一致しはじめる境目とちょうど一致する。そして、これも前述したように、異同は第一～三回には非常に多く、第四回から減少しはじめ、第八回以降非常に少なくなる。つまり、二十回本と四十回本の回の切れ目が合致するようになると異同も減少し、「个」が使用されなくなるのである。

以上の事実を総合すると、次のようなことがいえるであろう。二十回本のうち第三回までは、四十回本とは大きく異なるが、第四回以降違いが少なくなり、第七回の途中あたりからほぼ一致するようになる。その後、第十五回からまた内容は離れはじめ、第十六回以降大幅に異なるようになる。つまり逆にいえば、四十回本は、第七回の途中から第十四回までは、二十回本の本文をほぼそのまま採用しているのである。

以上の結果を踏まえた上で、次に目安となりうるような語彙の使用状況を調査してみよう。その結果を示すのが次の表である。

表③

17	16	15	14	13	12	11	10	9	8	7	6	5	4	3	2	1	回数
		5	5	3	8		22	1	16			12	3	6	1		我們
	1								2								汝
						2						2		2			自家
1			1	2	1	8	3										吾
					詩 1										1	1	怎生
							1										怎麼
		1	2		2			2	1			1	1	1	1		怎的
					1											1	恁般
			2	1	1	2	3	1	2	2	4	5	1	3	1	1	恁地
1			1	2	5	2		1	2	6	1	4		3	1		這般
					1	1	1	2			3	2	1			1	這等
												2		1			這樣
			1	1				2	1	1		1	1	3	1		兀自
					1		2								1		兀誰
1*		1*	1*		1*	1*	4*	1				1	1*		1	1	正是

18				9					2						1
19									1						1*
20															1*

なお、「正是」は回末を欠く第五回・第二十回以外のすべてにおいて、各回末尾の詩を導くために用いられているが、それはここでは数えないことにする。また、やはり「正是」について、無印のものは諺などを導く事例、「＊」を付しているのは、「まさしく～であった」という事例を示す。

語彙の使用について、まず一見して明らかに認められる事実は、第十五回以降においては、ここで問題とした語彙の用例が全体に非常に少ないことである。「我們」のようなごく一般的な語彙ですら、第十五回を除けば一度も用いられていない。一見するとこれは、四巻の部分は一回の長さが短い傾向があることに由来するもののようにも思われるが、しかしその中にあって、第十九回は全篇の中でも一番長い回であり、にもかかわらずどの語彙についてもほとんど用例がないという事実は、やはり四巻部分の文章が他の部分とは異質なものであることを示していよう。

では、四巻の文はどのような特徴を持つのか。まず語彙の面から見て取ることができるのは、先にふれたように「我們」の使用が第十六回以降皆無であること、一方で「吾」の用例が、第十八回に集中してはいるものの、多く認められることである。ここで指標とした一連の語彙が、「吾」「汝」を除けばいずれも白話語彙であることを考え合わせると、四巻は全体に白話語彙の使用が少ない、つまり文言的であるということになろう。

更に、テクニカルタームや定型表現の使用状況を重ねあわせてみよう。まず注意されるのは、四巻に属する第十六～十八回はいずれも回頭詩の後が「却說」、第十九回は「且說」から始まることである。三巻までにおいては「却說」

の例はなく、わずかに「且說」が第九回で一度用いられているだけであることを考えると、これもやはり四巻が他の部分とは性格を異にすることを示すものといえよう。四巻は、第二十回を除いて各回がいずれも「さて」という形で始まることになる。しかも、同じく第二十回以外のすべての回において、回頭以外の文中でも「却說」が「不在話下」とペアで用いられている。これは、この部分の語り口が「そのことはさておき、さて話変わって」と話を淡々とつないでいく比較的単調なものであること、そして「却說」が「話変わって」というニュアンスを持つ点からすると、四巻は全体として連続した一続きの話という長篇らしい形態を取っていることを示すものであろう。

ここから見て取ることのできる四巻の性格とはどのようなものであろうか。まず、叙述が単調であり、一つの物語を続けて語っていくというスタイルを取っていること。次に、語彙が文言的であること。これらの事実は、この部分が白話小説の中でも初期に属する歴史小説に近い本文を持つことを示すもののように思われる。そして、諺などを導く「正是」の用例が回末を除けば一つしかないことも、『水滸傳』の後半や『三國志演義』と一致する点[14]から見て、やはり歴史小説系と共通する特徴といってよい。つまり、四巻は初期段階の歴史小説に近いスタイルを持つことになる。ここで語られている内容は、小説の題名である「平妖」そのものである。そして、おそらく南宋期の芸能の状況を反映しているものと思われる『醉翁談錄』巻一「小說開闢」に見える『平妖傳』と関係するであろう講釈の題名は「貝州王則」である。つまり、『平妖傳』物語の初期段階は、胡永兒ではなく王則を主人公にしていた可能性が高い。実際、四巻の部分においては胡永兒の影は著しく薄くなっている。

こうした諸点を考え合わせれば、四巻はおそらく二十回本の中では最も古層に属する本来の『平妖傳』ともいうべき部分だったのではないかと推定される。それゆえ、早い時期に成立した白話小説にありがちな生硬な文と単調な構成を持っていたために、四十回本に改作される段階で全面的に書き換えられることになったのであろう。この部分において二十回本と天本の異同が極端に多いことは、そのことを物語っていよう。当初の『平妖傳』は、文字通りの『三遂平妖傳』、つまり「三人の『遂』が妖賊を平らげる物語」だったに違いない。ところが、やがてそこに胡永兒の物語が加わることになる。四巻とそれ以外の部分との間に認められる文体の相違は、両者が元来由来を異にするものであったことを物語っていよう。では、胡永兒の物語はどのようにして『平妖傳』に入り込んだのか。

そもそも胡永兒の物語が『平妖傳』とは別個に発生し、後に結び付けられたものなのか、あるいは『平妖傳』発展の過程で生まれてきたものなのかは、定かではない。ただ、『平妖傳』への胡永兒物語の流入が二段階にわたるものだったことは確かであろう。先に見たように、二十回本のうち初めの三回については、四十回本との異同が非常に多いが、その後異同は減少し、第七回あたりからはほとんど異同がなくなるに至る。そしてこの変化は「个」の使用の有無とも合致する。おそらく、第一回から第六回までの部分、つまり胡永兒の生い立ちから鄭州に赴いて聖姑姑と行動をともにするまでを、一つのグループと考えてよいのであろう。実際、ここまで終始胡永兒を中心に展開してきた物語は、これ以降様相を変え、主人公は他の人物に移って、胡永兒は聖姑姑グループの一員として姿を見せるのみになってしまう。当然ながら叙述のパターンも変化し、ここまでは主として胡永兒の目を通して物語が語られてきたのに対し、これ以後（具体的には卜吉との出会いが境目になろう）は、胡永兒は他の人間の目を通して語られる得体のしれない魔法使に変わってしまうのである。

そして、語彙の面でも、四巻の場合ほど鮮明ではないにせよ、初めの部分はある程度の特徴を持つ。先にも見た「正是」により成語などを導く手法は、第一・二・五回に例があり、この部分では多く用いられているといってよいが、その他では第九・十八回に各一度見えるのみである。また「怎生」は第一・二回のみ（うち第一回の用例は美文を導く読者への語りかけ）、「怎見得」は第一・二回と第十七回のみ（いずれも美文を導く読者への語りかけ）と、地の文で用いられるこれらの決まり文句もやはりこの部分に集中している。こうした読者への語りかけによって美文を導くという手法は、芸能の模倣といってよかろう。また四巻に多く見られた「不在話下」も、二巻・三巻では各一回しか使用されていないのに対し、この部分で七回も用いられている。これは、四巻同様、この部分においても、朴訥な口調で長篇の物語を語っていくというスタイルが取られていることを意味しよう。そして語彙の面では、四巻とは異なり全体に白話的である。

これらを総合すれば、この部分は芸能を模倣した単調な長篇の語り口を用いていることになろう。そして、四十回本作成にあたり、特に第一・二回において大幅な改変が施されていることは、この部分が改変者にとって満足できる文体ではなかったことを意味しよう。事実、第一・二回の語り口は、唐突な展開や説明不足の叙述など、全体に生硬なものといってよい。特に問題なのは、第一回で美女の画を持ってくる道士の登場がいかにも唐突で、何の説明もなく、正体も明かされないままに終わることである。美女の画が何であるのかもわからない。四十回本では、この道士は張鸞ということになっており、美女の正体も胡媚兒であって、胡永兒はその生まれ変わりであることが明示されている。二十回本の背後にも同じような事情があるものと思われるが、その点についての説明が一切ないため、確かなことが分からない。つまり、二十回本のこの部分には、読者に配慮した形跡が認められないのである。これは、叙述法として成熟したものとは言い難いであろう。

これに対して第七～十四回、つまりほぼ二・三巻に該当する部分においては、大きな変更は加えられていない。特に第九～十二回の、任・張・呉の三人組に関わる部分から彈子和尚が開封を騒がせるくだりの終わりまでは、全体に非常に異同が少なく、四十回本はほとんど二十回本の本文をそのまま流用したといっても過言ではない。これは、改作者がこの部分の本文に問題を感じなかったこと、換言すれば、この部分の文体が四十回本の基調と一致していること、更にあえて踏み込んでいえば、改作者が四十回本を作成するに当たって、モデルとして選んだのがこの部分の文体であったことを示唆するものであろう。そして、右にも述べたように、この中でも第七・八回、つまり卜吉を主とする部分と、第十三・十四回、つまり王則を主とする部分は、その間にはさまれた部分とはやや性格を異にするようである。実際、間にはさまれた部分は、内容的にいえば、胡永兒がほとんど登場しないという点で一巻とは全く性格を異にする。そしてこのことは、二十回本においては部位により聖姑姑の呼称が変わるという新枝奈苗氏の指摘とも一致する。(15) 卜吉のくだりと四巻において、聖姑姑が「仙姑」「姑姑」と呼ばれるのに対し、間にはさまれた部分では聖姑姑は「婆婆」と呼ばれているのである。

三 『平妖傳』の成立過程

以上の事実から、多少大胆な推測も含めながら、想定しうる二十回本に至るまでの『平妖傳』の成立過程を再現してみよう。

『醉翁談錄』の記事から見ても、おそらく南宋の頃には「貝州王則」の物語が講釈の場で語られていた。その内容は、おそらく妖賊王則の平定、つまりは「平妖」を主とした、妖術と合戦を主体とする活劇だったに違いない。いつの頃からか、それが文字化され、「三遂平妖傳」と名付けられる。それはおそらく今の四巻に近い内容を持つものだったであろう。胡永兒や左黜に当たる登場人物がその段階でいたかどうかは定かではない。ただ、二十回本の四巻に全く聖姑姑が登場しないことは、この段階では聖姑姑が物語に関係していなかったことを示唆するように思われる。

やがてそこに、王則のもとで活動する妖人の銘々伝が加わってくる。それは『水滸傳』ができあがってくる中で、宋江三十六人の物語にそれぞれの人物の銘々伝が付加されていく過程と似ていよう。ただ、『水滸傳』においても認められるように、それぞれの人物の物語は語りやすくても、全体として行動する段階になってそれぞれの個性を際だたせることは容易ではない。四巻で、王則と左黜以外の人物がほとんど登場すらしないことは、彼ら（彈子和尚・張鸞・卜吉・任遷・張琪・吳三郎）が当初から活躍するキャラクターではなかった、もしくは当初の物語では存在自体しなかったことを示すものであろう。従って、四十回本では矛盾を来すことを避けて、彼らの多くは王則のもとを去ることになる。前述の通り、まことに不自然なことに聖姑姑も全く姿を見せない。胡永兒と左黜は登場するが、前者は見るべき活躍がない。これも、前半部の主人公であるために出さざるをえなかったものの、新たに見せ場を用意するに至らなかったということなのかもしれない。左黜のみは、あるいは元来の「貝州王則」で活躍する人物の名残である可能性がある。ただ、そうであったとしても、彼の素性が『平妖傳』におけるものと同じであったかは疑問であろう。

銘々伝は、それぞれ微妙に異なる特徴を持つ点から見て、さまざまな由来を持つ物語（この点については、ハナン氏・胡萬川氏による詳細な研究がある）[16]を寄せ集め、辻褄を合わせることにより組み上がっていったに違いない。その中でも早い時期に成立したのは、おそらく初めの胡永兒の物語だったであろう。美人画の物語の不自然さから考えて、おそらくそれは、ハナン・胡両氏が指摘しておられるような話をもとにできあがっていた何らかの長い物語から切り取ったものである可能性が高かろう。そうでなければ、道士と画の説明がついに現れないことが不自然に思われる。一方、卜吉の物語、任・張・吳の物語、彈子和尚の物語は、おそらくそれぞれ独立したものを、聖姑姑という糸でつなぎ止めたものだったのではないかと思われる。そして、これらの物語と元来の「平妖傳」をつなぐために、第十三・十四回の物語が作られる（この部分にも依拠するものがある可能性があることはいうまでもない）。

おそらくこうした過程を経て「平妖傳」物語は長篇化した。しかし、つぎはぎの結果として、文体の落差や辻褄の合わない箇所が多数生じることになった。それを解決し、更には第一回における美人画の話にも説明を与えることを企図したのが四十回本だったのではないか。その際に文体の基準となったのは、第九～十二回で語られる任・張・呉及び彈子和尚の物語だったのであろう。これはおそらく、彈子和尚の物語が後に単独で『百家公案』などに取り込まれていくことにも示されているように[17]、この部分（というよりむしろこの部分の原拠となったもの）が、安定した文体による完備した叙述を行っていたことによるものであろう。そして、古めかしい生硬な叙述形式を持ち、主要人物の出番を欠く四巻の部分は全面的に書き換えられて、各登場人物がたどる最終的な運命が追加される。一方、前半にもいくつかの挿話が追加される。その多くは新たに付け加えられた部分との整合性を保つためのものと思われるが、陳善が胡一家を助けることなどは、特に必要とは思えず、比較的単調な物語に起伏を与え、そしておそらくは商業上の理由から分量を増やすために付加されたものであろう。

この推定が正しいとすれば、『平妖傳』もまた明代後期に成立した多くの長篇白話小説と同様の過程を経て成立したことになる。即ち、第一段階として、原拠となった簡潔かつ生硬な叙述を持った物語が文字化され、第二段階として、多様な来源を持つ物語群が付加されて、長篇小説の体裁を取るものの、部位によって文体・形式にばらつきのあるものが作られて刊行され、第三段階として、そのばらつきを修正し、矛盾点を解消するよう書き換えたテキストが成立し、これが流布本になる。『列國志』をはじめとする一連の歴史小説は、いずれもこうした経過をたどって成立した[18]。また、現在第二段階に当たるテキストが存在しない『三國志演義』についても、筆者はこの段階を踏んでいるのではないかと推定したことがある[19]。『水滸傳』についても、容與堂本は非常に高い完成度をもってはいるものの、やはり多様な原拠の痕跡をとどめていることについて、筆者は論じたことがある[20]。

娯楽的読書を求める読者と、それに対応する小説の出現は、世界文学史上の重要問題といってよかろう。そして、中国はその動きが早い時期に、劇的に進行した地域であった。その初期段階における長篇小説制作手法はどのようなものであったのか。その点を解明するためには、『平妖傳』は、比較的早い時期に成立したテキストを伝える長篇白話小説として重要な位置を占めるものといえよう。ここまで論じてきたように、その過程は、経済原理に基づく書坊による制作と、読者に対応する、換言すれば読みやすさをめざす修正という過程をたどるものであったように思われる。こうしたパターンは、かなりの程度まで当時の長篇白話小説に一般化可能であろう。ここから、我々は当時の小説の制作者、そして読者について、一定の見通しを得るとともに、小説というもののあり方が確立していく過程、つまりは娯楽書というものがどのようにして読むに値するものとなっていったか、ひいては現代中国語の基本となった白話文がどのようにして確立していったかを見て取ることができよう。

注

（1）以下、二十回本のテキストは、『天理図書館善本叢書　漢籍之部』第十二巻（八木書店一九八一）を使用する。なお、同書には横山弘氏の周到な解題が付されており、一々注記はしないが、随所で参照させていただいた。また四十回本のうち天許齋本については『古本小説叢刊』第三十三輯（中華書局一九九一）所収の内閣文庫所蔵本の影印、嘉會堂本については『馮夢龍全集』巻十六（上海古籍出版社一九九三）の内閣文庫所蔵本の影印によった。また、『平妖傳』についての概説的説明としては、太田辰夫氏が訳された『平妖傳』（『中国古典文学大系』三十六、平凡社一九六六）に付された同氏の手になる「解説」があり、やはり一々注記はしないが、随所で参照させていただいた。

（2）他に傅惜華旧蔵の残本があり、同一の版本ではないかともいわれるが、現在のところ公開されていないため、ここではふれないことにする。

（3）『三遂平妖傳』（張榮起による校訂・解説。北京大学出版社一九八三）「後記」。

（4）佐藤晴彦「《三遂平妖伝》は何時出版されたか？——文字表現からのアプローチ」（『神戸外大論叢』第五十三巻第一号〔二〇〇二年九月〕）は、用字法から見て嘉靖年間（一五二二〜六六）の刊行ではないかと推定する。
（5）胡萬川『平妖傳研究』（華正書局一九八四）第一篇「平妖傳的版本與作者　二、二十回本平妖傳」。
（6）長澤規矩也「馬琴舊藏『平妖傳』について」（『ビブリア』第八号〔一九五七年八月〕）。
（7）注（3）前掲書「前言」。
（8）『明史』巻二十二「神宗紀二・光宗紀」。
（9）陸樹崙『馮夢龍研究』（復旦大学出版社一九八七）「通俗文学　二　通俗小説」。
（10）高野陽子・小松謙「『水滸傳』成立考——語彙とテクニカルタームからのアプローチ」（『中国文学報』第六十五冊〔二〇〇二年十月〕）。
（11）佐藤晴彦「『清平山堂話本』『熊龍峯四種小説』と『三言』——馮夢龍の言語的特徴を探る——」（『神戸外大論叢』第三十七巻第四号〔一九八六年十月〕）。
（12）注（4）所引の佐藤論文及び佐藤晴彦「元明期の文字表記——〈個〉の出現をめぐって」（『神戸外大論叢』第五十一巻第六号〔二〇〇〇年十一月〕）。
（13）達富睦「用字の違いから見る『水滸伝』の成立」（『和漢語文研究』創刊号〔二〇〇三年十一月〕）。
（14）注（10）所引の高野・小松論文。
（15）新枝奈苗「聖姑姑から九天玄女へ——『三遂平妖伝』の改作をめぐって——」（『中国中世文学研究』〔第二十六号（一九九四年四月）〕）。
（16）パトリック・ハナン「《平妖伝》著作問題之研究」（初出は"The Composition of The Ping-yao Chuan" Harvard Journal of Asiatic Studies,31、ここでは『韓南中国小説論集』〔北京大学二〇〇八〕による）及び胡萬川前掲書第二篇「平妖傳本事源流考」。
（17）パトリック・ハナン「《百家公案》考」（初出は"Judge Bao's Hundred Cases Reconstructed" Harvard Journal of Asiatic Studies,

40-2（1980）、ここでは『韓南中国小説論集』〔北京大学二〇〇八〕による）。

（18）拙著『中国歴史小説研究』（汲古書院二〇〇一）第一・二章。

（19）拙論「『三國志演義』の成立と展開について――嘉靖本と葉逢春本を手がかりに――」（『中国文学報』第七十四冊〔二〇〇七年十月〕）。

（20）拙論「『水滸傳』成立考――内容面からのアプローチ」（『中国文学報』第六十四冊〔二〇〇二年四月〕）。

あとがき

この論集を作る母体となったのは、「明人の自伝文を読む会」である。この会は、そもそも松村昂先生の旧くからの研究仲間や受講生たちが中心となって始まった。先生が退職されて一年が過ぎ、わずかに伝え聞く話では、相変わらず元気にお酒を召し上がっているとのこと。月に一度くらいみんなで飲みましょうと、自由時間のむだ使いのお手伝いを買って出た。まじめな先生は「酒だけではあかん、その前に勉強してからや」とおっしゃり、とりあえず関西で明代文学を研究している知人や仲間に声をかけて始まった。それから五年も続くとは、気まぐれで飽きっぽい人が多い参加者みんなが驚いているところである。その間、浙江省を一周する旅をしたり、先生が古希を迎えられたり、さまざまなことがあった。

この会の名称にある「自伝文」とは、ひとことでいうと、内容やスタイルを問わず、自分の人生について語った文章のことである。この世を去る直前に書いた墓誌銘、老衰を感じて書いた備忘録、行状的な記録、近親者への遺書、苦労話、自慢話、言い訳、ほとんど感情をまじえないメモなど、実にさまざまである。そこには明代の人々の理想と現実、希望と絶望、悔恨、愛惜があり、彼らの公と私の生活、公と私のことばがある。この会は、そのような詩文を通じ、参加者が自由に意見を交換し、問題を共有する場となってきた。そして松村先生の古希のお祝いを機に、メンバーが各々の研究テーマで筆を執ろうということで、論集を作る準備が始まった。数人のゲストにも参加いただいて、いつもの会と同じように、互いの論考に参考となる意見を出し合って成っている。

日本国内で、明代を対象にした研究状況を見てみると、歴史学や思想哲学の分野では非常に旺盛に進められ、ほぼ毎年のように個人やグループによる研究書が出版されている。しかし、文学を中心としたものは、白話小説や戯曲を扱ったもの以外は、まだまだ少ないのが実状である。この論集は、メンバーの興味にのみ従い、明代という以外は制約を置かなかったため、詩詞、文、小説などジャンルは多岐にわたり、ジャンルを横断するものもあり、各々目指した方向性は大きく異なり、結果的に明代の文化の雑多さを再現したようなものになった。ここに込めた小さな願いは、明代文学の魅力を少しでも示すことであり、明代文学の研究への小さな刺激となることである。わずかでもそれができるのであれば、これに勝る喜びはない。

最後に、本書の出版を引き受けてくださった汲古書院の石坂叡志社長、編集の小林詔子さんに心からの謝意を表したい。

二〇〇九年　三月

明人の自伝文を読む会
事務局　廣澤裕介

執筆者一覧

曹　虹（そう　こう）　一九五八年六月生　南京大学教授
大平　幸代（おおひら　さちよ）　一九六八年九月生　関西学院大学法学部准教授
野村　鮎子（のむら　あゆこ）　一九五九年九月生　奈良女子大学文学部教授
和泉　ひとみ（いずみ　ひとみ）　一九六六年十一月生　関西大学非常勤講師
田口　一郎（たぐち　いちろう）　一九六七年三月生　日本大学文理学部准教授
上原　徳子（うえはら　のりこ）　一九七三年一月生　宮崎大学教育文化学部講師
松村　昂（まつむら　たかし）　一九三八年八月生　京都府立大学名誉教授
廣澤　裕介（ひろさわ　ゆうすけ）　一九七三年一月生　立命館大学文学部准教授
大賀　晶子（おおが　あきこ）　一九七七年九月生　京都府立大学非常勤講師
田村　彩子（たむら　さいこ）　一九八二年五月生　京都府立大学大学院博士後期課程
小松　謙（こまつ　けん）　一九五九年四月生　京都府立大学教授

明人《みんひと》とその文学

平成二十一年三月二十四日　発行

編著者　松村　昂

発行者　石坂叡志

整版印刷　中台整版
　　　　　モリモト印刷

発行所　汲古書院
〒102-0072　東京都千代田区飯田橋二－五－四
電　話〇三（三二六五）九七六四
FAX〇三（三二二二）一八四五

ISBN978-4-7629-2863-5　C3098

KYUKO-SHOIN, Co.,Ltd.　Tokyo